青森
文化

U0164379

第十一屆
東亞漢語教學
研究生論壇
論文集

主編：張連航、謝家浩

目　錄

序 言

　　這本論文集出版時，香港疫情是否已經消退仍是未知數。本屆（第十一屆）研究生論壇就是在疫情高漲，各地交流、交通幾乎停頓的狀態下舉辦了。透過高科技，我們讓各地學者專家及在讀的研究生透過科技在雲端相見，切磋學問、交流思想，實在是非常難得的。

　　仍記得那是 2011 年在臺師大華語文研究所舉辦的國際學術研討會上，各地專家學者及博碩士研究生濟濟一堂，在臺師大校園，宣讀論文，分享教學，刷新思想，學術氣氛濃厚。午膳時，主人家信世昌教授及曾金金教授特別邀請了幾位來自東亞各地大學的學者在師大附近的一間很漂亮別緻的西餐廳午餐。我跟謝家浩博士也忝列其中。那一次，教大一共去了十多位研究生。享用好美食，信教授提及希望那一次東亞研究生論壇可以繼續輪流在不同地區舉辦。他的構想，獲得在座專家學者拍手稱讚。印象裡，有華師大的吳勇毅教授、北大的李曉琪教授、韓國外國語大學的孟柱億教授、日本大阪大學的古川裕教授、越南外國語大學的阮黃英教授等。就是那次午餐，確定了這十幾年來東亞研究生論壇的持續舉辦，之後每年依次由不同地區的院校負責。香港教育大學也分別舉辦了第五屆（2015）及第十一屆（2021）論壇。論壇提供一座橋樑讓從事漢語教學的各地專家學者及研究生，每年有一交流研究成果及感興趣課題的場地。也為學界朋友建立一見面交流的機會。這麼多年來，成績斐然，已然成為學界的盛會。

　　本屆論壇也是秉承過往形式，有包括由專家主講的三場主題演講和研究生數十篇的分組論文報告。呈現在大家眼前的是會議結束後的部分優秀成果，共十七篇論文，內容涵蓋了漢語作為第二語言教學的諸多領域，包括：課程設計、課堂教學、句式習得、跨文化對比、教材研究、多媒體應用及師資培訓等。

　　感謝縱橫資訊科技語文發展中心的慷慨贊助，讓論文集得以如期出版。另外是感謝教大中國語言學系同仁，幫忙評審論文，提供修訂建議。感謝莊苗妤、吳曉琳女士的協助編輯，讓這本論文集能即時跟大家見面。謹記錄這些，紀念這些年各院校同仁及同學的付出。祝願論壇可以繼續發展，培養更多的漢語教研人才。

張連航

2022 年 8 月

华侨崇圣大学汉语教学本科专业课程设置改革构想

Conception of Curriculum Reform of Chinese Teaching Undergraduate Specialty in Huachiew Chalermprakiet University

郝志强 华侨崇圣大学

HAO, Zhiqiang Huachiew Chalermprakiet University

摘要 Abstract

1992 年，泰国华侨崇圣大学成立中文系，成为泰国最早一批开设中文专业的学校，历经发展中文系于 2010 年开始独立，同年 11 月 16 日正式成立中国语言文化学院。该举措让华侨崇圣大学成为泰国国内第一家学院级的汉语和中华文化教学机构。尽管华侨崇圣大学中文专业起步较早，也有过几次重大调整，但是受泰国语言环境，教育体系以及教师自身等因素影响，华侨崇圣大学汉语课程方案设置在课程结构、课程内容以及培养目标三大方面仍存在一定问题，因此，本文拟对圣大汉语专业课程设置出现的问题提出改革构想，主要包含以下三个方面：调整课程结构、充实课程内容以及完善培养目标，希冀提高该专业的实用性和针对性，从而更加符合泰国本土汉语人才的需要。

关键词：泰国 汉语教学 课程设置 课程改革

Huachiew Chalermprakiet University established the department of Chinese Language and Literature in 1992, making it the first batch of schools in Thailand to offer a Chinese major. After several years of development, the department of Chinese Language and Literature officially became an independent school on November 16th, 2010, which makes Huachiew Chalermprakiet University the first school-level teaching institution of Chinese language and culture in Thailand. Although this Chinese major in Huachiew Chalermprakiet University started early and has experienced several major adjustments, there are still some problems in the structure and content of the curriculum and training objectives because of the influence of the Thai language environment, the education system and the teachers. Therefore, hoping to improve the practicality and pertinence of this major, this paper intends to put forward some reform conceptions for the problems in the curriculum of Chinese major in Huachiew Chalermprakiet University, which mainly include the following three aspects: the adjustment of curriculum structure, the enrichment of curriculum content and the perfection of training objectives, so as to make it more in line with the needs of native Chinese talents in Thailand.

Keywords: Thailand, Chinese teaching, the curriculum, the curriculum reform

一、研究背景

　　华侨崇圣大学（以下简称"圣大"）是泰国第一所非营利性质的私立综合性大学，1938 年由报德善堂慈善基金会创设，是泰国著名侨校。圣大校长郑午楼博士为了适应时代发展需要，建立中泰文化交流桥梁，于 1990 年底发起成立华侨崇圣大学，泰国各界华侨纷纷响应，1992 年学校开始奠基，同年 5 月泰王亲赐"华侨崇圣大学"，6 月开始招生。圣大旨在培养专业性的汉语人才，因此中文专业成为圣大强势专业，这与泰国华文（中文）教育开始解禁有很大关系，自此汉语教学在泰国进入快速发展阶段。圣大汉语专业不同于国内汉语言文学专业，主要面向泰国本国人，培养本土教授汉语知识的人才，大体上跟中国的汉语国际教育专业相似。为了适应中国以及国际社会需要，汉语教学硕博专业同步面向中国招生，旨在培养中泰双语型人才。王琼在《泰国华侨崇圣大学汉语教育调查与研究》一文中提到，中文系在圣大开办的十几年时间里一共发生过三次重大课程调整，删减了一些不适应社会需要的课程，增开富有泰国特色的汉语课程。（王琼，2014）2011 年，圣大中国语言文化学院在汉语专业的基础上又增开了中国语言文化专业，至此形成了完整的中文教学体系。汉语教学人数占比较大，因此本文仅讨论汉语专业的课程设置情况。该专业学制为四年，实习和毕业论文撰写均安排在最后一个学期进行，答辩通过后方可申请毕业。同时学校规定，学生需在毕业前取得 HSK四级水平，否则不予毕业。

　　随着"一带一路"影响扩大，世界各国学习汉语的人数逐渐增多。疫情前，每年外派泰国的汉语志愿者数量均位居世界前列，汉语教育已经成为泰国三大语言教育之一。圣大汉语专业成立初期曾派泰国教师赴中国攻读中文硕博学位，一定程度上保证了中文教学质量。李大遂在《上下同心振兴华教》中提到：圣大中国语言文化学院与中国境内高校互通有无，开展教学和相关学术经验交流，与国内广西民族大学、中央民族大学等开展留学生交换项目，一定程度上反映出圣大汉语教学专业蒸蒸日上的局面。（李大遂，1996）但是，圣大在招生过程中对学生汉语水平把控并不完善，有一定汉语水平的学生和零基础学生安排在一个班级，同时，圣大汉语教师多数为泰国人，受其母语泰语以及中泰两国教育制度差异等影响，圣大汉语教学专业在课程设置上不可避免会出现问题。

　　左云认为，课程设置包含四个核心方面，即课程目标、课程结构、课程内容以及课程组织形式的安排。（左云，2014）随着时代发展，圣大汉语教学专业需要不断进行改革，即从以上四个方面着手。但是在新时代背景下，圣大该如何进行有效的课程改革。面对这种情况，笔者从圣大中文专业开设历史出发，以相关中文专业研究和国内的汉教课程设置为标准，重新设计学生问卷调查和访谈，通过分析会对圣大课程改革提供有价值的参考信息。

陈申认为，课程会经历"课程设计"、"课程贯彻"、"课程评估"以及"课程改革"四个方面。（陈申，2014）目前，在开办汉语专业前，圣大已初步完成了第一方面"课程设计"。成立至今已完整经过七届学生，所以第二阶段"课程贯彻"也已经基本完成。

另外，泰国重新修订了高等教育行政法规，规定了泰国高等院校的学分制度，部分高校学分需要进行调整缩减。因此，圣大汉语教学专业现有课程学分需进行调整。基于此，本文重点要完成第三阶段——"课程评估"，以权威标准为依据，参考国内汉语国际教育专业课程设置方案，制定以学生为中心的调查问卷和访谈大纲，了解圣大在课程设置中出现的问题，并以此为根据结合个人思考提出课程改革方案，希望对圣大汉语教学专业提供一些有意义的参考价值。

二、研究综述

（一）培养目标

培养目标决定了课程设置，尽管国内开设汉语国际教育专业的学校众多，但是受限于地理环境以及教师等因素，各高校的培养方案不尽相同，不同院校的不同专家、学者对本专业的培养目标也持不同态度。总体而言，汉语国际教育专业的培养目标大致分为两个方向：第一，师资先行。秉持该目标的院校认为，汉语国际教育专业主要是为海内外输送大批的汉语教师人才，因此师资培养应始终处于该专业最核心位置的目标。（崔希亮，2015）；第二，师资目标与其他目标共行。秉持该目标的院校认为，该专业的培养模式以就业需求为导向，师资目标成为众多培养目标中的一部分，除了培养师资力量外，培养目标还包括从事文秘、旅游、行政、中小学教师等。从华侨崇圣大学的现有培养目标可以看出，该专业旨在培养多方面发展的综合型专业人才，属于目标中的第二种。

（二）课程设置

　　培养目标最直接的体现就是课程设置。课程设置主要是指"一定学校选定的各类各种课程的设立和安排"。课程设置主要规定课程类型和课程门类的设立及其在各年级的安排顺序和学时分配，并简要规定各类各科课程的学习目标、学习内容和学习要求。

　　尽管在汉语国际教育专业成立之际，教育部就出台过相关指导文件，但是对课程结构、课程内容并没有做具体的说明。王丽曾指出，当前国内汉语国际教育专业在课程设置上有较大的差别。（王丽，2013）陆俭明认为作为一门交叉性强的学科，汉语本体知识是本专业学生需要掌握的基础。（陆俭明，2014）除汉语本体知识外，蒋协众还把教学类课程视为该专业的核心课程。他认为，汉语国际教育专业课程设置应该遵从"一体两翼"的模式。其中"体"为语言学类课程和教学类课程，"两翼"为文化类课程和外语类课程。（蒋协众，2012）但蒋小棣则与以上学者的意见不同，他指出，在汉语教学处于基础阶段的大背景下，教育、心理以及外语等综合知识应该增加，汉语本体知识则应该减少。（蒋小棣，2009）

　　另外，国家汉办（原）出台制定的《国际汉语教师标准》也对该专业课程设置有一定影响。其中，施家炜建议该专业的课程设置应与《国际汉语教师标准》接轨，跨文化交际、中外文化对比以及第二语言习得等内容应该得到足够重视。（施家炜，2008）至于课程设置的具体原则，何建提出了整体性、渐进性和连续性，对该专业设置什么课程、课程的先后顺序、专业能力培养的连贯提出了自己的观点。（何建，2009）刘文霞梳理和回顾了近三十年学界对于对外汉语本科专业课程设置及相关问题的讨论，发现了其中的不足之处，同时依据新专业的培养目标提出如何优化和完善专业课程设置，以期达到符合国家和社会需要的实践性应用人才。（刘文霞，2014）潘玉华在《汉语国际教育本科专业课程设置新路径》一文中创新性的提出"三化一特"的培养模式，即课程设置模块化，实践教学主导化，区域化和国别化为特色。（潘玉华，2016）李泉在《汉语国际教育专业硕士指导性培养方案修订建议》一文中，提出汉语国际教育课程设置应该遵循"全面审视、系统评估、继承与更新相结合"的原则，具备引导性和前瞻性，更好的适应国家对高层次汉语专业人才的需要。（李泉，2021）这些原则同样适应于本科专业。

三、华侨崇圣大学汉语教学专业课程设置问题及改革构想

为了清楚了解圣大汉语教学本科专业，笔者结合个人思考设计了问卷调查，共回收 45 份问卷，涵盖了圣大汉语教学本科专业大一到大四的学生。问卷调查结束后，笔者随机从调查的学生中选取了四名学生进行访谈。通过问卷调查和访谈，发现圣大汉语教学专业本科专业在课程设置方面尚存在许多问题，而本文提到的改革也主要集中在课程结构和课程内容两大方面进行，随着这两大部分的变化，课程培养目标也相应进行调整。

（一）课程结构

表1 课程结构的改革构想

	修改前		修改后	
	必修学分	选修学分	必修学分	选修学分
第一学年	14	8	14	6
第二学年	20	6	18	4
第三学年	20	5	12	4
第四学年	10	5	14	6
总学分（占比）	64（72.7%）	24（27.3%）	60（75%）	20（25%）

通过问卷调查发现，学生对目前所学专业的满意程度高达70%，但是某些方面仍然需要改进。比如课程安排重合度较高、选修课种类繁杂、课程实践比重较小等。同时泰国教育部要求进行缩减学分，以下笔者将根据不同板块的问题对课程学分进行调整，将部分课程重新合并甚至取消。但是从上表可以看出，课程学分的比重基本维持不变。

（二）课程内容

本节主要涉及课程内容的具体调整，关于必修课，文章明确给出了课程修改前后的变化情况，但是由于选修课众多，且并非培养方案中的选修课学校均有开设，因此本文仅根据调查结果对部分选修课提出改革构想。

1.必修课的改革构想

根据前文的统计，必修课占汉语教学整个专业课程的83.3%，因此是本次课程设置改革的重点。为了更好的进行调整，本文把课程内容分成了六个板块，以下为各板块学分的调整情况。

表 2　各板块课程学分改革构想

课程板块	修改前		修改后	
	学分	比例	学分	比例
汉语及语言学	30	46.8%	26	43.3%
文化文学	12	18.7%	10	16.6%
教学	6	9%	8	13.3%
外语	6	9%	4	6%
实践	2	3%	4	6%
研究	8	13.5%	8	14.8%
小计	64	100%	60	100%

以上，各个板块学分均有所调整，研究板块和实践板块加大了分值，根据调查结果，学生普遍反映实践机会少，缺乏课堂实操，所以增加了实践板块的学分。另外，论文写作也是学生的薄弱环节，所以学分保持不变，但是加大了占比，希望引起学校对此板块的重视。

（1）汉语及语言学

表 3　汉语及语言学板块改革构想

内容分类	课程名称	修改前		修改后	
		学期	学分	学期	学分
汉语本体知识	汉语一	一	2	一	3
	汉语二	二	2		
	汉语三	三	2	二	3
	汉语四	四	2		
	汉语语法	四	2	一	2
	汉语正音	一	2	三	2
	汉语听说	一	2	三	2
	汉语会话一	二	2	二	3
	汉语会话二	三	2		
	汉语阅读一	二	2	三	3
	汉语阅读二	三	2		
汉语运用	汉语写作一	五	3	四	3
	汉语写作二	六	3		
语言学理论	中国语言学基础	五	2	五	3
总学分（占比）		30（46.8%）		26（43.3%）	

汉语及语言板块开设了大量的语言本体知识课程，忽视了其他两大部分的课程。从调查问卷可以看出，学生普遍认为自己汉语运用能力仍然欠缺，因此把汉语写作两个学期的课程合并在一起，且放在第四学期进行，为学生后续论文写作打下坚实的基础。总体上汉语本体知识板块的调整如下：（1）四个学期的汉语课合并成两门，分两个学期进行且学分缩减 2 分。因为学校开设了商务汉语以及旅游汉语等选修课，据学生反映，课程存在一定的冲突，且选修课对于将来就业有很大的帮助。（2）汉语会话和汉语阅读也进行了合并，分别安排在第二和第三学期。

（2）文学和文化

表 4 文学和文化板块改革构想

内容分类	课程名称	修改前		修改后	
		学期	学分	学期	学分
文化	中国文化艺术	二	2	二	3
	中国历史	三	2		
	中泰文化对比	四	2	三	2
文学	中国文学概论	三	2	四	2
	中国文学史一	四	2	五	3
	中国文学史二	五	2		
总学分（占比）		12（18.7%）		10（16.6%）	

该板块是继语言课程之后的第二大板块，根据调查结果，学生认为该板块的课程设置对于学生理解中国文化有很大的帮助，但是重要程度远不如其他，因此，笔者通过合并的形式缩减了一部分学分，中国文化艺术和中国历史合并，中国文学史一和中国文学史二合并，同时两门课程均缩减一分。另外，何建曾提出"渐进性"原则，为了更好的贯彻循序渐进的原则，笔者将合并后的中国历史类课程提到第二学期进行，中泰文化对比课程在第三学期开设，可以让学生对中泰文化之间的差异有进一步的认识。（何建，2009）

（3）教学

表 5 教学板块改革构想

内容分类	课程名称	修改前		修改后	
		学期	学分	学期	学分
教育理论	汉语教学概论	四	2	三	4
	教育心理学	五	2	取消该课程	
汉语教学	汉语教学设计与实践	六	2	六	4
总学分（占比）		6（9%）		8（13.3%）	

根据调查结果显示，学生普遍认为教学能力是当前学习亟待提升的地方，而课程设置中关于教学能力的培养仍然不足，在问卷调查学生能力的自评中，分数较低的几项都与教学能力紧密相关，因此即使是在学分需要缩减的情况下，还是给该板块增加了 2 个学分，同时取消了教育心理学课程，大部分同学认为该课程偏难，且意义不大。整体上汉语教学概论从 2 学分变成 4 学分，目的是为了加强同学们的教学理论素养，掌握汉语教学相关理论知识。"汉语教学设计与实践"也从 2 学分变成 4 学分，此时是第六个学期也就是大三的下学期，学生面临实习的任务，此时加大学分比重，可以很好的满足学生对汉语要素教学、汉语技能教学等内容的需求，从而更好的将理论课转化为实践课。

（4）外语

表 6 外语板块改革构想

内容分类	课程名称	修改前		修改后	
		学期	学分	学期	学分
翻译	汉语翻译	五	2	六	2
	中泰翻译	六	2	七	2
	泰中翻译	七	2		
总学分（占比）		6（9%）		4（6%）	

从上表可以看出，现时该板块的外语课程主要集中在中泰翻译方面，缺少英语课程。尽管是汉语教学专业，但笔者认为对英语能力的培养也是必不可少的，英语作为泰国的第二大语言，几乎从幼儿园就开始了，尤其作为汉语教师，将来有可能面对不同国家的学生，熟练运用英语授课的技能能够服

务于更多国家的汉语学习者，因此在该板块中加入大学英语课程，以期提高学生的英语能力。同时考虑到"中泰翻译"和"泰中翻译"的区别不是很大，于是将两门课程合并成一门课程，2学分。

（5）实践

表 7 实践板块改革构想

课程名称	修改前		修改后	
	学期	学分	学期	学分
实习	八	2	七	4
总学分（占比）	2（3%）		4（6%）	

调查问卷结果显示，学生普遍认为实习是将来走上汉语教师岗位的第一步，通过实习可以将学习的理论知识转化为实践，对于学生就业有很大的帮助。但是，学校将实习安排在大四的第二学期，多数学生认为不太合理。大四的第二个学期也就是大学四年的最后一个学期，这个时间段不仅需要撰写毕业论文，同时面临找工作的压力，因此笔者将实习安排在第七学期，同时提高实习的学分分值，一方面引起学校对学生实习工作的重视，另一方面旨在提升学生的教学技能。另外，部分学生反映，学校对口实习机会不多，实践课的缺失会影响学生将来的职业规划，因此，笔者建议学校应尽快通过各种渠道拓展对口实习机会，尽管找到合适长期的实习学校绝非易事，但是学校也不能忽略该板块，可以与当地开设中文课程的学校积极配合，开展课堂教学见习，确保学生在完成三年理论课程的情况下能够顺利进行教学实践。

（6）研究

表 8 研究板块改革构想

课程名称	修改前		修改后	
	学期	学分	学期	学分
毕业论文	八	8	八	8
总学分（占比）	8（13.5%）		8（14.8%）	

毕业论文写作是泰国高校毕业生必不可少的一环，因此该板块基本维持不变。但是，调查问卷结果显示，学生认为论文创作较难，所以笔者建议学校在最后一个学期初增开一门"论文写作方法"课程，以拓宽学生思维方式，指导学生论文选题方向。

2. 选修课改革构想

（1）增开 HSK 培训课程

圣大规定，学生取得 HSK 四级的成绩才允许申请毕业，是有一定难度的，所以至今仍有部分同学暂未拿到毕业证书，因此在调查报告中学生建议学校增设 HSK 培训课程，进行针对性教学。基于此，笔者建议学校，从大二下学期开始增设 HSK 培训课，经过一个半学期的训练，学生已经积累了一定的汉语知识，可以进行 HSK 考试，此时开设培训课程，可以更好的帮助学生。

（2）增开中国才艺课程

学校开设了中国文学和文化课程，但是缺失了最重要的中国才艺课，中华才艺也是中国文化必不可少的一部分。但是中国才艺众多，如果安排必修课或许不太实际，但是换成选修课，学生可以根据自己的兴趣爱好和就业需求选择适合自己的才艺课程，这样不仅丰富了教学，还能够进一步加深学生对中国文化的理解。

（3）提升选修课种类

根据目前开设的本专业相关选修课，最大的问题是种类不够丰富，且较多课程偏怪偏难，比如：《三字经》、《中国哲学》等，是学生选修数量较少的课程。学生普遍认为，该课程生僻字较多，由于文化差异，对其中的内容很难理解。基于此，学校应该以就业为导向，增加"就业创业"型课程，帮助学生了解当前的就业趋势，提供本专业的就业方向。

3. 其他改革构想

（1）增加基本课程设置

尽管圣大在入学前会进行汉语水平考试，但是该考试实际上并不能真实的反映学生的汉语水平，这样有基础和无基础的学生分配在一个班级，导致课堂效果不佳，严重影响了教师的教学计划。因此，笔者建议，在基础阶段汉语学习中增加课时，大力加强汉语听说读写技能的训练，能够让没有基础的学生在短时间内汉语能力得到提升。

（2）尽快解决教材问题

当前，泰国高校汉语专业面临的最重要的问题之一就是缺乏合适的教材，圣大也不例外。因此，当务之急是慎重选取合适的教材，当前汉语教材缺乏系统性和针对性，没有考虑到学生的学习兴趣以及年龄特点等，圣大可以根据学生的学习特点，开发自己学校的教材，依据不同年级、不同级别，分别编写不同的教材，满足学生实际应用的需求。

（3）改进教学方法

活泼好动是泰国学生的共同特点。因此，教师应该建立以学生为中心的教学方法，以学生为主导，重新设计课堂教学，教师可以根据学生的需求安排教学进度，倾听学生的心声，根据学生的建议，不断调整教学方法和教学内容。合适的教学方式加上合适的教材，能够起到事半功倍的效果。

（4）重视实践

"汉语教学"最重要的应该是"教学"两字，但是当前学生面临的最大困境就是缺乏实践的机会，圣大开设了大量的专业基础课程，但是学习的理论知识无法很好的运用于实践，只能纸上谈兵。因此，除了前文提到的增加对口实习的机会外，学校应该从大一就开始提供社会实践机会，不断提高学生汉语交际能力。

（5）引进中国教师

圣大目前现有的中国教师无法满足全部的教学需求。因此，需要从中国国内引进一批高水平的汉语教师，一方面教授学生，提高学生对中国的认知；另一方面培训本土教师，提高教师的教学技能。

（三）培养目标

表9 培养目标改革构想

修改前的培养目标	修改后的培养目标
培养高水平的高级汉语人才，能够熟练运用汉语从事贸易、行政、导游、传媒以及文化传播等方面的工作。	培养高水平的高级汉语人才，胜任国际中文教育工作和中华文化交流工作，能熟练运用中英泰，善于从事工作。

课程结构和课程内容的调整也导致培养目标更加具体化。从上表可以看出，改革后的培养目标，把重点放在了汉语师资培养方面。面对当前泰国汉语师资力量的缺失，作为最早一批开设中文专业的高等院校，圣大有责任也有义务为泰国汉语教学贡献自己的一份力量。当前，中文课程在泰国遍地兴起，需要大量的汉语教师，本土汉语教师的培养迫在眉睫，因此，圣大应该改变以往的培养目标，积极响应把培养高水平汉语教师作为当前最重要的使命。

四、结论

本文主要以泰国华侨崇圣大学汉语教学专业的学生问卷调查为基础，对圣大该专业的课程设置重新进行了评估，调整了部分课程顺序，缩减和增加了部分课程学分，重新调整了培养目标，使圣大的培养目标更加具体。针对学校该专业出现的问题，提出了针对性的改进建议。希望能够为圣大汉语教学专业提供积极有益的思考。

参考文献

陈申（2014）：澳大利亚的中文教育环境及专项中文教师培训项目个案分析，《华文教学与研究》，4（02），28。

崔希亮（2015）：关于汉语国际教育的学科定位问题，《世界汉语教学》，4（03），29。

何建（2009）：汉语国际推广背景下的对外汉语本科专业课程设置刍议，《赤峰学院学报》，12（08），30。

蒋小棣（2009）：《汉语国际教育硕士专业课程设置研究》，北京，世界图书出版公司。

蒋协众（2012）：对外汉语本科专业课程设置的比较分析，《太原师范学院学报》，6（02），11。

李大遂（1996）：《上下同心振兴华教》，泰国，泰国华侨崇圣大学出版社。

李泉（2021）：汉语国际教育专业硕士培养方案修订建议，《国际中文教育（中英文）》，6（02），3。

刘文霞（2014）：新形势下汉语国际教育本科专业课程设置研究，《兰州教育学院学报》，30（12），74。

陆俭明（2014）：汉语国际教育专业的定位问题，《语言教学与研究》，6（2），11。

潘玉华（2016）："三化一特"汉语国际本科专业课程设置新路径，《云南师范大学学报（对外汉语教学与研究版）》，14（02），32。

施家炜（2008）：普通高校对外汉语专业本科教育情况调研报告（一），《第九届国际汉语教学研讨会论文选世界汉语教学学会会议论文集》，183。

王丽（2013）：汉语国际教育专业应用型人才培养模式的构建，《语文建设》，36（32），14。

王琼（2014）：《泰国华侨崇圣大学汉语教育调查与研究》，广西，广西大学硕士论文。

左云（2014）：《来华留学生汉语国际教育（本科）专业课程设置研究》，海南，海南师范大学硕士论文。

以互動自主的溝通式教學觀與溝通能力為參照主軸的華語線上活動設計

Chinese Online Activities Design Based on the Interactive and Autonomous Communicative Approach and Communicative Competence Framework

蔡蘊嫻　臺灣師範大學

TSAI Yun Hsien　National Taiwan Normal University

摘要 Abstract

在全球化的時代，人類社會各個領域的發展都不可避免的需要在異文化溝通下進行。溝通式教學因為注重社會意義、互動交流、自主思考等特質以及語言使用者的溝通能力，在這樣的社會形態下，可說是呼應了時代的需求，可作為語言的學習參考目標。近年來，線上教學的需求漸增，尤其在冠狀肺炎爆發之後，許多實體課程需在短時間內轉型，線上教學雖有其便利性，卻也有許多限制，如何在遠距少接觸的教學模式下，有效地和學生互動、促進學習也成為近期教學者們需要思考的問題。基於以上的考量，我們嘗試以溝通式教學觀以及溝通能力為理論基礎，設計並實施線上教學活動，以自主持續使用華語溝通為目標，鼓勵學習者在實際的語言互動中習得語言，逐漸發展其溝通能力。期望能藉由這個教學活動的實驗與討論能對華語教學的需求與現況能有更好的理解並提出貢獻。

關鍵詞：溝通式教學觀　溝通能力　線上互動設計

In the era of globalization, the development of human society inevitably needs to be carried out under intercultural communication. As communicative approach focuses on social participation, interactive communication, and independent thinking, as well as communicative competence of language learners, it responds to the needs of the times and can be used as a reference target for language learning. Recently, the demand for online teaching has been increasing, especially after the pandemic of COVID-19, many physical classes need to be transformed in a short period of time. Although online teaching has its convenience, it also has many limitations. How to effectively interact with students and motivate learning under the remote teaching mode has become an issue that teachers need to think more about. Regarding the above considerations, we try to design and implement online activities based on the communicative approach and communicative competence framework, aiming at autonomous and continuous use of Chinese in communication, encouraging learners to acquire language through interaction and gradually develop their communicative competence. We hope that through the experiments and discussions of this teaching activity, we could have a better understanding of current situation, and make contributions to the needs of Chinese language teaching.

Keywords: communicative approach, communicative competence, online activities design

引言

在全球化的時代背景之下，交通工具發展快捷，國與國之間的物理距離逐漸縮短，人類不再受地理空間限制，各族群接觸交流頻繁，尤其在高科技傳媒的影響之下，世界各地資訊相互流通，人類社會各領域、階層，舉凡政治、經濟、軍事、生態環境等逐漸全球共構，相互影響、相互依存，我們可以說人類漸漸走向一個生命共同、命運共同的處境。在這樣的情形下，和諧順利的溝通、善意同理的互動似乎變得重要。一個異質對立彼此誤解的溝通，有可能造成大規模的破壞，而一個相互理解共情的互動也能夠創造惠及眾人的環境，溝通互動的影響力在這樣的社會形態下是值得重視的。

為了能建立良善的溝通，我們需要的可能不只是語言結構，諸如語法、語用、修辭、篇章等知識，或是熟練的聽、說、讀、寫等語言技巧，抑或是對話方的社會禮儀規範、文化習俗等背景知識。除了這些重要的基礎，可能還需要學習整合這些知識技巧，依照每一個特定情境的需求，善用這些工具，嘗試理解對方、表達自己，進而建立良好的溝通，而這也是溝通式教學所提倡的溝通能力的內涵。

因此，在這個大環境下，我們可以說溝通式的語言教學觀念及理論論述是具有時代意義的。它所注重的社會性、互動性、自主性，即時呼應了當前全球化、跨文化交流的情勢，能對目前的社會需求提供幫助，同時也因為擁有這些特質，溝通式教學的理論能夠隨著時代的變遷不斷調整、與時並進。

除了全球化的趨勢，近期由於新冠肺炎爆發，人類的社會活動需要在短時間內由實體往虛擬媒介轉移，就語言教學而言，雖然在疫情之前已有許多線上教學的發展，但是都不及這次的頻繁廣泛。從傳統直接與學習者近距離接觸的實體教學，轉換為凡事隔著電子裝置的交流方式，不論是在教學方法、教材運用、訊息傳遞上，都遇上新的限制，而這些限制就連帶地影響了教學上的互動性。比起過往的教學模式，虛擬空間裡的課室活動，似乎多了空白和缺憾。這讓我們不禁思索如何才能讓交流的雙方有更好的互動，並更深入的思考什麼才是互動的意義。

基於上述這些社會現象與議題，我們希望可以在華語教學的場境中，嘗試探索能夠適應這些新變化、並對這些社會需求做出回應的教學方式。我們將以溝通式教學所注重的社會性、互動性、自主性三個元素作為主要導引，並以溝通式教學觀的理論作為參照，來設計教學活動，而後藉著活動的實施和觀察，驗證理論的可行性，嘗試提出對華語教學的建議。

這篇論文即是此教學活動從設計到實施的過程研討，大致分為以下幾個段落：理論基礎探討、課室活動設計、活動實施情形、課後評述與結論。

理論基礎探討

一直以來，在溝通式教學裡，培養學習者的溝通能力可說是主要目標之一。溝通能力的理論基礎包含了溝通式教學觀的基本理念，因此，溝通能力的發展可說是溝通式教學觀的一種實現。

而當我們更近一步的思考，如何幫助學習者發展溝通能力的時候，首先可能需要對能力這一個詞所包含的意義有更清楚的了解。在語言教學的範疇裡，能力、技能、知識等詞彙多有相互重疊使用的情形，能力有時等同知識，有時也代表技能，每個詞的意義都不太明確，而意義界線不明也代表著各個詞彙的定位不確定，定位不明則連帶導致教學目標模糊，不能更準確地實施教學方案，影響教學實務的有效性。因此在我們討論溝通能力之前，需要先探討能力的定義，有了這個基礎的概念再來理解溝通能力，或許可以更清楚立體。

能力這個詞彙在學術研究中也是廣為討論的，各領域因為各自的場景與需求給予這個詞彙不同角度的詮釋和定義，距離語言教學較近的教育學的研究可以為我們提供不同的思考角度。根據許彩禪（2009）的論述，Jonnaert（許彩禪引，2009）和 Le Boterf（許彩禪引，2009）所提出的能力概念架構是法語學界裡較為普遍的兩個觀點。

Jonnaert 以學校課程教綱為著眼點的論述，建立了一個階層性的能力架構，將教學內容由基礎知識到能力發展的過程做了一個垂直性的分析，以及發展過程的描述（圖 1）。

圖 1　Jonnaert 層級能力概念結構

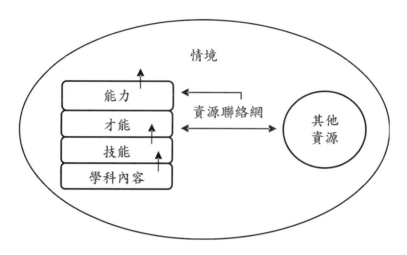

引自「能力概念分析與建構及對臺灣中小學教育的啟示」，許彩禪，2009，嘉義大學國民教育研究學報，22，頁 168。

在這個架構中，學科內容、技能、才能是能力結構的要素，但是這幾個詞彙看起來其實有些相似，我們可以就 Jonnaert 所舉的例子來理解。

以數學科目為例，學科內容代表的就是獨立、客觀的學習內容或概念，像是數字的概念、乘法的概念。而一般學科內容會搭配技能一起出現，例如：會背九九乘法表，所以「動詞＋學科內容」就等於技能。學科內容和技能這兩個要素都是情境外的。

才能（capacity）則是技能加上情境的運用，例如：將乘法用於計算空間的面積。雖然技能與才能同樣都被 Jonnaert 定位為「認知－動作資源」（resources cognitive-motrices），但是技能單屬於一個學習概念，而才能則是不同學習概念的串連和運用。如果學習者能背誦九九乘法表中 4 的乘法是技能，那麼將 4 的乘法概念運用到以 4 為除數的除式時，就是一種才能。

最後，能夠將前述的這幾項基礎與其他資源連結，來處理情境給予的問題或任務時，就是能力（competence），譬如規劃種植區這個情境任務，需要同時運用測量、面積計算、設計、設計圖繪製等各種才能來完成。才能與能力都與情境有關聯，但是才能是在不同情境中被搭配運用，能力則是在一特定的情境中，考量整體情況、條件、需求後，調度整合已有的才能與可用的資源來處理問題。這當中包含了對情境、對問題的認知和判斷，對所擁有資源的了解及有效的使用。

因此，Jonnaert 認為，如果沒有了情境這個要素，培養出來的只能是虛擬能力，不是真正的能力。我們將情境理解為外在環境給予的刺激，它激發主體反思、理解、整合、做出決策、解決問題，真實的活用所擁有的認知和資源，是驗證所學的重要元素。而換一個角度來說，如果學習者在這個過程裡發現了某種缺乏，也能反思學習上的缺失，正好可以藉這個機會修補完善。

不同於 Jonnaert，Le Boterf 從職業教育的範疇來討論能力的定義（圖 2）。

圖 2 Le Boterf 能力三面向

引自「能力概念分析與建構及對臺灣中小學教育的啟示」，許彩禪，2009，嘉義大學國民教育研究學報，22，頁 171。

Le Boterf 將能力的概念以三個軸線來詮釋，分別代表的是資源、反思、行動。

資源即是所有主體行動時所需的基礎，包含個人內在的：知識、認知能力、情緒、文化、價值等，以及環境外在的：資料庫、科研合作網絡、同事、專家等。反思代表的是主體的後設認知，是對於情境、問題的理解，並且知道該做什麼、該怎麼做。行動則是經由主體思考判斷後，調度可用的資源，對情境或問題作出的實際回應。當這三個軸線共存，他們所組成的就是實際能力。

雖然這兩位學者的領域觀點和描述不同，但是在基本理念上有很多的重疊。Jonnaert 著重的是能力基礎構件的垂直分析和描述，Le Boterf 則較強調主體與情境互動的橫向討論，但是兩者的能力概念結構，都以情境作為能力發展的重要參照，重視主體的存在及其思考性，並且認同能力的發展來自情境、本體、資源三者之間的互動激發。

　　許彩禪（2009）將兩位學者的論述整合為一個相互補充且完整的結構（圖3），而我們也以這一個三角架構作為我們對能力的理解。

圖3 許彩禪 能力內涵架構

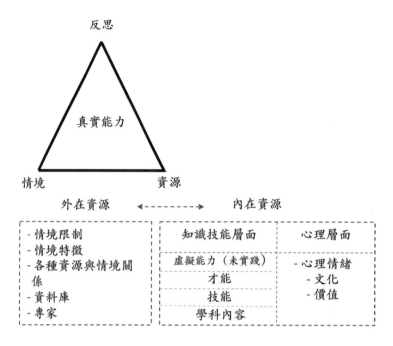

引自「能力概念分析與建構及對臺灣中小學教育的啟示」，許彩禪，2009，嘉義大學國民教育研究學報，22，頁173。

　　在對能力的定義有一個較清楚的認識後，我們將以這樣的能力觀點來回顧溝通式教學觀裡對溝通能力的定義，嘗試對溝通能力做更深一層的了解。

　　在語言教學的領域中，Canale 和 Swain（1980）的溝通能力定義是經典之一。1990 年，繼 Canale 和 Swain 之後，Bachman 在前兩位學者的理論基礎上提出他的觀點和補充。

　　對 Bachman（1990）而言，為了使用語言進行溝通，除了語言知識，還需要實際運用語言知識的能力。在他初期發表的論述中，語言溝通能力由以下三個成分組成：

　　語言能力：即指語言知識，包含語法、篇章、語用等知識。

策略能力：代表串連溝通情境、語言知識以及語言使用者的心智能力，具有評估判斷如何實現溝通目標的功能。

心理生理機制：代表語言作為物理現象時，運用語言溝通所牽涉到的神經和心理運作程序。

1991 年，Bachman 對先前的論述做了某些調整。他認為「能力」（competence）一詞包含的意義太廣泛。在調整過後的理論架構裡，他將原名為能力的組成成分重新命名為「知識」（圖4）。

圖 4 Bachman 語言溝通能力成分示意圖

在新的架構裡，語言溝通能力主要有兩個組成成分，一是語言知識，一是後設認知策略。語言知識的區塊包含了原有的語言能力，分別為語言組成知識及語用知識，以及後續更細緻的次分類。後設認知策略則大致維持了原有的內容。我們可以說，後來的更新，在結構上似乎沒有太大的改變，但是在組成成分的質性及功能上有了更確切的定義。

就這位學者的觀點來說，語言溝通能力的涵意即是在合乎情境特徵的情況下，恰當地運用語言知識來表達及詮釋意義。這個能力的定義裡，同樣有一個預設的溝通情境、主體意識的判斷，以及語言知識和心理生理機制等資源的支持，而能力即是在這三者的互動之中發展而成。

換句話說，雖然這個理論架構屬於語言學習的範疇，包含語言溝通專屬的知識和相關的內容，但是就能力定義而言，在基本概念上和教育領域的觀點是相同的，同樣圍繞在情境、反思、資源三個軸線上。

從以上關於能力及溝通能力的討論中，我們的理解是，能力不等同於知識或技能，因此語言的學習如果停留在語言結構知識的討論、或是缺乏情境意義的技能訓練可能對學習者的幫助是不足夠的。如果能夠提供真實的情境、尊重主體思考，讓學習者學習調度擁有的資源來處理溝通任務或問題，或許較能幫助他發展溝通能力。

如果能藉由這樣的學習模式，在真實的溝通情境裡表達自己、理解對方訊息，活用溝通能力架構中所包含的語言、語用、社會文化等知識，等同於引導學習者和諧得體地和別人互動，促進成功的溝通交流，實現了溝通式教學觀所注重的社會性、互動性和自主性。

課室活動設計

在課室活動的設計上，我們會以溝通式教學觀所關注的社會性、互動性、自主性三個特質作為理想目標，以能力發展的情境、主體反思、資源三個元素的交互循環作為活動主軸及實踐目標的方法。

在情境這個環節，我們期望設定的活動主題能盡量貼近學習者的真實生活，不論是居住環境、日常活動、個人專業、興趣愛好等，只要是和學習者的生活關聯密切、能讓學習者感到熟悉親切的，都可以是適合的主題。我們認為合適的主題較能提高學習者的參與度，是啟動主體反思的前導，而學習者對於較熟悉的主題可能也會有較多熟悉的詞彙或語言使用經驗，即使經驗不足也較能有意願克服挑戰。

另一方面，如果課室活動本身就是一個語言互動情境，那麼這個真實的情境就能夠更深刻地激發學習者進行互動，更實際的搜尋與運用所擁有的資源來回應溝通需求，更自然地發展溝通能力。如同許彩禪（2009）所說，教育領域中最容易受到批評的，就是學生無法學以致用，當學生在實際生活中沒有辦法運用所學來解決問題，代表他在學習過程中並沒有發展真正的能力。因此，如果語言課室就是真實的交流，學習者在課室裡就能不斷練習，或許也就能在課室外更好地和他人進行溝通。

在主體反思這個部分，我們希望可以做到以學習者為中心，尊重學習者為一獨立自主的個體，照顧學習者的學習需求。在活動的安排上能夠盡量的保留學習者參與的空間、獨立思考的時間，選擇的題材盡可能對學習者來說是具有意義的、能導引出更多的自主學習意願及反思動機的，並且能讓學習者在課程進行時，願意更多地表達個人思想與價值觀、在交流中和對方共同建構意義。

在資源這個要點上，由於我們將語言課室視為一個真實的溝通情境，而學習者能夠就在這個情境裡學習調度個人資源來回應溝通需求，那麼為了讓學習者能更容易地進行練習，我們會盡量觀察學習者，以便設計更適合他的活動，讓他能更好地調度、應用己身已有的生活知識、專長、個人經驗等來回應互動交流時的挑戰。另一方面為了學習者在活動進行時，更有餘裕地運用這些知能，並在課堂時有更多發表的時間，我們會讓學習者提前準備，同時鼓勵他使用有助於溝通的工具。

這次活動的設定是正課後的交流活動，進行方式為線上課程，學習者的背景是波蘭籍漢學系二年級學生，中文程度為中級，單堂課時為五十分鐘。

活動實施情形

在課程開始之前，我們有和學習者相互認識及討論的時間，在這個時段，我們嘗試廣泛地了解學習者的語言程度、學習情形、學習態度、興趣愛好、人格特質等，以此作為活動設計的基礎。

由於主題的設置及活動走向皆以學習者個人經驗為主導，為了讓學習者能更充分地使用課堂的學習時間、參與互動，我們會預先告知學習者下一堂課的主題，並請學習者事先準備講述內容，而這樣的課前預習也能讓他提前進入我們預設的情境、整合相關的知能，為未提及但是可能討論的相關主題做準備。在此同時，我們也會針對提出的主題多方面的閱讀相關的資料，整理適合學習者、可作為後續討論的題目。

我們在課前的討論中，觀察到學習者具有較明顯的文藝特質，因此邀請他在第一次的活動裡介紹自己欣賞的作家和歌手。在活動進行時，學習者自然地口述了一位作家的事蹟以及為什麼喜歡這位作家的原因，並且用波蘭語朗誦了一首這位作家的詩，在這過程中我們可以感受到學習者愉悅的心情。後續我們請學習者解釋詩的內容，才知道他介紹的是一位愛國詩人，也因為這詩的內容，我們談及了波蘭的部分歷史、曾經發生的戰爭、過去的經歷對現在的社會和人民的影響。這堂課原本安排的內容還沒上完，時間就用盡了。

我們在這段討論的過程中，一方面感到高興因為做了事先的準備，能有機會藉由學習者的真實經歷驗證並深入書本上的知識，同時也較能了解學習者所準備的內容以及講述時的心情，另一方面也發覺自己的淺薄，在學習者講述民族的悲傷經歷時，沒有辦法即時給予更好的回饋，但這也成為激發我們改善自己的動力，為我們提供改進的方向。

第一次活動結束後，我們察覺到學習者是個會觀察社會現象、關懷人群的人，並且很有想法，當他談及波蘭的歷史、過往的苦難時也感到悲傷。基於這個結果，我們在原訂第二次的主題裡加上「未來希望為波蘭做的事」這個題目，希望能更貼近學習者，引導出更深入的討論。

第二次的主題是請學習者介紹他的家鄉。在學習者預習的同時，我們也準備了幾個與這個城市相關的圖片，作為討論題目的建議。活動中學習者講述完畢之後，剛好看到圖片裡有他講述內容提及的著名教堂，就接續地作了介紹，而後再談到另一張圖片上的教宗若望保祿二世，接著就由教宗若望保祿二世談及他曾經對波蘭政策提出的建議，由此再延伸波蘭的社會狀況，最後再講述自己未來希望做的事。

我們準備的圖片不是每一張都用上，圖片只是話題的建議，作為引導學習者自主發言的輔助，主要還是在於學習者的選擇，我們只是在某些時間點提問、開啟話題，但是否繼續討論、是否將話題串連其他圖片、連結相關的討論內容、討論程度多寡，還是由學習者決定。我們希望藉由半開放的結構引導學習者，在較熟悉的情境設置下，多嘗試調度課前準備的相關資源來回應溝通的需求，在類似的循環裡，重複練習能力的發展。

在接續的話題中，學習者講述自己未來希望做的事。他希望自己能到醫院探望、幫忙照顧生病的人，因為他不喜歡看一個人太傷心，有時候他也會因為想幫助人但是沒有能力而生氣。同時他對人的生命和存在有很多疑問，所以會在宗教信仰上多研究，然後會再把得到的感悟帶回醫院鼓勵病人，守護他們的希望。他也因為對宗教的探索，藉著學中文又認識了佛教、輪迴的觀念，讓他開啟更多對信仰的研究。

我們發現在這個話題的討論上，從半開放式的模式進入到更雙向、更有交流的情況。學習者更主動更自主的與我們互動、選擇自己的話題，而這個階段討論的內容都不是預期之內的。我們發現，在這些非預期的話題討論中，學習者使用了更多的詞彙、談及更深入的個人思想。詞彙不足也因此出現，但是即時討論、確認意義、新增詞彙也是一種溝通和學習。我們發覺,當我們不加設限、更多的尊重學習者為獨立思考、獨立存在的個體時,學習者能更自如地運用所擁有的資源、開展更多元的語境和內容,更有機會發展或驗證自己的溝通能力,結果可以是超乎預期的。

另一方面,在意義的交流上,會因為雙向互動,逐漸聚焦為雙方都希望討論的話題,意義也會因此得到延展,雙方也能有機會在相互了解的過程中更能同理對方。在這段討論中,學習者的發言讓我們受到感動與鼓舞,看到了生命的苦難使他在精神上昇華,使得他在人生中追求更高尚的情懷與理想。同時,也因此體會到雖然我們說著不同的語言,生長於不同文化,但是在人性的本質上我們是相同的,對於各種生命遭遇都是能夠同理共情的,對於生而為人的存在意義都有同樣的探究需求,而這些生命的共相也幫助我們對彼此認同和理解。

因此,我們可以說這樣的互動交流是具有時代意義的。在這個異質性、異文化接觸頻繁,時而分歧加劇,導致事態緊張的時代,溝通的雙方如果能夠相互理解認同,進而達成和諧共榮的合作,對人類共命共存的生活型態是很有貢獻的。

課後評述與結論

在兩次的教學活動中,扣除學習者事先準備好的語言內容,學習者使用語言的時間是總課時的三分之二。就學習者能夠在不同的情境中,從具象的人物事件描述,到抽象的觀念情感的敘述,都能運用相應、適當的詞彙和語句來回應溝通任務,讓互動能夠持續,我們覺得語言的質量和使用強度,都是足夠的。

語言結構的學習雖然不是直接的,但是藉由語言使用中發生問題,即時補充解決,這樣學得的語言知識是有意義的。它不是從其他文本摘錄、需要努力理解及練習的,它屬於學習者個人專有的文本,語義上因為有情境支持而更加完整,語用功能也能在真實的溝通情況下確立,並且可以藉由主題內容的意義脈絡發展來類化或串連這些語言知識,在語言習得上來說應該是有效的。

另外,能力的理論架構也讓我們反思,在過往的經驗上,可能因為教學效率的顧慮,我們雖然都注意到了情境與資源的重要,但對於學習者的自主性似乎不夠重視,因此很多的溝通式課程,還是有很大的控制性,不論是在教學內容的選擇上,或是課堂互動上,學習者真正參與的比例不是很高,能力發展所需的三個軸線不是很平衡,在某種程度上來說,可能就限制了學習者的發展,這是我們往後可以再多觀察驗證的。

　　經由這次的試驗，我們認為能力三要素的理論架構能幫助我們實踐溝通式教學的社會性、互動性、自主性，在語言的課室裡促進人與人之間的交流，相互學習，增進良善的溝通。這樣的教學方式不只能幫助學習者與教學者在過程中發展各自所需的知能，也能藉由這樣的互動，建構更和諧的群體社會關係，實現語言教學的社會價值，以及教學者的個人意義。

參考文獻

許彩禪（2009）：能力概念分析與建構及對臺灣中小學教育的啟示，《嘉義大學國民教育研究學報》，22，159-180。

Bachman, L. F. (1990). *Fundamental considerations in language testing*. Oxford university press.

Bachman, L. F. (1991). What does language testing have to offer? *TESOL Quarterly*, 25(4), 671-704.

Breen, M. P., & Candlin, C. N. (1980). The essentials of a communicative curriculum in language teaching. *Applied linguistics*, 1(2), 89-112.

Canale, M., & Swain, M. (1980). Theoretical bases of communicative approaches to second language teaching and testing. *Applied linguistics*, 1(1), 1-47.

Canale, M. (1983). From communicative competence to communicative language pedagogy. In J. RICHARDS & R. SCHMIDT (Eds.). *Language and communication* (pp.1-21). Longman.

Le Boterf, G. (2006). Avaliar a Competência de um Profissional: três dimensões a explorar. *Pessoal*, 6, 60-63.

附錄一：課堂投影片與說明——課前認識

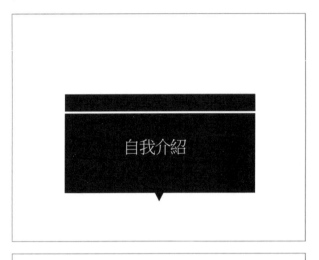

<table>
</table>

補充說明：

在正式開始上課前，我們會事先準備好幾個問題，引導學習者回答，但是在學習者回答的過程中，很有可能會出現新的話題，所以這些問題只是一個基本參照。

這些問題的主要功能在於幫助我們更好地認識學習者，讓我們能盡量地為他量身訂做適合他的語言課程。

問題主要圍繞在學習者的語言學習經驗與使用經驗、學習動機、擅長領域和興趣。

藉由這樣的交流我們可以從學習者的各種語言與非語言的回應和表現對他有一個概略的了解。

自我介紹

- 你叫什麼名字？
- 波蘭文怎麼說？
- 為什麼中文名字是…？
- 你的專業是什麼？
- 為什麼想學中文？
- 在家裡都用什麼語言？
- 你比較擅長哪一個語言？

- 一個星期上幾次中文課？
- 一次幾個小時？
- 中文的哪個部分比較難學？為什麼？
- 平常自己怎麼學中文？對於比較困難的部分怎麼學習？
- 平常的嗜好是什麼？

附錄二：課堂投影片與說明——活動一

補充說明：

　　這是第一個課堂活動所使用的投影片，主題是討論學習者所欣賞的作家和歌手。

　　我們除了預先請學習者準備下一堂課介紹這些藝術創作者，也請他先告訴我們他們的名字，讓我們也可以做課前預習。

　　這兩張投影片都是學習者所喜歡的人物。這些圖像對我們而言很平常，即使閱讀相關資料，對他們的認識還是很淺層有限。相反的，學習者可能就在這上面投射了很多個人的思想和價值，也因為這樣，這些圖片就有更高的機率能夠喚起他的生活經驗和情感。因此，這樣的主題設置對學習者來說就會是比較親切的、有助於自我表達的，而我們也能藉著這樣的互動過程對學習者的個人世界和社會文化有更真實豐富的認識。

　　課堂上，我們邀請學習者參考圖片，逐次回答投影片上的問題。由於整個課堂內容和學習者的背景經驗是融合的，因此學習者能夠很容易地進入主題，發表個人想法，也會在回答問題之餘又開啟新的話題。我們也因為有課前的準備，較能夠接近學習者的認知領域，進行真實的交流。

附錄三：課堂投影片與說明——活動二

補充說明：

　　這是第二堂課所使用的投影片，主題是討論學習者的家鄉還有他未來希望做的事。

　　由於我們在第一堂課談到波蘭歷史的時候，學習者因為波蘭民族的遭遇感到悲傷，我們希望在這一堂課裡更多的提及對世界有重要貢獻的波蘭籍人物，藉此鼓勵他。

　　基於這個原因，在這個家國主題的投影片裡，除了學習者家鄉的主要地標以外，在我們參考他的文藝、學術的背景之後，我們加入了天文學家哥白尼、音樂家蕭邦、物理學家居里夫人、教宗若望保祿二世、人類學學者馬林諾斯基等人物的圖片。

　　之後也在這些具有歷史及社會意義的地點和人物之中，再加上波蘭的地圖、時間軸和學習者的名字，嘗試將美好的波蘭民族精神與學習者的未來規劃、社會貢獻等概念串聯在一起，作為「未來希望為波蘭做的事」這個題目的參考。

　　在這樣的意義脈絡配置下，學習者在課堂中講述完事先準備的內容後，就接續地引用了投影片上的地標圖片繼續介紹，而後也從其他人物的圖片延續了與主題相關但是不在預期內的話題，整個談話的內容都很充實豐富。

致謝

在此感謝為本教學實驗提供精美圖片的作者，

美好的影像帶引我們至語言所未能及的境地。

https://niezlomni.com/wp-content/uploads/2014/07/Andrzej-Romocki-Morro.jpg?x13012

https://api.culture.pl/sites/default/files/images/imported/muzyka/portrety%20i%20instytucje/grechuta%20marek/grechuta%20marek_5990356.jpg

https://www.rmf.fm/_files/Short_foto/625/caac837d20f52f0795048e3e81093d29.jpg

https://www.last.fm/music/Czesław+Niemen/+images/96f09af7657b45068885060b547949d9

http://www.krakowpost.com/wp-content/uploads/2017/01/Collegium_novum_fasada-1024x489.jpg

https://cdn.quotesgram.com/small/4/9/1009462150-Bronislawmalinowski.jpg

https://www.wykop.pl/cdn/c3201142/comment_kypT1JJPxFq1isnJ6GVir8gErmSc99Lv.jpg

http://2.bp.blogspot.com/_BrEuj7zD-UE/TOVd3_3DhXI/AAAAAAAAGj8/CGeqs__0Xo4/s400/juanpabloII.jpg

https://i2.wp.com/travelwithmikeanna.com/wp-content/uploads/2016/07/DSC_4692.jpg?resize=524%2C787

https://i0.wp.com/travelwithmikeanna.com/wp-content/uploads/2016/07/DSC_4886.jpg?resize=494%2C740

https://travelwithmikeanna.com/ 波蘭 krakow 克拉科夫 /

https://cdn-images-1.medium.com/max/1200/1%2Av5WlqxWd_K731LtoYPkWrg.jpeg

https://www.1st-art-gallery.com/Maria-Wodzinska/Portrait-Of-Frederic-Chopin-1810-49.html

https://i.pinimg.com/originals/a5/74/10/a57410b69b2e3c93419fcc254c25e17f.jpg

http://s3.amazonaws.com/s3.timetoast.com/public/uploads/photos/9478642/download_%281%29.png?1485832454

等級大綱之比較對澳門第二語文小學課程指引的啟示

Grading Outline Implications of Teaching Chinese as a Second Language in Macau for Elementary Curriculum Guidelines

鍾佳利、魏慧萍　澳門科技大學

ZHONG, Jiali WEI, Huiping　Macau University of Science and Technology

摘要 Abstract

《澳門第二語文課程指引》（小學冊）是澳門地區以中文作為第二語文的教學綱要，主要針對課堂語言為非漢語的中外籍小學生。本文通過比較新 YCT、《國際中文教育水平等級標準》和《澳門第二語文課程指引》（小學冊）三部等級大綱在語言要素、縱向能力與橫向能力、話題、評估等指標上的共性與差異，嘗試探索三者互學互鑒的路徑，以期為澳門第二語文教學提供更系統全面的中文教學標準體系參考。分析表明，三者在語言要素量化指標、應試類評估指標、行動導向的課程設計、不同學段的橫向語言能力量化指標方面存在互學互鑒路徑。

關鍵詞：國際中文教育 等級標準 新 YCT 對比分析 澳門

The Curriculum Guidelines for Teaching Chinese as a Second Language in Macau (Version of Chinese for Primary Schools) (after-here: CGM) is a syllabus for international Chinese education in Macau, mainly for primary school students from Macau and foreign origins whose classroom language is not Chinese. By comparing the commonalities and differences in the language elements, vertical and horizontal competencies, topics, and assessments among the three syllabuses, including CGM, YCT, and Chinese Proficiency Grading standards for International Chinese Education, this paper explored the mutual learning paths of them. The aim of this research is to provide Macau students with a more comprehensive overview of the Chinese teaching standards system. The results showed that there are ways for these three guiding outlines to teach and learn from each other in terms of quantitative indicators for language elements, assessments based on tests, curriculum design based on behavior, and quantitative indicators of horizontal language skills in different class periods.

Keywords: international Chinese language education, grading standards, YCT, comparative analysis, Macau

1. 引言

中國漢語水平考試從 20 世紀 80 年代發展至今，經歷了 HSK1.0 和 HSK2.0 的探索，即將邁向 HSK3.0。在不斷提高等級大綱界定標準的過程中，實現了從普及化到系統化的過渡（劉英林，2021）。起初《漢語水平等級標準和等級大綱（試行）》（1987）將辭彙和語法分為甲乙丙三級，隨後《漢語水平辭彙與漢字等級大綱》（1992）修訂為甲乙丙丁四級，而《漢語水平辭彙與漢字等級大綱》（1996）將漢字與辭彙大綱進行等級整合與對照，形成了「二維基準」體系，《漢語國際教育用音節漢字辭彙等級劃分》（2010）從音節、漢字和辭彙要素中建構了「三維基準」體系（吳勇毅，2021），最新實施的《國際中文教育中文水平等級標準》（簡稱：《等級標準》）（2021）加入語法要素建立了「四維基準」，這意味著通用型等級標準逐步走向規範化，反觀地區型等級標準的發展，澳門在三文四語[1] 的語言社會中塑造了多元文化生態面貌，在歷史演進中孕育了國際中文教育的發展空間。因此，澳門教青局 2016 年印發了《澳門第二語文課程指引》（研究者在文中將其簡稱為《澳門指引》），所謂「第二語文」，指教學語言為非漢語的學校所開設的中文教育課程，主要應用於三類學校，第一類是以中國籍學生為主體，教學語言為英語的學校；第二類學校的教學語言雖然同為英語，但針對的是外籍或華裔非本地學生；第三類是以葡萄牙籍學生為主體，教學語言為葡萄牙語的學校（詳見表 1）。

當前尚未有研究對《澳門指引》內容展開分析與論述，本研究通過比較新 YCT（2009）、《等級標準》（2021）和《澳門指引》（小學冊）（2016）在語言要素、能力、評估和話題等指標上的共性和差異，嘗試探索三者互學互鑒的路徑，以期助力澳門第二語文小學在國際平台鑒定中文，發揮澳門基礎教育階段第二語文課程教學和測試的示範作用。擬以下三個研究問題：1）均限定學習者為基礎教育年齡段的新 YCT 與《澳門指引》之間在語言要素、縱向能力和評估指標中的共性與差異是什麼？ 2）未限定學習者年齡段（教育實踐中以面向成年學

1　澳門地區三文四語現象指，在書面語中流通中文、葡文和英文三種語言，在口語中流通漢語、粵語（方言）、葡語和英語四種語言，因此簡稱三文四語。

習者為主）的《等級標準》與《澳門指引》在語言要素、橫向能力和話題指標中的共性與差異是什麼？ 3）《等級標準》和新 YCT 對《澳門指引》具有哪些互學互鑒的啟示？

表 1：澳門地區第二語文課程的學習者類型

教學語言	學生的國籍類型
英語	中國籍學生
英語	外籍或華裔非本地生
葡語	葡萄牙籍學生

2. 研究方法

2.1 樣本選取

本文以三部等級大綱作為研究對象，即新中小學生漢語考試（新 YCT），《國際中文教育中文水平等級標準》和《澳門第二語文課程指引》（小學冊）。加入新 YCT 可以觀察針對同年齡段學習者的中文標準與《澳門指引》的比較結果，加入《等級標準》進而為《澳門指引》提供更為全面的互學互鑒結果。

新 YCT 是於 2009 年由商務印書館出版，專為中小學生中文學習者設計的國際漢語能力標準化考試，該考試包括筆試與口試兩部分，其中筆試涉及一至四級，口試囊括初級和中級。學界近年來已關注到新 YCT 的研究，如對 YCT 展開現狀分析（趙勖，2013；張潔、李亞男，2009），姚璿（2021）探討了華文教材第 1-4 冊與 YCT 二級的適應性，汪芳琳（2021）闡釋了 YCT 標準教程 1 與新 YCT 的匹配度問題。

《等級標準》於 2021 年 3 月由國家教育部和語言工作委員會發佈，同年 7 月 1 日正式實施，其特點包含如下三點，其一，建立「三等九級」新框架，即將學習者的中文水平從低到高分為初中高三等，根據水平差異在每一等級內部再分為次三級；其二，形成「四維基準」新體系，即以音節、漢字、辭彙、語法四種語言基本要素作為衡量中文水平的基準；其三，實施「3+5」測試和教學新路徑，提出言語交際能力、話題任務內容和語言量化指標向三個評價維度，以及「聽說讀寫譯」五個能力指標。學者思考了《等級標準》與海外中文教育的聯結（陳琪，2021；張麗，2021），同時與美國外語教學委員會（ACTFL）開展比較研究（劉樂寧，2021）。

　　《澳門指引》由澳門教育暨青年局制定，於 2016 年正式實施的地區型中文等級大綱，該指引涵蓋小學、初中和高中三冊。對學生提出了在口語、識寫字、閱讀、寫作、使用工具書和感知中華文化六方面能力的量化和非量化指標要求，以此制定了語言能力等級、共同能力、價值觀和態度四維相接的基礎教育課程體系。目前尚未有研究將《澳門指引》與通用型漢語等級水平大綱進行對比。因此，本文將立足於《澳門指引》（小學冊），與新 YCT 和《等級標準》展開對比，以期洞察其中的互學互鑒路徑，為澳門地區的第二語文學校及其中文教師在課程實施中提供參考。

2.2 等級大綱的理論依據

　　新 YCT，《等級標準》和《澳門指引》理論依據各異。新 YCT 以增強考生學習漢語的興趣、自信心和榮譽感為目標，考試設計與當前國際中小學生漢語教學現狀、使用教材緊密結合，主要遵循「考教結合」的原則，以實現「以考促教」「以考促學」。《等級標準》基於「三等九級」新範式、「3+5」新路徑，「四維基準」等級量化指導呈現國際化新規則（劉英林、李佩澤和李亞男，2020）。《澳門指引》基於學力要求，更注重發展學生的中文素養，理解中華文化，尊重文化差異，重視中文實踐，創設豐富的中文學習環境，以發展活潑而多元的校本課程。。

　　因此新 YCT 和《澳門指引》的理論共性表現為，兩者不僅對學習者年齡段的學力和發展素養提出要求，而且均考慮到了教學考結合。而《等級標準》和《澳門指引》的理論共性表現為，均展現了國際化視野，充分考慮和尊重學習者來自不同母語文化的差異，且基於學習者的學力展開量化指標設計。

2.3 研究流程

　　本文提取現成數據展開內容對比分析，即研究語料均是官方來源。研究流程主要包含四個步驟：1）基於大綱的理論依據，對比新 YCT 和《澳門指引》在語言要素、縱向能力和評估三個指標中的共性與差異，展開第一層質性分析；2）對比《等級標準》和《澳門指引》在語言要素、橫向能力和話題三個指標，展開第二層質性分析；3）分別闡釋新 YCT 和《等級標準》對《澳門指引》的互學互鑒路徑；4）對《澳門指引》提出相應的建議。

3. 分析與討論

3.1 限定學習者年齡的新 YCT 與《澳門指引》的比較

3.1.1 語言要素指標對比

新 YCT 和《澳門指引》在語言要素指標上的比較，以音節、漢字、詞彙和語法四個維度為切入點。新 YCT 沒有明確音節的要求，漢字書寫要求在第四級才出現。而《澳門指引》在小一階段就對漢字提出需要達到認讀和書寫的要求，即形音義結合理解的水平，因此，新 YCT 對漢字的書寫要求相對較低。在漢字和詞彙上兩者均明確提出了量化要求，如《澳門指引》在第一學習階段（小學一至三年級）要求掌握的漢字水平與新 YCT 的三級水平一致，而第二學習階段的要求已經遠高於新 YCT 的四級要求，說明《澳門指引》對小學階段的字詞要求遠高於新 YCT 的最高級水平。新 YCT 在語法層面明確了量化指標，《澳門指引》則將語法項目融合在句、段和篇章中體現，說明《澳門指引》強調以語言運用為導向的語法教學模式（詳見表 2）。

表 2：新 YCT 和《澳門指引》語言要素比較

語言要素	新 YCT	《澳門指引》
音節	/	第一、二學習階段（小學一年級至三年級、四至六年級）：認識字詞的形音義
漢字 / 辭彙	一級：80 字詞 二級：150 字詞 三級：300 字詞 四級：600 字詞	第一學習階段：認識常用漢字不少於 800 個，至少會寫其中的 300 個 第二學習階段：累計認識常用漢字不少於 2000 個，至少會寫其中的 800 個
語法	一級：10；二級：13 三級：16；四級：16	融合在對句、段、篇章中體現對語法的要求

3.1.2 縱向能力指標對比

《澳門指引》的能力指標涉及兩類，即以年齡為基準的縱向能力指標，以及以聽說讀寫能力為基準的橫向能力指標。新 YCT 遵循「考教結合」的原則，依據學能水平將縱向能力指標劃分為一至四級，其中對交際能力提出了循序漸進的學習要求，建構了從具備學習漢語能力、滿足具體交際、達到初級優等、應對大部分交際這一遞進式發展過程。《澳門指引》在「語言能力與共通能力相結合」理念指導下，對不同年級學生提出差異化的做事能力指標，尤其在小一階段就提出將「校本識字」作為第一要求，對學習者的漢字認讀和書寫能力均明確了能力界定範圍，而新 YCT 在第四級才對學習者的書寫能力提出要求，此前更重視聽說方面的能力要求。《澳門指引》注重發展學生通過語言做事的能力，如在等級能力要求中，在小一的基礎上「小二」等級增加「記人能力」，在小三的基礎上「小四」等級增加「記遊能力」，在小五基礎上「小六」等級增加「說明和議論能力」，足顯螺旋上升式的語言表達要求及其在語言生活中的呈現。相比較而言，新 YCT 在縱向能力指標中只關注對語言能力的要求，尚缺乏對言語行為的細化，而《澳門指引》則明確提出「行動導向」的語言要求，包含語言能力、社會交際能力和語用能力，注重互動語境中的語言交際（詳見表 3）。

表 3：新 YCT 和《澳門指引》縱向能力比較

等級	新 YCT	等級	《澳門指引》
一級	可以理解並使用最常用的漢語詞語和句子，具備進一步學習漢語的能力；	小一	校本識字、心理辭彙、記物能力、傳意能力
二級	可以理解並使用一些非常簡單的漢語詞語和句子，滿足具體的交際需求；	小二	增加記人能力
三級	可以用漢語就熟悉的日常話題進行簡單而直接的交流，達到初級漢語優等水平；	小三	記事能力、記人能力、記物能力、傳意能力
四級	可以運用漢語完成生活、學習中的基本交際任務，在中國旅遊時，可應對遇到的大部分交際任務。	小四	增加記遊能力
		小五	記事能力、記人能力、記物能力、記遊能力、說明能力、傳意能力
		小六	增加說明能力、議論能力

3.1.3 評估指標對比

新 YCT 作為針對中小學生漢語水平的考試型等級大綱，在「以考促教」和「以考促學」原則中明確了一至三級的聽、讀和說評估指標，四級後增加了「寫」的評估指標，從表 4 中可見其聽和讀的評估指標始終圍繞著語言要素展開，如從詞、短語，到句子、語篇，加強學習者的文本篇幅理解與訓練，其中一至三級要求「說」達到初級，四級要求「說」達到中級，說明新 YCT 的評估與語言要素指標緊密結合。《澳門指引》在「學以致用」理念的主張下，分釋出紙筆考卷和表現性評核兩類評估標準，相比之下，紙筆考卷類的是非、配對、多項選擇題型可以對照新 YCT 的聽力和閱讀評估，而重組句子和填充題型則與新 YCT 的寫作評估相對應。另外，《澳門指引》還創設性地提出了「表現性」評核指標，如「觀察表、問卷、口頭訪問」，它們既作為考核指標，也是教學活動設計，藉此貫徹「行動導向」發展語言能力的做法，試圖從多元任務中提高、統合學生的語言學習、認知能力和行動能力。《澳門指引》提供了主客觀相結合的評估標準，對推動一線教師在標準的基礎上展開靈活有效的教學活動大有裨益，充分彰顯了《澳門指引》「鼓勵學校發展活潑而多元的校本課程」的指導作用，試圖將學習者重新定義為需要融入社會的獨立個體，要求他們在學校語言為非漢語的特定環境中，完成語言活動的任務，緊扣「行為表現」考核理念，在教學互動中凸顯了「強調中文的交際功能，全面發展學生基本的中文素養」的旨意。

表 4：新 YCT 和《澳門指引》評估比較

新 YCT				
語言要素	一級	二級	三級	四級
聽力	1. 聽詞判斷對錯 2. 聽對話選擇短語對應的圖片 3. 聽問句選答句 4. 聽對話選詞填空	1. 聽短語判斷對錯 2. 聽對話選擇句子對應的圖片 3. 聽對話選擇對應的圖片 4. 聽對話三選一答句	1. 聽句子判斷對錯 2. 聽對話選擇對話對應的圖片 3. 聽對話三選一答句 4. 聽對話問句	1. 聽對話判斷對錯 2. 聽句子三選一對應的圖片 3. 聽對話問句 4. 聽語篇判斷句子對錯
閱讀	1. 看圖選對應的詞語 2. 看圖情景選句子 3. 看對話六選一	1. 看圖選對應的短語 2. 看圖情景選對話 3. 看問答選一一對應關係答句 4. 看不完整對話六選一	1. 看圖選對應的對話 2. 看圖情景三選一句子 3. 看問答三選一 4. 看不完整對話選詞填空	1. 看圖選對應的三選一 2. 句子匹配 3. 看不完整對話三選一 4. 看語篇三選一
寫作	/			多詞寫成句子 1. 句子空格處寫漢字
口語	初級： 1. 聽後重複（15T/4mins） 2. 聽後回答（5T/2mins） 3. 看圖說話（5T/4mins）			中級： 1. 聽後重複（10T/3mins） 2. 看圖說話（2T/3mins） 3. 回答問題（2T/3mins）

《澳門指引》	
紙筆考卷類	是非 配對 改錯 多項選擇 填充 問答 重組句子 創作句子 擴張句子 仿作句子 擴句成段 看圖寫段 標點符號運用 修辭辨別和運用 文言語譯 改寫 鋪寫 撮寫 圖表／文字互換 短文寫作 實用文寫作 長篇寫作
表現性評核類	觀察表 問卷 口頭訪問 詞義推斷 繪畫／繪畫圖表 心意卡設計 書籤設計 標語創作 戲劇、廣播劇製作 朗讀 背誦 朗誦 演講 講故事 看圖說話 小組討論 彙報 辯論 讀書報告 讀書討論會 反思報告 專題研習 學習檔案 不同類型的短篇或長篇寫作

3.2 未限學習者年齡的《等級標準》與《澳門指引》的比較

   3.2.1 語言要素指標的對比

    《等級標準》基於「四維基準」等級量化指標，在音節、漢字、辭彙和語法中提出了「三等九級」的具體量化指標，《澳門指引》依託中文基本學力要求在第一學習階段對漢字和辭彙的量化指標對等於《等級標準》初等三級水平，第二學習階段對等於高等七級水平。《澳門指引》將語法要求融合到了句、段和篇章中，這與以語言運用為導向的理念不無關係，更有利於教師開展落實到具體文本的語法教學。因此，一方面《等級標準》量化指標的系統性能夠彌補《澳門指引》在四維基準中系統性不足的問題，另一方面《澳門指引》將語法融入到句、段和篇章中的做法，則呼應了《等級標準》中「語法」與「寫」結合的特點（詳見表5）。

表 5：《等級標準》與《澳門指引》在語言要素比較

語言要素	《等級標準》	《澳門指引》
音節	初等：一級 269；二級 199/468；三級 140/608 中等：四級 116/724；五級 98/822；六級 86/908 高等：七至九級 202/1110	第一、二學習階段（小學一年級至三年級、四至六年級）：認識字詞的形音義
漢字	初等：一級 300；二級 300/600；三級 300/900 中等：四級 300/1200；五級 300/1500；六級 300/1800 高等：七至九級 1200/3000	第一學習階段：認識常用漢字不少於 800 個，至少會寫其中的 300 個；第二學習階段：累計認識常用漢字不少於 2000 個，至少會寫其中的 800 個
辭彙	初等：一級 269；二級 199/468；三級 140/608 中等：四級 116/724；五級 98/822；六級 86/908 高等：七至九級 202/1110	融合在對句、段、篇章中體現對語法的要求
語法	初等：一級 269；二級 199/468；三級 140/608 中等：四級 116/724；五級 98/822；六級 86/908 高等：七至九級 202/1110	第一、二學習階段（小學一年級至三年級、四至六年級）：認識字詞的形音義

3.2.2 橫向能力指標對比

《等級標準》提出了「3+5」新路徑，「5」指聽說讀寫譯五種技能，其中，「譯」是新增技能，出現在中等四級指標中，也就是說，從《等級標準》從第四級開始對學習者提出了跨文化翻譯的要求。《澳門指引》在貫徹「重視中文實踐，強調學以致用中文，開拓中文的實踐性」理念過程中，以聆聽、說話、識字與寫字、閱讀、寫作和綜合運用為核心，將「識字和寫字」單獨提為一項，並等同於聽說讀寫作的能力，從而提升了「識字」與「書寫」漢字的地位。在語言要素指標中對比發現《澳門指引》在第一學習階段中，對漢字和辭彙所要求掌握的水平相當於《等級標準》的初等三級水平，因此本研究將《等級標準》的三級標準與《澳門指引》的第一階段標準展開對比，發現《等級標準》具有量化指標，與語言要素結合，同時借助了多模態的表現形式，與四維基準建立關聯。而《澳門指引》則缺少量化指標，在描述語言能力時與語言要素的結合度偏低，並且沒有明確小一至小六不同階段橫向能力的量化指標（詳見表 6）。

表 6：《等級標準》的三級標準和《澳門指引》的第一學習階段標準比較

能力	三級標準	第一學習階段
聽	能夠聽懂涉及三級話題任務內容、以較長單句和簡單複句為主的對話或一般性講話（300字以內），對話或講話發音基本標準、語音清晰、語速接近正常（不低於180字/分鐘）。能夠通過語音、語調、語速的變化等輔助手段理解和獲取主要信息。	聆聽故事時，能比較有條理地掌握故事的主要內容
說	能夠掌握三級語言量化指標的音節、發音基本正確。能夠使用本級所涉及的辭彙和語法，完成相關的話題表達和交際任務。具備一般的口頭表達能力、能夠使用少量較為複雜的句式進行簡單交流或討論。	能比較完整地講述簡短的故事
讀	能夠準確認讀三級語言量化指標涉及的音節、漢字和辭彙。能夠讀懂涉及本級話題任務內容、語法基本不超出本級範圍的語言材料（300字以內），閱讀速度不低於120字/分鐘。能夠理解簡單複句，讀懂敘述性、說明性等語言材料，理解文章大意和細節資訊。能夠利用字典、詞典等，理解生詞意義。初步具備略讀、態度等閱讀技能。	能借助讀物中的圖畫理解詞義及文章內容，認識記敘文和說明文的體裁，認識賀卡、便條和簡單的書信，認識句號、問號、頓號、感嘆號、逗號和專名號的用法

寫	能夠掌握初等手寫漢字表中的漢字 300 個。能夠較為熟練地掌握漢字筆劃和筆順的書寫規則以及各類標點符號的用法。能夠正確地抄寫漢字，速度不低於 20 字／分鐘。具備一般的書面表達能力、能夠進行簡單的書面交流，在規定時間內，書寫郵件、通知及敘述性的短文等，字數不低於 200 字。語句基本通順，表達基本清楚。	能運用學過的詞語，寫出通順、完整的句子
其他	「譯」在中等四級標準出現	識字與寫字：能借助閱讀，認識和理解字詞的形、義及懂得正確的讀音

3.2.3 話題指標對比

話題指標中，《等級標準》在初級和中級整體傾向日常生活和社會交往話題，在高級階段則加入了跨文化視角的「中外對比」，這與《等級標準》針對的母語非漢語學習者從零基礎開始，逐漸提升漢語能力和跨文化理解能力有關。《澳門指引》為幫助多元母語背景的學生理解中華文化，融入社會生活，聯繫中文與文化，不僅明確提出了文化類話題，在尊重多元文化差異的理念的指導下，還提出品德類話題，從學力視角對話題進行分類。這與《等級標準》的話題指標不謀而合，將話題依託於初中高等水平，對照式地劃分等級，與「三等九級」新範式相承接。《等級標準》話題指標要求學習者只需要達到「生存生活」要求，反觀《澳門指引》，由於學習者居住在目的語環境中，因此更鼓勵學習者思考和表達富有人文色彩的話題，以達到「自我實現」的要求（詳見表 7）。

表 7：《等級標準》和《澳門指引》話題比較

《等級標準》			
水平	主題	等級	話題
初等	日常生活、學習、工作、社會交往	一級	個人信息、日常起居、飲食、交通、興趣愛好
		二級	基本社交、家庭生活、學習安排、購物、用餐、個人感受
		三級	出行經歷、課程情況、文體活動、節日習俗、教育、職業
中等	日常生活、工作、職業、社會文化	四級	社區生活、健康狀況、校園生活、日常辦公、動物、植物
		五級	人際關係、生活方式、學習方法、自然環境、社會現象
		六級	社會交往、公司事務、矛盾紛爭、社會新聞、中外比較
高等	日常生活、學習、工作、社會交往	七至九級	社交禮儀、科學技術、文藝、體育、心理情感、專業課程

《澳門指引》			
層面	主題	第一學習階段	第二學習階段
文化	風俗習慣	傳統節日	傳統節日
	傳說故事	神話傳說、民間傳說、歷史故事、成語故事、寓言故事	
	歷史名人	君主、賢臣、名將、思想家、文學家、科學家	
	山川名勝	長江、黃河、泰山、黃山、三峽、長城、故宮	
品德	個人	樂觀、真誠、公平、謙虛	自信、自律、節約、忍耐
	家庭	孝順父母、尊敬長輩、與人分享、誠實、有禮、守信	關心家人、體諒家人
	學校	愛護學校、尊敬老師、關心同學、與人分享、誠實、有禮、守信、遵規	接納、包容
	群體	守秩序、誠實、有禮、與人合作、幫助別人、和睦相處、愛護公物	尊重別人、守法、盡公民責任

4. 結語

4.1 結論

　　基於澳門多語和多元文化交匯的特殊環境，《澳門指引》（小學冊）的實施為教學語言非漢語、教學對象為中小學華裔和非華裔學生的澳門特區中文教學工作提供了綱領性的指引。這一學習群體在年齡和身份認同中具有特殊性，值得與同樣針對中小學生漢語水平的新 YCT 展開比較分析；另一方面，通過與 2021 年公佈的系統化、國際化的新《等級標準》相對比，在語言要素指標、橫向能力和話題指標方面，均有助於更全面地考察《澳門指引》的優勢與不足。

　　研究結果表明：1）新 YCT 沒有提供音節的量化指標，漢字書寫要求至第四級才出現；《澳門指引》的音節和語法層面要求同樣未見量化指標，但《澳門指引》第二學習階段對漢字和辭彙量化指標要求已超過新 YCT 四級；2）新 YCT 關注語言能力要求，卻未對言語行為提供細化任務描述；《澳門指引》則對學生提出行動為導向的語言能力及配套任務要求；3）新 YCT 的評估與語言要素指標緊密結合，《澳門指引》提供紙筆考卷類與表現性評核類結合的評估模式，後者既是考核指標，也可作為教學活動設計的重要參考，在務實而多樣化的語言與行動任務中提高學生的語言學習、認知能力和行動能力。4）《等級標準》對學習者跨文化意識有明確要求，《澳門指引》重視漢字，將「識字和寫字」指標設為與「聽說讀寫」同等地位；《等級標準》明確話語指標需達到「生存生活」要求，《澳門指引》則明確需達到「自我實現」要求。其語言教育理念之不同可見一斑。研究者進而提出三者在語言要素量化指標、應試類評估指標、行動導向的課程設計、不同學段的橫向語言能力量化指標方面存在互學互鑒路徑。

4.2 互學互鑒的啟示

　　中文水平等級大綱的對比研究，要充分結合對象的特點和理論依據展開。基於結論，本研究提出兩點互學互鑒的啟示：1）新 YCT 作為考試系統導向的漢語水平考試，在語言要素的量化指標和應試類評估指標為《澳門指引》提供考試借鑒；《澳門指引》作為行動導向的課程設計，其縱向能力和表現性評估指標為新 YCT 針對考生提出更為具體細化的言語行為要求提供指引，同時，也為遵照 YCT 大綱進行教學的教師提供了對標考試指引及開展豐富教學活動的指引；2）《等級標準》將語言要素、橫向能力與話題指標緊扣量化標準的科學設計，值得《澳門指引》效仿，尤其是需要合理量化小一至小六學生學習階段的橫向能力評估指標。

參考文獻

陳琪（2021）：新加坡中小學華文課程標準與《國際中文教育中文水平等級標準》對比的意義與構想，《國際漢語教學研究》，（01），22-24。

劉樂寧（2021）：美國外語教學委員會外語教學標準與《國際中文教育中文水平等級標準》的互鑒和互補，《國際漢語教學研究》，（01），16-17。

劉英林（2021）：《國際中文教育中文水平等級標準》的研制與應用，《國際漢語教學研究》，（01），6-8。

劉英林、李佩澤和李亞男（2020）：漢語國際教育漢語水平等級標準全球化之路，《世界漢語教學》，（02），147-157。

汪芳琳（2021）：《YCT 標準教程 1》與新 YCT 一級考試的匹配度研究，杭州，浙江科技學院碩士論文。

吳勇毅（2021）：漢語母語國的擔當和責任——《國際中文教育中文水平等級標準》制定的意義，《國際漢語教學研究》，（01），18-20。

姚璠（2021）：基於「考教結合」的適應性分析，杭州，浙江科技學院碩士論文。

張潔、李亞男（2009）：中小學生漢語考試的信度和效度研究，《暨南大學華文學院學報》，（03），0-45+77。

張麗（2021）：西班牙中文教育與國際中文水平等級標準，《國際漢語教學研究》，（01），20-21。

趙勛（2013）：尼泊爾中小學生漢語考試（YCT）發展現狀分析，《雲南師範大學學報（對外漢語教學與研究版）》，（03），89-92。

對在日漢語教學中「再 P 也 Q」句式的考察

An Investigation of the Sentence Pattern 'Zai P Ye Q' for Chinese Teaching in Japan

申慧敏　大阪大學

SHEN, Huimin　Osaka University

摘要 Abstract

「再 P 也 Q」句式是漢語假設讓步複句中的一類特殊句式，句式中的「再」既可以作為連詞和「也」共現構成假設讓步的複句形式，又可以作為副詞修飾其後出現的形容詞或動詞。從漢日對比的角度來看，漢語中的「再 P 也 Q」句式和日語中的「どんなに／いくら／もっと……でも……」等句式對應工整，但是日本學生對該漢語句式通常存在避用的情況。本文通過問卷調查的形式具體考察日本學生對該句式的實際產出情況，並結合「再 P 也 Q」這一句式本身句法、語義和語用方面的特點以及教學計劃對調查結果進行分析，提出有關該句式的教學建議。

關鍵詞：在日漢語教學 「再 P 也 Q」 問卷調查 語用效果

'Zai P Ye Q' is a unique sentence pattern of Chinese hypothetical concession complexes. The 'Zai' in this sentence pattern can be used not only as a conjunction to form the compound form of the hypothetical concession with 'Ye', but also as an adverb to qualify the adjective or verb which behind 'Zai'. From the perspective of Chinese Japanese contrast. We found that the Chinese sentence pattern 'Zai P Ye Q' corresponds well with the Japanese sentence 'Donnani/Ikura/Motto... de mo...' etc. However, Japanese students usually avoid using this sentence pattern. This paper examines the actual output of this Chinese sentence pattern by Japanese students through a questionnaire survey. Moreover, with analyzes the survey results of concerning the syntactic, semantic and pragmatic features of the form 'Zai P Ye Q' and the teaching plan. We also propose some suggestions for teaching this sentence pattern.

Keywords: Chinese language teaching in Japan, 'Zai P Ye Q', questionnaire survey, pragmatic effects

1. 問題提出

「再 P 也 Q」句式在漢語假設讓步複句中比較特殊，其特殊性體現在兩個方面：一是「再」具有連詞和副詞的兼詞屬性；二是「再 P」部分可在「即使 A 也 B」句式中充當成分 A，「再 P 也 Q」句式也可以直接作為一般的假設讓步複句或緊縮複句[1] 來使用。而日本學生對於這一假設讓步句式，並不能很好地掌握運用。如下例：

（1）どんなに大きな困難でも克服できるのだ。
（**再**大的困難**也**能克服。）

學生產出：* 困難怎麼大也能克服。
* 不管困難的大小，我們都會克服。
? 不管是再大的困難，我們都能克服。

以上的例句選自問卷調查中的一部分，觀察學生產出的句子，我們發現主要有以下兩個特點：首先，從句式形式上來看，雖然在日語中有與「再 P 也 Q」對應工整的複句句式，但學生很難產出自然的漢語句子；其次，從句式意義上來看，學生即使知道「再」表示程度意義的用法，也了解複句的前後分句為假設讓步複句關係，但在產出時無法將程度意義和假設讓步意義進行整合。

針對上述現象，本文通過問卷調查、文獻參考以及教材考察等研究方法，主要分析以下三個方面的內容：一是考察日本學生對和「どんなに／いくら／もっと……でも……」意義對應的漢語句子產出有怎樣的偏誤特點；二是在考察結果的基礎上對日本學生難以產出「再 P 也 Q」這一句式的原因進行分析；三是在分析該句式的基礎上，所獲得的教學啟示。

1 　參看《國際漢語教育漢語水平等級標準》（2021）：「再……也……」屬於五級語法點中複句部分的緊縮複句句型。如：「這件事再難我也要堅持下去」「雨下得再大我也要去上班」「這篇課文再長也要讀完」等。

2. 相關研究

對於「再 P 也 Q」句式的語義特點，很多學者也從不同角度進行過考察。有學者在討論「再」的語義演變時提及並分析了和「也」共現時「再」的句法語義特點（史錫堯，1996，pp.8-12；李秉震，2009，pp.34-39；殷樹林和李依軒，2021，pp.93-102）。其中李秉震（2009）以認知圖示的方式指出「再」的讓步用法是由表程度的用法發展變化而來，當表程度變化的「再」不強調單向變化本身而只凸顯變化後的狀態時，讓步的意義就產生了。而殷樹林和李依軒（2021）認為「再 P 也 Q」這一句式所表現的「主觀推測」和「讓步假設」實際上是句義帶來的，並不是「再」本身語義演變的結果。對於句式意義如何而來，本文暫不作具體分析，但是根據前文所述該句式的特殊性以及前人的研究成果來看，該句式的句法語義特點和「再」關係密切。

此外，也有學者從構式語法的角度，對「再 P 也 Q」整個句式的語義、語用功能進行了說明，並對這一構式的形成機制進行了分析（李凰，2009，pp.35-40；李文浩，2010，pp.70-78；李會榮，2012，pp.43-50）。其中李凰（2009）指出「再 P 也 Q」句式通過假設 P 的程度加深到頂點結果也不會改變這一語義來強調結果不容改變的意義和表達反預期信息的語義功能。李文浩（2010）則認為這一句式是對「即使再 A 也 B」句式的繼承，並分析了該句式從限量型到極量型的固化過程，指出構式因素制約構式義的形成，主觀化和語用推理則提供了構式固化的動因和機制。而李會榮（2012）將該句式分為「增效構式」和「非增效構式」兩種形式，討論了在兩種構式中構式要素之間的關係。從以上相關研究來看，以構式語法的視點分析該句式對教學有一定的參考作用，但其主要討論的是句式演變動因和句式要素之間的關係，如何將研究成果運用於教學還值得商榷。

在漢日對比方面，古川裕（2017）在討論「再好的演員」這一類擬製名詞句時指出由複句形式轉化而來的「『再』＋形容詞＋『的』＋名詞＋『也』……」的假單句現象是漢日兩種語言的共同現象，並指出「再＋形容詞」無論是位於名詞前的修飾部分還是位於名詞後的謂語部分，「再 P 也 Q」都對應日語中的「いくら／どれほど／どんなに……でも……」這一句式。這種跨語言對應關係的比較為以日語為母語的學習者學習和理解「再 P 也 Q」句式提供了參考。

以上的研究成果涉及「再」在「再 P 也 Q」句式中的性質、「再 P 也 Q」構式的形成機制和其語法、語義、語用功能，以及跨語言間的對比等等內容，也為教學提供了有益參考，但是對於學生產出該句式的實際情況還有待進一步考察。本文主要在以上研究成果和實際考察的基礎上對這一句式的教學情況進行分析，並從在日漢語教學的角度提出一些關於該句式的教學意見。

3. 問卷調查及分析

3.1 調查實施情況

調查目的：以「再」修飾形容詞表程度的句子為主體，考察和分析日本學生對「再 P 也 Q」句式的產出情況；

調查對象：日本大阪大學外語學院漢語專業本科生，2 年級學生 6 人，3 年級學生 15 人，4 年級學生 4 人，4 年級 4 人均有留學經歷，該專業畢業生 1 人；

問題形式：日譯中翻譯題，日語原文如下[2]：

（2）もっと安くなったとしても、私は買わない。
　　　（再便宜我也不買。）

（3）どんなに大きな困難でも克服できるのだ。
　　　（再大的困難，我們也能克服。）

（4）いくらここの食べ物がまずいと言っても、そこよりましだろう。
　　　（這兒的食物再難吃，也比那兒好。）

以上三個日語句子，都可以譯為「再 P 也 Q」句式，考慮到「再」在複句中傾向位於形容詞前表示程度意義這一語言事實，三個日語句子如果譯為「再 P 也 Q」的形式，均為「再」修飾形容詞的情況。但「再＋形容詞」在各個句子中所充當的句法成分有所不同：句（2）漢語譯文中「再＋形容詞」部分為緊縮複句中的假設條件部分；句（3）漢語譯文中「再＋形容詞」充當定語修飾後面的名詞成分；句（4）漢語譯文中「再＋形容詞」位於名詞成分後充當謂語。

2　例句序號依據文章順序排列。

問卷調查結果：調查得到有效問卷 26 份，學生具體的產出情況如表1：

表1

日語 學生產出 序號	(2) もっと安くなったとしても、私は買わない。	(3) どんなに大きな困難でも克服できるのだ。	(4) いくらここの食べ物がまずいと言っても、そこよりましだろう。
1	要是比以前便宜，我不想買。	要是你有什麼困難，就能克服。	你說這兒不好吃，可是比那兒好一點兒。
2	即使更便宜了，我不買。	怎麼很大的困難也能克服。	要是更多花時間的話，會做更好的東西。
3	如果更便宜，我不要買。	多大困難就能克服。	雖然這兒不好吃
4	如果便宜多了的話，我不買。	雖然遭到很大的困難，可能克服。	如果這兒菜難吃的話，比那兒得好。
5	要是更便宜，我不會買。	什麼大的困難，你可能克服。	怎麼這裡的食物不好吃，
6	就算更便宜點兒，我也不買。	就算很大的困難，我也能克服。	就算這裡的東西不好吃，比那裡還好吃。
7	要是更便宜，我還不買。	可能克服怎麼大的困難。	這兒的飯怎麼不好吃，比那兒的好。
8	如果便宜一點，我不買。	很大的困難一定會克服。	這兒食物不好吃，但是比那兒的食物好一點兒。
9	成為更便宜，我不買。	很大的困難也能克服。	連這兒不好吃
10	如果更便宜的話，我不買。	我能克服多大的困難。	雖然這兒的菜不好吃，相比那兒的菜更好。
11	如果還便宜，我不買。	怎麼大困難也會克服。	（空白）
12	即使便宜一點兒，我不買。	怎麼大的困難也可能克服。	如果這兒的菜難吃，比那兒的好。
13	<u>再便宜點兒也我不買。</u>	多麼大的困難也可以克服。	這兒的東西不好吃，比那兒還行吧。
14	要是更便宜，我一定不買。	什麼大的困難都克服。	（空白）
15	即使便宜點兒，我不一定買。	不管困難的大小，我們都會克服。	儘管你說這兒的菜不好吃，比那兒的還行吧。

16	<u>再便宜也我不買。</u>	困難多麼大也能克服。	這裡的菜多麼難吃也還不如那兒的吧。
17	<u>再便宜也不買。</u>	困難怎麼大也能克服。	（空白）
18	<u>就算它再便宜，我都不會買。</u>	<u>不管是再大的困難，我們都能克服。</u>	就算這兒的菜怎麼不好吃，至少也比那兒的好一些吧！
19	即使變得更便宜，我不要買。	什麼大的困難，你能克服。	雖說這兒的菜不好吃，但是比那兒的菜好吃。
20	如果便宜一點兒，我不買。	有很大的困難，可以克服。	說了這兒不好吃，比那兒好得多。
21	要是這個東西便宜一點兒，我不買。	我們會克服怎麼大的困難。	這兒的事物這麼不好吃，比那兒的比較好。
22	要是便宜點的話，我還不買。	怎麼大的困難，也能克服。	雖然這兒的東西難吃，但是比那兒還可以。
23	如果變到更便宜，我一定不買。	我們也可以克服怎麼大的困難。	這兒的事物不好吃，可是
24	<u>即使再便宜點兒，我也不會買。</u>	困難不管多大，我也能克服。	儘管說這兒的食品不好吃，但比那兒的好吃。
25	如果會更便宜的話，我不買。	多大困哪也可以克服。	說這兒不好吃，可能是比那兒還好。
26	<u>要是再便宜，我也不買。</u>	無論是多大的困難，我們都能克服的。	雖說這兒的菜很不好吃，但總得比那兒的好吧。

　　根據表 1 學生的產出情況可以發現，如果不考慮「再 P 也 Q」句式用法語序是否正確，只有在例（2）和例（3）的漢語譯文（（2）-13；（2）-16；（2）-17；（2）-18；（2）-24；（2）-26；（3）-18）中，學生用到了這一句式。對於漢語母語者來說，表達和日語原句相同意義時，並不只有「再 P 也 Q」這一種表達形式。但從產出情況來看，學生對這一類假設讓步複句的其他漢語形式掌握得也不是很好，並且中高級學習者（HSK5-6 級水平）用到「再 P 也 Q」這一句式的概率非常低，其中例（2）為 23.1%，例（3）為 3.8%，例（4）為 0.0%。即使有學生用到了「再 P 也 Q」句式，也很難將句子完全寫正確。

3.2 調查結果分析

我們在前文已經提及，「再 P 也 Q」作為構式，能表達假設讓步的意義，而這一意義是構式中多個構件共同作用的結果。從句式語義層面來說，「再 P 也 Q」整體可以表示 [＋假設]、[＋轉折讓步]、[＋程度] 三個義項，在語用意義上可以表現為反預期[3]機制作用下，說話人的主觀意願、提示、祈使以及評價。日語和漢語在句式語義和語用意義方面都有一定的對應關係，根據日語語義，學生在表達三個義項時並不是用整合度高的複句句式，而是把語義表現得非常分散，以致於出現關聯詞使用不準確，句法雜糅等現象。其中具體表現在以下兩個方面：首先，對於「假設」和「讓步」義，學生傾向使用學得較早，出現率較高的「雖然」「就算」「要是」「如果」等連詞，有一部分學生用到「即使」「不管」等。有少數學生雖然用到了「再」，但基本使用的都是其副詞性質而非連詞性質；其次，對程度的表達由日語的「もっと」多聯想到程度副詞「更」或作為程度補語的不定量詞「（一）點兒」，而由「いくら」「どんなに」多聯想到「多麼」「怎麼」「什麼」等，並且還有直接用程度副詞「很」的情況，這也可以說明學生對位於形容詞前，「再」表程度意義的用法也不熟悉。為了更清楚地展示調查結果，我們將以上情況總結為表 2：

表 2

日語 學生產出 對應義項		(2) もっと安くなったとしても、私は買わない。	(3) どんなに大きな困難でも克服できるのだ。	(4) いくらここの食べ物がまずいと言っても、そこよりはましだろう。
句式 語義 義項	[＋假設]	要是、如果……（的話）、就算	要是……就……	如果
	[＋轉折讓步]	即使……（也……）	不管……（也／都……） 無論……都…… 雖然……可…… 就算……也……	雖然……（但是……）、可是、儘管……但……、就算……也……、雖說……但（是）……、雖然、就算
	[＋程度]	點、點兒、一點兒、更	多、很、多麼、怎麼、什麼	多麼、這麼、怎麼、什麼
語用意義產出		一定、不一定、不會、不要、不想	能、可以、一定會、可能、會、能夠	比那兒……

3　參看李凰（2009），作者在分析「再 X 也 Y」的構式語義時對「反預期」有所說明。

3.3 產出原因分析

我們認為之所以出現上述調查結果的情況，與教學過程中對「再 P 也 Q」的講解，以及該句式本身的特點，特別是「再」的兼詞屬性及其意義的複雜性有很大關係。因此，本文對產出原因的分析主要包括兩個方面，一是對教材進行考察，二是對詞典中「再」的各個複雜義項進行梳理。

3.3.1 教材考察

我們一共查閱了 7 套汉语會話教材，統計結果如表 3：

表 3

序號	教材	「再」出現的次數	「再 P 也 Q」例句及數量
1	『チャイニーズ・プライマー』（2001）	19 次	0 條
2	《漢語口語習慣用語教程》（2003）	22 次	你用**再**結實的鎖，他都 [4] 根本不在話下。 心裡**再**不高興，**也**沒給誰臉色看過。 **再**怎麼說，你**也**應該先跟家裡商量商量啊。 **再**怎麼生氣，**也**不能拿工作當兒戲啊。 （4 條）
3	『話す中国語（応用編）』（2004）	4 次	0 條
4	『中国語会話 パーフェクトブック』（2005）	25 次	（再便宜的話，我就買。） 0 條
5	『中国語』（2010）	18 次	（你再多想想，就會明白我的意思。） 0 條
6	『中国語会話 301 上・下』（2012）	10 次	0 條
7	『中国語を話そう上・下』（2013）	22 次	0 條

4　限於篇幅，本文對「再 P 也 Q」「再 P 都 Q」以及「再 P 也都 Q」句式暫時不予區分。

　　如表 3 所示，我們不僅考察了「再 P 也 Q」句式在教材中的出現情況，而且也統計了各套教材中「再」的出現情況。從統計的結果來看，雖然部分教材中「再」的出現次數較多，但是由於沒有設置可以使用「再 P 也 Q」的會話場景，該句式基本沒有出現，如教材 1、4、5、6、7，其中教材 4、5 僅出現了「再 X 就 Y」的句式。「再 P 也 Q」句式出現頻率較高的只有口語教材 2，並且出現的大部分例句是表示說話人針對某件事情的評價或建議。前文中我們也指出這一句式是《等級標準》（注釋 1）中級語法五級複句的一個重要的句式，但通過考察教材我們可以發現，一般的漢語教材中很少關注這一常用句式，即使出現「再」也主要是提及其作為副詞在單句中修飾動詞或形容詞的用法，很少對「再」和「也」共現時的連詞性質進行說明。學習者通過教材或課堂對該句式的學習機會很少，只有通過高年級的口語或習慣語會話教材才能接觸到相關例句。而從教材的編排來看，初中級教材（相當於漢語專業 1 年級水平），如教材 1、5、6、7，「再」表示重複、持續、添加義的用法會作為語法點重點講解練習，而假設讓步複句主要是先講解「即使……也……」這一句式，學生往往對先學習的內容記得比較牢固，所以教材的設置也會讓學生對「再」用於假設讓步複句句式的產出受到影響。

　　3.3.2 「再」用法的複雜性

　　我們考察了問卷調查對象常用的詞典『超級クラウン中日辞典』（2008），其中將「再」解釋如下[5]：

表 4

義項	用法	例句
.動作、状態の繰り返しまたは継続を表わす・まだ実現していない動作、状態に用いる・ふたたび・引き続いて・	動詞の前に置く	(5) 請你再說一遍。 (6) 忙什麼，再坐一會兒吧。 (7) 再過一年，爸爸就退休了。
	（「一＋動＋再＋動」の形で）一度……した上でまた……する・	(8) 一讀再讀
	（「再 A，就 / 也 / 还是……」の形で仮定を表し）これ以上 A（したら；しても）	(9) 大雨要是再不停，就要發大水了。 (10) 再便宜，我也不買。 (12) 你再怎麼努力，也超不過他。

5　　此處所列舉的例句選自詞典部分具有代表性的例句。

	（「否定詞＋再……」の形で）もう……しない	（13）我不會再相信你的話了。 （14）丈夫死了以後，她一輩子沒再結婚。
	（「再＋（也）＋否定詞……（了）」の形で強い否定を表わし）これ以上／二度と……しない	（15）再也沒有比今天更讓我開心的了。
·ある動作が未来のある状況のもとで発生することを表わす・（……して、……になって）それから、また	動作が将来の特定の時点に発生する・	（16）今天太晚了，明天再去吧。
	動作が別の動作が終了した後で発生する・文型：等A再……（まずAするのを待って、それから改めて……する）	（17）等他來了之後，咱們再商量吧。
	（「先A再……」の形で2つの事柄が前後して発生することを表わし）まずAして、その次に……する・	（18）你先回去吧，我等一會兒再去。
·形容詞の前に置き、程度の増大、減少を表す・さらに、もっと同「更」		（19）再便宜一點兒。 （20）請你說得再具體一點兒。
·（追加や補充を表し）もう一つ、もう一度、そのほかに		（21）除了我和你以外，再沒有別的人知道。 （22）來個古老肉，再來個麻婆豆腐。
·再度出現する・		（23）盛會難再 （24）一而再，再而三
·姓		

　　從表 4 總結的有關「再」的各項釋義來看，「再」的義項很多，並且相同義項下「再」的用法比較複雜，詞典中雖然提到了表假設的「再……也／就／還是……」等句式，但是並沒有提及「再」的連詞屬性。並且，將表連詞屬性的「再」歸納到副詞「再」的用法裡，將假設複句中的一致關係，如「再……就……」，和相背關係，如「再……也……」，歸為一類，以及將「再 P 也 Q」相關的句子，如例句（10），歸納在第一個義項和動作相關的這一類，詞典這樣的整理方式也不便於學習者理解。

4. 教學啟示

　　在前文對學生產出情況整理及分析的基礎上，本節主要從語言教學的三種途徑，即非語境化教學、半語境化教學以及語境化教學 [6] 這三個方面由淺入深，由易到難對該句式進行講解，具體包括句式導入、句式講解及練習。

4.1　句式導入

　　在語言教學的過程中，一個知識點出現的頻率越高，學生對該知識點可能記憶得越牢固，把握得越好。[7] 因此，當學生在初級漢語學習剛接觸到修飾動詞的「再」時，我們可以對「再」的其他用法也進行簡要提及。並且，由於「再 P 也 Q」在日語中具有對應工整的句式，所以針對日本學生，以本文問卷調查對象的教學計劃為例，在句式導入階段，即非語境化教學階段，我們提出兩個步驟的教學方案，具體如下：

步驟①：

在初級階段，介紹「先 V1，再 V2」、「等 V1，再 V2」時，可以簡單說明以下兩點：

首先，「再」修飾形容詞時可以表示程度，如：

（25）再便宜一點兒！（もう少しまけてよ・）

6　參看沈禾玲（2020），作者在提及三維度漢語二語字詞教學模式時提出非語境化教學、半語境化教學以及語境化教學的三種教學途徑。我們認為，這三種教學途徑也適用於除二字詞以外的語言要素的教學。

7　參看白井恭弘（2008），作者對「第二語言習得理論」進行了詳細闡述。

其次，「再」可以作為連詞使用，和「也」「就」共現，如：

（26）**再**便宜，我**也**不買。（もっと安くなっても、私は買わない。）

（27）**再**便宜一點兒，我**就**買。（もっと安くなったら、私は買う。）

如例句（26）（27），通過漢語和日語之間的對應關聯，日本學生可以對「再」在複句中的用法有一個初步的了解。

步驟②：

在中級階段介绍表假設讓步的複句形式「就是 A 也 B」或「即使 A 也 B」等句式時，可以以精簡句子的方式導入「再 P 也 Q」句式。如：

（28）即使再累，也不能不吃飯呀！

（どんなに疲れても、食事をしないのはよくない。）

（28）'再累，也不能不吃飯呀！

由例句（28）到例句（28）'，去掉「即使」漢語意思仍然不變，與日語句子也仍然對應。這樣的句式精簡既便於教師補充講解「再」的連詞用法，也便於學生將「再 P 也 Q」句式和假設讓步複句的運用聯繫起來理解。

4.2 句式講解及練習

在中高級漢語學習階段，學生接觸到「再 P 也 Q」句式時需要講解兩點，這兩點是從非語境化教學到半語境化教學的延伸：

首先，關於「再」的性質。「再」和「也」共現，既可以作為副詞修飾形容詞和動詞，又可作為連詞與「也」一起構成假設讓步複句。並且，「再」可以出現在有「即使」「就算」「哪怕」等關聯詞的假設讓步複句中。以上的兩種情況中「再」可以被「再怎麼」進行替換。

其次，關於「再 P 也 Q」的語用效果。我們可以將「再 P 也 Q」當做一個構式，其表面語義是假設達到某種條件也不會出現非 Q 這一預期結果[8]，在反預期的基礎上，「再 P 也 Q」具有隱含義，這一隱含義 M 體現句子的語用效果。關於該句式反預期的過程及其和語用效果的關係，如圖 1：

---

8   參看申慧敏和古川裕（2021），對該句式各個共現要素和「反預期」的關係有所分析。

圖 1

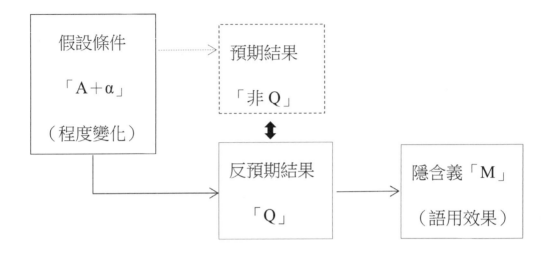

「--≯」：表示預期途徑

「——≯」：表示反預期途徑及反預期機制下的語用效果

通過對例句的考察，我們認為「再 P 也 Q」的語用效果，也就是其表現的隱含義「M」主要有「勸阻、建議」「請求、提示」「意願、決心」「評價」這幾種意義。我們以前文教材中出現的句子為例：

（29）你用再結實的鎖，他都根本不在話下。

A＋α--≯ 非 Q：用很結實的鎖小偷打不開。

A＋α——≯ Q：用多麼結實的鎖小偷都能打開。

M：小偷很厲害，費再大工夫防範也沒有用。（評價）

（30）心裡再不高興，也沒給誰臉色看過。

A＋α--≯ 非 Q：心裡不高興會給人臉色看。

A＋α——≯ Q：心裡多麼不高興，也不會給人臉色看。

M：這個人待人性格很好。（評價）

（31）再怎麼說 [9]，你也應該先跟家裡商量商量啊。

A ＋ α --→ 非 Q：複雜的情況一般會跟家裡商量。

A ＋ α ──→ Q：即使是複雜的情況也沒有跟家裡商量。

M：複雜的情況應該跟家裡商量。（建議）

（32）再怎麼生氣，也不能拿工作當兒戲啊。

A ＋ α --→ 非 Q：非常生氣的時候很難認真工作，會把工作當兒戲。

A ＋ α ──→ Q：不管有多生氣，都不能把工作當兒戲。

M：不能讓自己的情緒影響工作。（提示、建議）

句式講解既要讓學生理解「再 P 也 Q」形式上的特點，同時也要通過分析相關例句，讓學生理解這一句式的語用意義，以及在怎樣的語境中可以使用該句式。

在句式講解的基礎上，練習部分主要是在讓學生理解「再」具有兼詞屬性的基礎上，將「再 P 也 Q」當作一個構式來設計相關的練習題。我們主要提出兩種練習的方案：首先是用相關句型翻譯句子，這種練習基本和前文問卷調查的方式一致，但是在題幹設置中我們需要提前告訴學生所要用到的句型；其次是限定主題，用相關句型來進行作文練習或特殊場景的會話練習，實現從半語境化教學到語境化教學，從課堂輸入到日常輸出的轉變。

5. 結語

針對「再 P 也 Q」句式，本文在問卷調查的基礎上指出，日語中雖然有形式和意義上與該句式相對應的句式，但是日本學生對「再 P 也 Q」句式的產出還是比較困難。究其原因，一是對於該句式在教材及課堂中提及較少；二是副詞「再」語義和用法的複雜性。針對這一句式的教學策略，我們也從句式導入、句式講解及練習等方面提出了一些建議和意見。

9　上文指出，「再」通常可以用「再怎麼」來替代，但這種替代關係不是完全可逆的，也就是說同類複句中出現「再怎麼」時，有時不能將「再怎麼」用「再」來替換，否則會影響程度意義的體現，如「你再怎麼做，他都不會原諒你」。這可以體現「再怎麼」和「再」在複句中並不完全等同，限於篇幅，本文暫時不對兩者之間的差異進行詳細論述。並且本文認為例句（8）中的「再」「怎麼說」的用法，已經不是在使用動詞「說」表面的語義，而是偏向於表示「不管是什麼情況」的習慣用語的用法。

　　此外，雖然本文旨在在日漢語教學的背景下對「再 P 也 Q」這一個句式進行考察和分析，但是不管是這一句式本身還是問卷中學生產出的句子來看，還有很多與之相關的問題值得討論，如拿從句式中「再」修飾的成分來說，根據修飾成分的不同，「再」的意義有所變化，修飾形容詞和修飾動詞的情況是否應該分別討論；又如同類複句句式中除了用「再」以外，還可以用「再怎麼」「多麼」「無論怎麼／樣」等，這些詞在使用時與「再」有什麼異同點；最後是教學方面提出的教學方案是否能幫助學生學習掌握這一句式也還有待驗證。對於以上這些問題，將作為今後課題繼續關注討論。

參考文獻

教育部中外語言交流合作中心著（2021）：《國際漢語教育漢語水平等級標準》，北京，北京語言大學出版社。

李秉震（2009）：從認知圖示看「再」的語義演變，《語言教學與研究》，（4），34。

李凰（2009）：「再 X 也 Y」構式分析，《暨南大學華文學院學報（華文教學與研究）》，36（4），35。

李會榮（2012）：「再 A 也 B」構式的類型分析——兼談構式的基本類型，《語文研究》，125（4），43。

李文浩（2010）：「再 XP 也 VP」構式分析，《漢語學報》，32（4），70。

沈禾玲（2020）：《漢語二語字詞教學（第 2 版）》，北京，北京語言大學出版社。

申慧敏（2021）：《形容詞前「再」的語義功能研究——非現實性和程度性——》，大阪，大阪大學言語文化研究科碩士論文（未出版）。

申慧敏和古川裕（2021）：非現實性視角下對「再 P 也 Q」句式的分析，輯於《漢語副詞研究論集（第 5 輯）》，（頁 63-78），上海：上海三聯書店。

史錫堯（1996）：「再」語義分析——並比較「再」「又」，《漢語學習》，92（2），8。

殷樹林和李依軒（2021）：「再」的詞義演變動因，《語言教學與研究》，208（2），93。

白井恭弘（2008）：『外国語学習の科学——第二言語習得論とは何か』，東京，岩波書店。

古川裕（2017）：擬製名詞句「再好的演員」をめぐる日本語と中国語の對照研究，輯於《漢日語言對比研究論叢（第 8 輯）》，（頁 26-32），上海：華東理工大學出版社。

松岡栄志監修（2008）：『超級クラウン中日辞典』，東京，三省堂。

參考教材

沈建華（2003）：《漢語口語習慣用語教程》，北京，北京語言大學出版社。

古川裕（2001）：『チャイニーズ・プライマー』，東京，東方書店。

康玉華，來思平（2012）：『中国語會話 301（第 3 版）』（上）（下），東京，語文研社。

劉曉君，味園由美（2005）：『中国語會話パーフェクトブック』，東京，文昇堂。

杉村博文，郭修靜（2010）：『大阪大学世界言語研究センター世界の言語シリーズ中国語』，大阪，大阪大學出版會。

吳叔平（2011）：《說漢語》『中国語を話そう』（上卷）（下卷），北京，北京語言大學出版社。

遠藤光曉，董燕（2004）：『話す中国語（応用編）』，東京，朝日出版社。

汉语作为第二语言中的"很+NP"结构研究

A Study on the 'Hen + NP' Construction in Mandarin Chinese as a Second Language

吴宇仑 香港大学

WU, Yulun The University of Hong Kong

摘要 Abstract

"很+NP"结构是现代汉语中新兴的结构之一,其在一语中的诸多性质已经被广泛研究,但在汉语作为二语中的分布和特点目前尚未被充分描写分析。通过对 HSK 动态作文语料库的描写分析,与第一语言相比,在汉语二语中"很+NP"结构呈现出四个主要的特点,分别是:"很+NP"在二语中出现频率相对一语中低一些;"很+NP"在二语中具备一定的类推能产性;其中 NP 的语义子类和层级性与第一语言中表现相同;不同于一语中的,在二语中的"很+NP"有时是省略"有"等动词的结果,属于学习的偏误。"很+NP"结构在第二语言中的扩散的原因主要包括两个,外因是社会交流过程中的实际需要,内因是以转喻为基础的认知共性。在对外汉语教学中,应该对一些已经高度构式化的"很+NP"用例持更为开放的态度。

关键词:"很+NP" 汉语二语 认知理据性 新兴构式

'Hen + NP' construction is one of the new-born constructions in Modern Mandarin, and it has been fully discussed in the content of Mandarin as first language, whereas there is currently lack of discussion from the view of Mandarin as second language. By adopting method of corpus-based analysis on HSK corpus, there are four features of 'Hen + NP' in Mandarin as second language: (1) the frequency of 'Hen + NP' is lower than in L1; (2) the hierarchy of sub-categories of NP is the same as in L1; (3) 'Hen + NP' showed rather high productivity in L2; (4) unlike in L1, some examples of 'Hen + NP' in L2 were the result of errors or omissions. There are two reasons for emergence of 'Hen + NP'. The internal reason is the cognitive universality based on metonymy, and the external reason is the needs in daily communications. L2 teachers may try to adopt more open attitude towards the 'Hen + NP' construction.

Keywords: 'Hen + NP', Mandarin as L2, cognitive universality, new-born construction

一、引言：现当代汉语中的"很 +NP"结构

当代汉语的一大特点是，各种来自方言或者其他语言变体的新型结构"井喷"式涌现，比如来自粤语方言的"有去过""有吃饭"等"有 +VP"结构已经渐渐成为了普通话中的习惯的合法结构，被广大汉语使用者所接受（游汝杰，2020）。而在这些新兴的结构之中，副名结构"很 +NP"因为涉及名词和副词的直接组合，自从上世纪 60 年代以来引起了学界的关注与激烈的讨论。

所谓"很 +NP"结构，指的是程度副词"很"与名词性成分的直接组合。这种副词和名词性成分的组合起源于何时虽然尚不得而知，但一个早期的例子是近代戏剧家曹禺的作品《日出》中所提到的"我顶悲剧"，表示极限的副词"顶"直接修饰名词"悲剧"。从上世纪 60 年代开始，学术界开始关注这一语法现象，由于当时"很 +NP"刚刚兴起，不仅规定性的（prescriptive）教学语法中视其为"洪水猛兽"，即使是描写性（descriptive）的语法研究中，也大多对这种结构持否定的态度。从 60 年代开始到 90 年代中期，对"很 +NP"结构的非难主要集中在三个方面：第一，认为"很 +NP"的几个例子比如"很绅士""很淑女"都是极端个例，是特殊文化背景下产生的个别例子，不具有普遍性（邢福义，1962；胡明扬，1992）；第二，认为"很 +NP"并不是一个结构，程度副词"很"并非修饰名词性成分，而是修饰句子的谓语，只是因为汉语中句子的谓语可以由名词性成分充当，所以"很"和 NP 偶然地在线性排列上处于相邻的位置（Chao，1968）；第三，认为"很 +NP"是"很 + 有 +NP"句式省略了动词"有"得到的，本身并不是一个独立的句式（于根元，1991）。

在随后的 90 年代后期到新世纪初期的研究之中，这三点非难被后来研究者分别一一驳倒。首先，桂诗春（1995）通过调查问卷的方式证明了例如"很郊区"这样的"很 +NP"结构在实际使用中得到了相当多的人的认可（不少于百分之四十），并且即使像"很风"这样的完全虚构的用例，也得到了近五分之一的人的承认，这说明"很 +NP"结构中并不是只有"很绅士""很青春"等等几个极端个例，相反地，程度副词"很"和名词进行组合的可能性广泛地存在着；其次，针对赵元任（Chao，1968）提出的"副词饰整个谓语"而不是修饰名词的说法，最有力的反驳莫过于"很 +NP"结构不仅可以出现在谓语位置，同样也可以出现在修饰语的位置上（邢福义，1997），比如"他长就一张很西藏的忠厚的脸"（邢福义，1997，页 1），此时无论如何"很"

也只能分析为直接修饰名词性成分"西藏","副词修饰谓语"说显然解释不了这样的例子；最后，对于于根元（1991）所提出的"省略说"，这种用"省略"来解释句法现象的分析方式是否可行姑且不论（不同的学者可能持不同态度），承认某个形式甲是某个形式乙的省略形式的先决条件是，任何形式甲的例子都应该可以还原为形式乙的格式，但是并不是所有"很+NP"都可以还原成"很+有+NP"的形式，诚然"很书生气"可以变成"很有书生气"，但是"很绅士""很汉子"绝不能变成"*很有绅士""*很有汉子"，这些反例说明"很+NP"和"很+有+NP"是本质上有区别的两种不同的句法结构。

新世纪以来的研究倾向于将"很+NP"视为一个固定的结构，或者从构式语法的角度将之称为一个"构式"，学者们主要从三个方面论证了"很+NP"作为一个结构的存在：第一，某些"很+NP"的用例已经得到了相当多数的汉语使用者的承认，继桂诗春（1995）之后，张伟（2005）的调查同样支持这一结论，在调查中，"很绅士"等常说的用例已经被百分之九十以上的被调查者认为是符合语法的，进一步说明了"很+NP"结构已经被广泛接受；第二，"很+NP"已经成为一个具有类推能产性的结构，通过一定的限制规则，可以生成几乎无限的具体用例，比如通过"很+人名"这一规则，可以生成"很杨子荣""很雷锋""很阿庆嫂"等等大量的具体用例（储泽祥、刘街生，1997），并且其能产性从上世纪80年代到新世纪伊始有上升的趋势，越来越多的名词可以进入这一结构（施春宏，2001）；第三，从构式语法的角度出发，判断一个形式是否是一个"结构"的重要依据是是否发生了失去理据性现象（demotivation），即这一形式的语义是否透明，具体来说，如果从组成这个形式的各个组分无法推导出这个形式整体的语义，那么这个形式就应当具备某种"结构"的语义，因此这个形式整体也就构成一个独立的结构，对于"很+NP"而言，整个形式的意义无法从程度副词"很"和离散的名词性成分NP中推导出来，听话人只有预先知道这个形式整体的含义是"非常具有NP的特点"，才能顺利地理解"很雷锋"这样的用例，这充分说明"很+NP"这个形式具备整体的结构含义，所以应当被看作一个结构或者"构式"（王德亮，2009；顾鸣镝，2012）。

"很+NP"结构作为一个新兴的语法结构，它在当代汉语中的存在已经被广泛地描写和分析，一个非常直观的数据是，根据对北京语言大学语料库中心（BCC）提供的口语对话语料库的粗略检索统计，该语料库中共有7,815条"很+NP"的用例，这说明"很+NP"结构在日常语言中非常活跃。而实际上，这一现象并不仅仅出现在中国大陆，台湾中央研究院现代汉语平衡语料库中同样有76条"很+NP"的用例，这说明虽然不知是同时产生的还是由中国大陆传播扩散的，这一语法现象在世界汉语文化圈内逐渐流行开来是不争的事实。由此，一个非常有趣的问题是，在作为第二语言的汉语中，是否也出现了这种语法现象呢？事实上，虽然国内外学术界对于第一语言中的"很+NP"已经展开了多角度、多方法、多理论的分析和探索，但第二语言中的"很+NP"结构目前还没有得到充分的关注，本文以北京语言大学的HSK考试动态作文语料库2.0版本（下称HSK语料库）为基础，通过穷尽式的描写，试图对第二语言中的"很+NP"结构的特点进行探索。

二、HSK 动态作文语料库中的"很+NP"结构

经过对 HSK 语料库的穷尽式检索和描写，可以得出"很+NP"结构的分布如下表所示：

表1：HSK 动态作文语料库2.0版本中的"很+NP"结构分布情况

"很+NP"用例	频率	NP 的性质
很耐心	7	抽象名词
很热门	2	抽象名词
很现代	2	抽象名词
很才华	1	抽象名词
很概要	1	抽象名词
很古代	1	抽象名词
很核心	1	抽象名词
很科学	1	抽象名词
很明星	1	具体名词
很耐性	1	抽象名词
很男孩子气	1	抽象名词
很益处	1	抽象名词
很真心	1	抽象名词
很中国味	1	抽象名词
很奇迹	1	具体名词
总计	22	/

经过对 HSK 语料库中"很 +NP"结构的分布情况的分析，可以得出以下四点结论：

第一，HSK 语料库中"很 +NP"的出现频率比汉语日常口语中"很 +NP"的出现频率相对低一些。HSK 语料库总共收录了大约 400 万个汉字的语料，根据表 1，在这 400 万个汉字的语料中"很 +NP"出现了 22 次，出现频率约为 181,818 字 / 次；相比之下，BCC 语料库口语对话部分包含约 5 亿个汉字，其中"很 +NP"结构出现 7,815 次，出现频率约为 63,980 字 / 次。非常直观地，HSK 语料库中"很 +NP"结构出现的频率比 BCC 语料库中低了一个数量级。造成这种差异的直接原因可能有两个：一是对外汉语教学使用的是规定的典范语法，对于新兴的结构几乎不会有正面的推广作用，甚至很多情况下还有负面的压制作用，学生如果在对外汉语课堂上使用新兴的"很 +NP"结构，可能被教师认为语法错误而加以纠正，这使得二语中的"很 +NP"的出现相对受限；二是语料性质的原因，作为一种"自下而上"产生的语言变异，"很 +NP"天生地带有一种随意的、非正式的语感和语体色彩（杨永林，2000），而 HSK 语料库收录的是 HSK 考试中的作文文本，在作文考试中，二语使用者可能更愿意使用具有正式语体色彩的表达方式。

第二，在作为第二语言的汉语中，"很 +NP"结构具有一定的类推能产性。尽管 HSK 语料库中"很 +NP"的用例并不多，但这些为数不多的用例展现出了一定的类推过程，进而反映了在二语中"很 +NP"也具备一定的能产作用。具体而言，经过对比 HSK 语料库和 BCC 语料库中的"很 +NP"用例可以发现，HSK 语料库中有一些用例是 BCC 语料库中所没有，这足以说明，二语学习者对"很 +NP"结构本身有一定的掌握，因为如果二语学习者仅仅是机械记忆生活中遇到的"很 +NP"用例，那么他们就不能产出生活中未听到过的"很 +NP"例子，但现实情况是，像"很男孩子气""很益处""很中国味""很概要"等等的用例在 BCC 语料库中是不存在的，这说明二语学习者并非是机械记忆单个用例，而是理解、领会了"很 +NP"作为一个结构（或者一个"构式"）的含义，因而可以用这个结构搭配不同的名词性成分，产出新的未听说过的用例。

第三，在第二语言中，"很 +NP"结构中的 NP 的子类和层级性与第一语言中表现相同。相关学者已经通过多种多样的角度，包括内省的分析（储泽祥、刘街生，1997；谭景春，1999；施春宏，2001）和定量的实验手段（张伟，

2005)，谈论了"很+NP"研究中的一个重要议题，那就是什么样的名词性成分可以进入被"很"修饰的位置。各项研究达成的共识是，表示抽象概念的抽象名词最容易进入这一结构，表示具体事物的具体名词次之，而表示世界上独一无二的特有事物的专有名词最不容易被"很"修饰，尽管最近四五年来"很中国""很香港"这样的"很+专有名词"似乎在网络语言中掀起热潮（周阳，2017），但整体来说，尚未能改变"抽象名词>具体名词>专有名词"的层级性结构，如表1所示，HSK语料库中的"很+NP"中的名词性成分绝大多数都是表示抽象事物、概念、含义的抽象名词，比如"现代""古代""才华"等，"很+具体名词"只有很少的两个用例（"很明星"和"很奇迹"，各出现了一次），网络上很流行的诸如"很中国""很美国"这样的"很+专有名词"在HSK语料库中并未出现。此外，一个典型的例子是"很中国味"，如果二语学习者认为"很+专有名词"听起来很自然的话，他们完全可以使用更为经济的形式"很中国"，但他们并未选择"很中国"而是在"中国"后加上了类词缀"味"，把一个专有名词变成了一个抽象名词，实际上这里的类词缀"味"还有提取语义特征的功能（施春宏，2001），使"中国味"更容易进入"很+NP"结构，这充分说明了汉语二语者在使用"很+NP"结构时同样遵循这抽象名词优先进入的原则。

第四，不同于前文所述的在第一语言中"很+NP"不是"很+有+NP"的缩略形式，在第二语言中，有些"很+NP"的用例实际上是二语使用者省略了"有""受""多"等词而产生的形式，这实际上是一种学习中的偏误，比如以下的例子：

（1）家里人期待他好起来，可是可能性太小了，这个可能性<u>很（有）负担</u>。（考试时间：200205；男；日本）

（2）还有，"绿色食品"在农作物的生长过程中，跟气候<u>很（有）关系</u>。（考试时间：200307；男；日本）

（3）这样活下去有什么意义，不如自杀好，因为这样活下去，不仅自己痛苦，同时给家人带来痛苦，可是<u>很（多）国家</u>还不同意安乐死。（考试时间：199604；男；韩国）

（4）以前没有的很多病常常出现让人们<u>很（受）打击</u>，这种病医生也不能治疗。（考试时间：200307；女；韩国）

例（1）和例（2）中的"很负担"和"很关系"都是省略了"有"；例（3）中的"很国家"在现代汉语中不这么说，需要加上"多"；而例（4）中的"很打击"实际上应该为"很受打击"。如同这些例子中的作为一种偏误的"很+NP"用例已经被排除在外，不在表 1 中体现。针对这种偏误有两种可能的分析方式，一种是认为这是二语者在学习"很+NP"结构时产生了过度泛化（overgeneralization）的现象，将原本不能进入这一结构的词汇置于这一结构中；另一种则是认为这纯粹只是言语产出过程中的一种"口误"（具体到书写语言则称为"笔误"）现象（杨小璐，2012，页 205-207），即写作中下意识地删减了"有""多""受"等词语。区分这两种解释最简单的方法其实是询问这些考生，他们写这些句子的时候是有意识的还是出于无意识的笔误，然而因为考试年代久远，再加上考生隐私等问题，这种方法无法实现。仅仅从他们这些偏误的例子上来看，似乎第二种解释更为可靠一些，至少对于例（3）这样的"很国家"的例子，因为具体名词不太容易进入"很+NP"结构，应该可以有比较大的把握断定这是笔误所致。

三、"很+NP"结构在汉语二语中扩散的动因

"很+NP"结构在汉语作为第二语言中的扩散主要有两方面的原因，分别是认知理据性和社会语言环境因素的影响，这两个原因中，前者为人类抽象语言认知活动相关的内部原因，后者则是语言作为社会符号系统在使用过程中与现实功能相关的外部原因。

从内部视角来看，言语活动是人类认知活动的一个重要部分，而"很+NP"结构符合人类认知活动的规律，即具有一定的认知理据性。"很"作为一个程度副词，它要求其后被修饰的成分具有 [+gradable]（可分级性）的语义特征，即其后的被修饰成分表示的概念应当是连续的、有程度等级的（杨永林，2000），一般地，当名词表示一个具体的事物或概念时是离散、不连续的，因此一般"很"不能修饰名词，但名词除了概念意义之外，还包含表示概念特征的语义，而这些语义一般是连续的、可分级的，有研究者称这些语义为描述性语义特征（施春宏，2001）。举例而言，"很绅士"是一个被讨论了近半个世纪的，非常"著名"的"很+NP"用例，就这个例子来说，"绅士"所表示的概念是一个具有绅士风度的人，这个概念无疑是离散的、不可分级的，因为不能说某个人比另一个人更"人"，但是"绅士"表示的是"彬彬有礼、对女性尊重的人"，其中的修饰语"彬彬有礼"和"对女性

尊重"就是"绅士"中的描述性语义特征，他们无疑是可以区分出等级的连续语义成分，正是基于这些连续的描述性语义特征，"很绅士"成为了现代汉语口语中出现频繁的一个"很+NP"用例。这个例子说明了，具备描述性语义特征的名词进入"很+NP"结构，是汉语使用者的一种共性，而跨语言的研究表明，在其他语言（至少包括英语和日语）中，"程度副词+名词"的结构也广泛存在着，并且驱动这一结构产生的认知动因是转喻（尹铂淳，2019）。转喻是人类认识世界的重要手段之一，通过认知活动中的相邻性，转喻将几个不同的概念联系起来，比如日常生活中人们用"小红帽"指代"戴着小红帽的人"，就"很+NP"结构来说，凸显NP的描述性语义特征来指代NP整体，实际上也构成了一种转喻。可见，"很+NP"结构是符合人类认知活动的一般规律的。

从外部视角来看，"很+NP"结构是一种"自下而上"的由普通语言使用者发明创造的新用法（杨永林，2000），而在实际的语言使用中，说话人倾向于使用"新奇、夸张"的表达来吸引听话人的注意力，因此，在日常的汉语使用中实际上出现了很多"很+NP"的例子，尤其是对于表示抽象含义的NP，非常容易进入这一结构，除了例如"很绅士""很淑女"的高频词之外，在网络中"很社会""很江湖"这样的新兴用例也越来越为广大汉语使用者所接受，因此对于第二语言学习者而言，如果其在课堂以外接触汉语口语的话，很容易在潜移默化之间习得这一结构，并且能灵活运用，创造出一些新的"很+NP"用例，正如表1中所体现的那样，从这一点上来说，社会生活中的语言环境为"很+NP"在第二语言中的扩散也提供了一定的便利。

四、在第二语言教学中如何对待"很+NP"结构

可以简单猜想的是，对外汉语教学中一般对新兴结构采取比较谨慎的态度，在课堂上不会教授这些新兴结构，甚至当学生使用这些结构的时候可能还会进行"纠错"。这一点是符合事实的，在HSK语料库数据中就可以体现出来。HSK语料库不仅收录了HSK考试的作文，还收录了相关的批改与订正，表1中所示的"很+NP"结构，在HSK语料库的批注中经常被认为是错误的用例，比如以下的例子：

（5）我们生在这世界是很（改为"个"）奇迹的，所以应该重视人的生命。（考试时间：200205；女；日本）

例（5）中使用了"很+NP"结构的用例"很奇迹"，但批注作者认为应该把很改为"个"，但实际上，"是个奇迹的"相比"是很奇迹的"而言其实更说不通，这样的修改实际上有弄巧成拙的嫌疑，而且"很奇迹"在汉语口语中实际上是被广泛使用的，在北京语言大学语料库（BCC）中就有很多的用例，例如：

（6）我觉得这种 av 画质能看见表情也是很奇迹了。

（7）我男朋友是军校生，很奇迹的认识并在一起。

（8）我们学校高三很奇迹的参加了。

这些用例说明"很奇迹"在口语中已经是一个被经常使用的说法了。与此相同的，如"很绅士""很淑女"这样的高频出现的"很+NP"结构，几乎人人日常都会说，如果一味地告诉学生"很+NP"结构是不符合语法的，实际上是背离了语言事实，因此，应当采用更为宽容的态度对待之。

五、总结

"很+NP"结构是现代乃至当代汉语中新出现的用法，这一结构存在的合法性已经得到了学界充分的论证。不仅在汉语作为第一语言中，在汉语作为第二语言中"很+NP"结构仍然有被广泛使用的现象存在，而在汉语作为二语中的"很+NP"结构的特点既有与第一语言中的相同之处，也有不一样的"新变化"。具体而言，就相同点来说，"很+NP"在第一和第二语言中都具有比较高的类推能产性，只要符合规则的 NP 都能进入这一结构产生多种多样的用例，并且"很+NP"结构在一语和二语中有着相似的限制规则，即 NP 倾向于抽象名词，具体名词不太容易进入这一结构，专有名词则几乎不能进入这一结构；就不同点来说，二语中"很+NP"的使用频率显著地低于一语中，而且二语中有些"很+NP"用例是由"很+X+NP"省略得来的。总而言之，在对外汉语教学中，在教好"标准语法"的同时，教师也可以适当对"很+NP"结构持相对宽容的态度。

参考文献

储泽祥、刘街生（1997）："细节显现"与"副 + 名"，《语文建设》，06，15-19。

顾鸣镝（2012）：语言构式的部分能产性问题再探——汉语"很 +NP"构式的认知解释，《西南交通大学学报（社会科学版）》，13(02)，65-70。

桂诗春（1995）：从"这个地方很郊区"谈起，《语言文字应用》，03，24-28。

胡明扬（1992）："很激情""很青春"等，《语文建设》，04，35。

施春宏（2001）：名词的描述性语义特征与副名组合的可能性，《中国语文》，03，212-224+287。

王德亮（2009）："很 +NP"的构式分析，《西华师范大学学报（哲学社会科学版）》，03，21-23。

邢福义（1962）：关于副词修饰名词，《中国语文》，5，36-43。

邢福义（1997）："很淑女"之类说法语言文化背景的思考，《语言研究》，02，1-10。

杨小璐（2012）：《语言：折射心里的彩虹——心理语言学入门》，北京，北京大学出版社。

杨永林（2000）：试析现代汉语中"程度性副词 + 非程度性形容词化名词短语"结构，《现代外语》，02，138-150+137。

尹铂淳（2019）：现代汉语副词修饰名词 / 名词短语的语言类型学考察，《临沂大学学报》，41(03)，61-73。

游汝杰（2020）：我看当代汉语，《语言战略研究》，04，1。

于根元（1991）：副 + 名，《语文建设》，01，21-24。

张伟（2005）：进入"很 +N"框架中的名词子类及其层级性，《青海师范大学学报（哲学社会科学版）》，04，109-111。

周阳（2017）：评价性流行格式"可以，这很 NP"研究，《绥化学院学报》，37(08)，85-88。

Chao, Y. R. (1968). *A grammar of spoken Chinese*. Univ of California Press.

汉日直接感觉表达对比研究

A Contrastive Study of the Direct Sensory Expression Between Chinese and Japanese

毕鸣飞 大阪大学

BI, Mingfei Osaka University

摘要 Abstract

日语中一般以形容词独语句来表达说话人的直接感觉，日本的汉语学习者受到母语影响，在说汉语时也倾向于在类似情景下用固定的语言形式表达自己的感受，因此产出不自然的表达。本文通过汉日对比和对 10 名母语者的访谈调查，指出汉语不同于日语，不存在固定的语言形式明确表达说话人的直接感觉。汉语中一般使用感叹词、呼吸音等来表达自己的直接感觉，或者是不做任何表达，且在不同情景中汉语母语者倾向使用的表达方式也不同。

关键词：直接感觉表达 日本汉语学习者 感叹词 对比研究

The Japanese speakers generally use single adjective sentences to express their direct feelings, and Japanese learners of Chinese are influenced by their mother tongue and tend to express their feelings in a fixed pattern of language in similar situations when speaking Chinese. Based on a comparison between Chinese and Japanese and an interview survey with 10 native speakers, this paper points out that Chinese is different from Japanese in that there is no fixed pattern of language to expresses the speaker's direct feelings. The Chinese speakers generally use interjections or breath to express their direct feelings, or do not make any oral expressions. Chinese speakers also tend to use different expressions in different situations.

Keywords: direct sensory expression, Japanese learners of Chinese, interjection, contrastive study

1. 问题缘起

一位日本学生在汉语课上提出过一个问题"如果在昏暗的房间里开灯，一束强光刺眼地照过来，汉语里怎样表达？"

这名日本学生之所以会问出这个问题，是因为在日语中上面的情景下，有相对固定的语言形式来表达自己的感受。日语中，如果说话人觉得灯光刺眼，可以直接用意义为"刺眼"的日语形容词"眩しい！"来表达自己当下的感受。然而，同样情形下，中国人说"刺眼！"则很不自然。这不只是因为汉语中形容词不能单用，说"很刺眼！"或"好刺眼！"在该场景下同样不自然。

类似情景在生活中并不少见，如走路时磕碰感觉到疼、吃到美味的食物觉得好吃等等。说话人对当下出现的情况的直接感受，日语中都有相对固定的表达形式。而在学习汉语后，日本学生受到母语影响，认为在这类情景中，自己需要用某种语言形式来表达自己的感受，于是也试图在汉语中用固定的形式表达类似的感受，因而产出了一些不自然的句子。例如，一名日本学生在走路磕碰到腿时立刻大叫一声"哎哟！"。单看这个场景似乎并无不妥，但如果这名学生在所有感觉到疼的情况下都会大叫"哎哟！"，则会使人感到机械与生硬。那么，在这些场景中，中国人到底是怎样自然地表达自己的感觉的？

本研究中将类似上述的场景统称为"直接感觉表达"。"直接感觉表达"指对各类感觉的第一反应的表达。"各类感觉"指五感（视觉、听觉、嗅觉、味觉、触觉），"第一反应"指在某个情况发生或某个对象出现的当下说话人的感受或判断。

2. 先行研究

日语中对直接感觉表达已经有了一定的研究，但相关研究在汉语中仍属空白，仅有少数汉日对比的相关研究。

日语中有可以单独用形容词终止形构成感叹句，表达直接感觉，例如：

（1）（冬天走进没有暖气的教室）寒い！

中文直译：冷！

（2）（磕到了桌角）痛い！

中文直译：疼！

这一类感叹句的特点是"目的不在于传达句子表示的信息，而在于说话人的感叹"。（笹井，2006）

除形容词终止形之外，日语中形容词词干也常用来表达直接感觉，例如：

（3）（打开很臭的罐头）臭っ！

中文直译：臭！

（4）（吃了一口披萨）うまっ！

中文直译：好吃！

形容词终止形除了用于表达说话人的感叹之外也可以在交际中用于警告、批评、提请听话人注意等（西内，2020），而使用形容词词干则"专门用来表达说话人对眼前的事态或对象瞬间的直观感觉和判断"，这类表达的特点是"不在意听话人的有无"。（今野，2012）

徐一平（1994）对比汉语和日语中形容词单独成句（以下称为"形容词独语句"）的情况，指出日语中形容词单独成句在表达个人感叹、感受，提醒对方注意等场合都可以使用，而中文中形容词单独成句一般只能用来提醒听话人注意。

（5）a.（自己差点被车撞到）〈日〉危ない！/〈中〉*危险！

b.（看到旁边的人跌落楼梯）〈日〉危ない！/〈中〉*危险！

c.（看到有人想要闯红灯）〈日〉危ない！/〈中〉危险！

徐一平（1994）同时指出，汉语中相当于日语形容词独语句的是"程度副词（真、好、很）＋形容词"，如：

（6）〈日〉眩しい！／〈中〉真晃眼！

（7）〈日〉危ない！／〈中〉好险！

张晓琳（2020）从交互主观性角度出发，对比汉日形容词独语句，指出汉语中对不在意听话人存在的表达有严格限制，只有如"啊"一类的感叹词可以进入。

有限的先行研究主要关注汉语和日语中相同形式的词汇及句式的比较。然而从教学角度出发，问题并不仅仅是"日语中的形容词感叹句在汉语中如何表达"，更需要回答的问题是"汉语中在相似或相同情景下会怎么说"。

本研究分为两部分，一部分分析汉语在相同情景下可能有哪些语言或非语言的表达，另一部分通过访谈调查探究汉语母语者在一些特定场景中实际会有怎样的表达。

3. 汉语中的直接感觉表达

观察日语中的形容词独语句，可以发现其具有以下三个特点：第一，明确指出了说话人的具体感觉；第二，表达了说话人的感叹；第三，不在意听话人的有无。本节结合日语形容词独语句的三个特点，对比分析汉语中的直接感觉表达可能采用的形式，其中包括与日语中的形容词独语句对应的语言形式，也包括虽然与日语形容词独语句没有对应关系，但可能在类似情境中出现的语言形式。

3.1 形容词单用

汉语形容词单用一般是对正反问的回答，如："上海热不热？""热。"

部分情况下形容词单说可以表示对听话人的提醒或警示，如：

（8）（母亲看到孩子伸手摸开水壶）烫！

不过，汉语中也有一少部分形容词单用时可以直接表达说话人的感觉，主要是"好"以及"好吃"、"好听"、"好看"这样"好＋V"形式。

（9）（看了精彩的球赛鼓掌）好！

（10）（吃到了美味的饭菜）好吃！

然而，汉语中的形容词单用表达说话人感觉，与日语中的形容词独语句仍有一定区别。日语中的形容词独语句，尤其是形容词词干型的独语句的特点是"不在意听话人的有无"，这一方面是指这类句子可以用于"自言自语"的环境中，另一方面，即使说话时当场存在其他人，也并没有将其他人作为听话人的意图。与之相对，汉语中形容词单用时依然需要有听话人存在，例如鼓掌叫好时，虽然没有与球场上或电视里的球员直接对话，但叫好的对象依然明确地指向球员；而感叹饭菜好吃一般也用于和他人一起用餐而非独自一人时。

3.2 程度副词 + 形容词

和日语中的形容词独语句在语义上对应的是汉语中的"程度副词 + 形容词"，但并非任何程度副词都适用于这种表达，其中程度副词一般为"好"，有时为"真"，不能为"很"、"非常"、"十分"等，例如：

（11）（冬天走进没有暖气的教室）好冷！ / 真冷！ /* 很冷！ /* 非常冷！

（12）（不小心碰到了刚烧过水的热水壶）好烫！ / ? 真烫 /* 很烫！ /* 十分烫！

（13）（被门缝夹了手）好疼！ / ? 真疼 /* 很疼！ /* 特别疼！

直接感觉表达一般并非是对当下状况的客观评价，往往带有说话人或吃惊或感叹的主观情绪的表达，因而一般不能用表达客观程度的"很"、"非常"等程度副词，而需要用"好"、"真"等可以表达说话人感情的词。不过，与形容词单用时相同，汉语中的"程度副词 + 形容词"依然需要听话人的存在。例如，"真 + 形容词"用于感叹时表示确信程度高，而要表达"确信程度"是因为存在一个需要取信的听话人。因而，与日语的形容词独语句不同，汉语"程度副词 + 形容词"这种形式同样无法用于自言自语的情况中。

上述两种形式是汉语里与日语中的形容词独语句在形式或者意义上对应的形式，它们与日语形容词独语句的前两条特点一致，都表达了说话人的具体感觉，同时也表达了说话人的感叹。然而，日语中用形容词独语句表达直接感觉时一般不在意听话人是否存在，而汉语中不管是形容词单用还是"程度副词 + 形容词"依然需要听话人存在。因此，虽然在形式或意义上有相似或相同之处，但实际使用中的使用场景并不完全一致。

其实在汉语中，类似场景下并不局限于用形容词表达自己的感受，还可以观察到以下两种表达方式：

3.3 感叹词

汉语常用感叹词来表达对直接感觉的反应，除"啊""哎哟""哎呀"等常见感叹词之外，詈骂语，如"wocao"[1]"靠""我去"等也常在这种情况下使用。

（14）（冬天走进没有暖气的教室）啊！

（15）（不小心碰到了刚烧过水的热水壶）wocao！

（16）（被门缝夹了手）哎哟！

感叹词不管在形式还是语义上都与日语的形容词独语句有较大差异，感觉到冷、热、疼等时都可以说"啊！"，"啊"本身并不具体表达"冷""热"或"疼"等含义。不过使用感叹词表达惊讶或不适而非具体的感觉本身，正是汉语中对各类直接感觉较为常见的第一反应。并且，感叹词在使用时往往脱口而出，并不在意周围是否有听话人，这一点则与日语的直接感觉表达有相同之处。

以詈骂语表达对直接感觉的反应是汉语有别于日语的特点之一，日语中虽然也存在少量詈骂语，但并不会用于表达直接感觉的场景中。汉语詈骂语在表达直接感觉时，其作为詈词表达贬义的含义已经减弱，单纯表达说话人的意外、感叹之情，因此本文将此种情景下的詈骂语也视为感叹词的一种。

1　由于"wocao"所对应的汉字形式较多，声调也不一定，如"我操"、"我草"、"卧槽"等，因此本文中统一以"wocao"表示。

3.4 呼吸或非语言表达

在类似情景中，汉语母语者还可能会深吸气或叹气，又或者不发出任何声音，只采取行动。由于不存在明确的语言形式甚至没有语言行为，因此似乎难以判断这是否是对某种具体感觉的"直接表达"，但本研究站在汉日对比的角度，认为语言上的"无表达"也是表达的一种。

（17）（冬天走进没有暖气的教室）唉——（裹紧衣服）

（18）（不小心碰到了刚烧过水的热水壶）嘶——！（去凉水下冲洗）

（19）（被门缝夹了手）嘶——！（把手缩回去）

吸气和呼气本身不表达具体的感觉，有时候仅是说话人生理反应的一部分，不过，亦有部分学者指出汉语中的部分吸气音具有表义或交际功能（晏鸿鸣，2011）在直接感觉表达中，说话人一般用较重的呼吸音表达了自己的惊讶、感叹或不适。同时，与感叹词类似，这种表达也不关心周围是否存在听话人。

有些情况下，外语中的某些习惯性表达在汉语中并不存在。例如日语中开饭前会说"いただきます"，英语中对打喷嚏的人说的"bless you"，这些语句虽然汉语中可以翻译为"我开动了"及"上帝保佑你"等，但实际上一般中国人在相同情况下并不会说任何话。直接感觉表达中也存在类似情况。在某些情景下中国人并不会用任何语言形式把自己此刻的感觉表达出来。

4. 访谈调查

上一节中列举了四种汉语中的直接感觉表达可以使用的形式，但在实际生活中，中国人更常使用哪一种表达方式，仍需要实际调查才能确定。本节我们以访谈调查的形式，探究中国人如何进行直接感觉表达。

4.1 调查内容与结果

我们采用访谈形式，测试了 10 名受访者，询问他们在不同情景下会如何表达自己的直接感觉。

被试者分为 7 名男性、3 名女性，年龄在 24-29 岁之间，均来自北方方言区，均无日语学习经历。测试以"提问——回答"方式进行。主要提问内容为：想象当你身处以下情景……（情景内容）……这时你会有什么反应？

情景内容分别代表了"热"、"疼"、"好吃"的以下三个情景：

①夏天，气温 37 度，你坐地铁出门，下了地铁，从开着空调的地铁站走上了街道，一股热风扑面而来……

②你在房间里找东西，一个转身，脚趾磕到了柜子角……

③你去了一家点评网站评分不高的餐厅，菜品端上来你尝了一口，出乎预料地好吃……

以上三种情景，在日语中一般都会用形容词独语句表达说话人的直接感觉。情景为"熱い！"、情景为"痛い！"、情景为"おいしい！"

对 10 名汉语母语者调查结果如下表所示：

	情景（热）	情景（疼）	情景（好吃）
男 1	无出声反应	嘶——	嗯——（升降调）
男 2	叹气（嗯——）	cao	无出声反应
男 3	吸气	wocao	无出声反应
男 4	wocao	wocao	无出声反应
男 5	无出声反应	啊——！	嗯——（降调）
男 6	叹气（唉——）	嘶——	无出声反应
男 7	无出声反应	无出声反应	无出声反应
女 1	无出声反应	嘶——	好吃
女 2	吸气	wocao	无出声反应
女 3	好热	啊——！	无出声反应

4.2 调查结果分析

分析调查结果可以发现，在合计 30 个回答中，反应为单用形容词的仅一例，占 3.3%；使用"程度副词＋形容词"形式的同样仅有 1 例，占 3.3%；反应为使用叹词（包括"啊"和"wocao""嗯"等）形式的有 9 例，占 30%；反应为呼气或吸气形式的有 7 例，占 23.3%；无出声反应有 12 例，占 40%。总的来说，对直接感觉无出声反应表达的占最多数，其次是使用叹词或呼吸表达，而使用形容词明确地表达自己的感觉则极少。

具体看各个情景可以发现，表示"热"的情景中呼吸、叹词、无出声表达各类表达均有出现且数量相近；表示"疼"的情景中直接感觉表达以呼吸与感叹词为主，无出声反应较少；表示"好吃"的情景中则以无出声反应为主，叹词较少，没有用呼吸声表达的受访者。此外，在情景中，有受访者表示"这一测试默认了我似乎应该在这个情景下有所表现，但实际上我在这种情景下可能没有任何表现"。不难发现，在具体情景中，汉语母语者表达自己直接感觉的手段并不单一，且在部分情景中，不做任何表达才是最常见的表现。

结合上面两节的分析调查，我们可以得出结论：汉语与日语在直接感觉表达方面存在较大差异，日语通常以形容词独语句形式具体表达说话人的直接感觉，而汉语中一般不具体表达说话人的直接感觉，仅以感叹词或吸气、呼气音等方式表达说话人的感叹，亦或是没有任何语言上的表达。同时，相较于日语中较为固定的表达方式，汉语的直接感觉表达方式并不固定，虽然有一定倾向性，但在同一情景下感叹词、呼吸气或无表达都有可能出现。

5. 教学建议

受母语负迁移影响，日本汉语学习者在用汉语表达直接感觉时容易产生两类偏误，一类是直接用汉语形容词或"程度副词＋形容词"表达直接感觉，另一类则是机械化地重复某种表达方式。两类偏误有时也会同时发生。

对于第一类偏误，由于在实际生活中教师能观察到学生产出时必然存在教师这个听话人，不存在"自言自语"的情况，因此从交际角度来说使用单个形容词或"程度副词＋形容词"虽然与学生本身的意图有所偏差，但并不算是错误。不过仍需要提醒日本学生，汉语里的单个形容词或"程度副词＋形容词"并不等同于日语的形容词独语句，汉语中不能用这种形式来"自言自语"。

对于第二类，偏误在实际教学中，教师并不需要具体地教导学生在每一种不同场景下应当说什么或者不说什么，但需要提醒学生汉语里的没有与日语形容词独语句完全对应的直接感觉表达，且自然的汉语中对直接感觉的表达形式并不固定，应避免机械地重复某种特定的表达形式。同时也要指出汉语母语者在很多情景下是不说什么的。这一方面可以避免日本学生在类似情景下"总想说点什么"，另一方面也可以促进日本学生对中国人表达习惯的理解。

在语言教学中我们关注的焦点往往在于学生说出来的部分自然与否，然而，有一些在其他语言中需要明确表达的内容在汉语之中可能不说出来、或不明确地说出来才更为自然。直接感觉表达就是其中一例。

6. 结语与余论

本文通过对比研究与访谈调查指出，日语中存在明确的语言形式来表达说话人的直接感觉，日本的汉语学习者受到母语影响，在说汉语时也倾向于在类似情景下用固定的语言形式表达。而汉语中则很少使用形容词来表达说话人的直接感受。与日语相比，汉语在"说话人对眼前的事态或对象瞬间的直观感觉和判断"时，没有一种专门的表达方式，在日语使用形容词独语句表达感叹的情景中，汉语母语者往往会使用叹词或呼吸，或者不做任何语言上的表达。

本文仍有一些不足之处，尤其在访谈调查方面，不管是调查对象人数还是涉及情景数量都不够多，调查的方式也有待改善。不过，即使是本文中小规模的调查，也仍然体现了汉语与日语在直接感觉表达方面的巨大差异。事实上，汉日对比，日语中需要有所表达而汉语中并没有固定表达模式的情况并不只此一例，日语的"自言自语"也不仅限于直接感觉表达中，相关问题仍有待进一步的研究。

参考文献

刘丹青（2012）：实词的叹词化和叹词的去叹词化，《汉语学习》，3，3-13。

晏鸿鸣（2011）：古今汉语中记载的汉民族共同语表意吸气音研究，《人文论谭》，1，25-31。

朱德熙（1980）：《现代汉语语法研究》，北京，商务印书馆。

東弘子（1999）．感情表出文，自然言語処理，6（4），45-65。

冨樫純一（2006）．形容詞語幹単独用法について－その制約と心的手続き－，日本語学会 2006 年度春季大会予稿集，165-172。

今野弘章（2012）．イ落ち構文：形と意味のインターフェイスの観点から，言語研究，141，5-31。

清水泰行（2015）．現代語の形容詞語幹型感動文の構造－「区的体言」の構造と「小節」の構造との対立を中心として－，言語研究，148，123-141。

笹井香（2006）．現代語の感動文の構造－「なんと」型感動文の構造をめぐって－，日本語の研究，2（1），16-31。

西内沙恵（2020，2 月 15 日）．形容詞終止形感動文の用法－語用論的な非難・注意喚起の作用－，第 16 回筑波大学応用言語学研究会，つくば市，日本。

徐一平（1994）．日本语研究．北京，人民教育出版社。

張曉琳（2020）．中国語における形容詞一語文の間主観性―日本語形容詞語幹構文との比較を通して―，關西言語学会第 45 回大会予稿集，123-139。

从中英译版《老人与海》看中英语言思维差异对中文二语教学的影响——以"and"的中文译法为例

The Impact of the Thinking Differences Between Chinese and English on Teaching Chinese as a Second Language from the Comparison Between the Chinese Version and the Origin Editor of The Old Man and The Sea——Take the Chinese Translation of *and* as an Example.

蔡沁希 香港教育大学

CAI, Qinxi The Education University of Hong Kong

摘要 Abstract

本文以海明威的著名短篇小说《老人与海》为研究材料，通过"视窗"式的语言研究方法，以"and"一词在张爱玲译本中的不同译法为例，比较中英文语言词汇译法上的差异。研究发现，海明威原著中共出现"and"一词1,117次，其中在张译本中有中文词语对应"and"的现象共计233次，虽然对应的译词多达18种，但按用途却可大致分为四类，分别用作选择义、连接义、转折义和其它；无中文词语对应"and"的情况共计884次，张译本中多用逗号、分号及句号代替。除了"and"以外，还有很多英文单词在中文中存在一词多义的现象，在翻译过程中，中文译者往往需要根据不同的语境使用不同的译词进行翻译，以保证中文译本的可读性。笔者认为造成这一现象的原因主要是与中西方思维模式的差异以及标点符号系统的差异相关。根据这一研究发现，笔者利用母语迁移理论的相关知识探讨研究结论对中文二语教学的启示。

关键词：《老人与海》 语言思维 中文二语教学 and 母语迁移

This article uses Hemingway's famous short story *The Old Man and the Sea* as the research material and uses the window language research method to compare the differences between Chinese and English language vocabulary translation, and take the different translations of the word *and* in Eileen Chang's translation as an example. The study found that the word *and* appeared 1117 times in Hemingway's original work. Among them, there are a total of 233 occurrences of Chinese words corresponding to *and* in Chang's translation. Although there are as many as 18 translated words, they can be roughly divided into four categories according to usage, which are used as alternative meanings, conjunctive meanings, transitional meanings, and other meanings. There are 884 cases where there is no Chinese word corresponding to *and*. In Chang's translation, commas, semicolons, and periods are often used instead. In addition to *and*, there are many English words that have multiple meanings in Chinese. In the translation process, Chinese translators often need to use different translated words according to different contexts to ensure that the Chinese translation is available to read. I believe that the reason for this phenomenon is mainly related to the differences in Chinese and Western thinking modes and the differences in punctuation systems. Based on the findings of this research, I use the relevant knowledge of mother tongue transfer theory to explore the enlightenment of the research conclusions on Chinese second language teaching.

Keywords: The Old Man and the Sea, linguistic thinking, Chinese second language teaching, and, mother tongue transfer

一、引言

Sapir-Whorf 假设指出语言决定思维，二语学习者在学习语言的过程中产生的偏误大多是受本身母语塑造的思维模式的影响。有关语言与思维模式间差异的探讨由来已久，自古希腊时期就已经开始。马文艳（2004）指出英语这种语言体现出抽象、理性的思维模式，而中文则具有含蓄、整体性强的特点。将语言与思维的辩证关系、母语迁移理论融入到英语二语教学的研究已经有学者讨论过，也有学者利用翻译理论及相关知识探讨母语思维对二语翻译的影响。但较少有学者从汉语二语教学的角度探讨语言与思维的辩证关系，因此，本文将从汉语二语教学的角度出发对相关问题进行探讨。同时，笔者发现虽然探讨语言与思维间辩证关系是二语教学和翻译学共同关注的话题，但很少有学者会将两边的研究成果结合起来看，因此翻译学中对于语言和思维的探讨以及研究成果没有能够很好的应用到二语教学中去。本文将试图打破两学科间的壁垒，利用翻译理论的相关知识，采用"视窗"式的语言研究方法，通过比较《老人与海》翻译文本与原著间差异，从思维模式和标点符号系统两方面出发探讨造成原文本与翻译文本间差异的原因。通过对于差异原因的分析，来更好的认识中英文语言及思维模式的不同。研究发现，中英语言用法及思维的差异对中文二语教学产生的影响主要有两点，分别是英语中存在大量一词多义的现象，而二语教师在迁移学生母语知识时未能说明迁移知识属于哪一部分；两种语言间的叙述风格不同，二语教师在教学生时忽视讲述叙事风格差异而只注重语法练习导致学生产出不地道的中文表达。本文的研究发现有利于中文二语教师调整现有的教学重点和教学方法，更有针对性的指出英语为母语的中文二语学习者在学习时产生的偏误及不足，以帮助他们更好的学习中文。

二、文献探讨

本文打破学科壁垒，利用翻译学的相关知识，从母语迁移角度，探讨中西方语言差异及思维差异对中文二语教学产生的影响。笔者将主要从母语思维对二语教学的影响和母语思维在翻译学背景下对二语翻译的影响这两个角度出发做文献探讨。

（一）母语思维对二语教学的影响

目前，相关研究已经证明了母语思维会对二语学习者的二语习得产生一定的影响（Krashen, S., 1982；Ellis, R., 1997；Lott, D., 1983）。马文艳（2004）

利用母语思维的相关理论调查了 116 名英语二语习得者的二语写作能力。研究发现，英语二语习得者在进行英文写作时会在语法形态、语篇结构和语用三个方面受到中文思维的影响产生偏误。因此，他指出"思维模式中独有模式在中国学生英语作文学习中起着负转移的作用"，这类思维差异导致的偏误应当引起前线教师的注意。王曦（2006）则认为中英文在语音、词汇和句法上存在着一定的相似，这对中国的英语二语习得者学习英文是大有益处的。他同时认为利用母语思维可以帮助学生更好的理解目的语，开阔思路。基于母语思维与目的语思维差异的相关研究，母语迁移理论成为语言习得研究的热点话题。一直以来有关"母语迁移在二语学习过程中的地位和作用"的问题，都受到学界的广泛关注，不同的学者从不同的角度出发探讨母语迁移对二语学习者产生的影响（Lott, D., 1983）。一般情况下，我们认为学习者的母语能力对其二语习得的影响是双重的，分为正迁移和负迁移。正向的迁移，可以帮助学生理解二语中的语言知识，加快学习速度和效率。而负迁移，则会干扰学习者的二语习得，对学习者习得新的语言起到阻碍作用。目前研究主要将目光集中在是否需要将母语迁移引入二语教学这一问题上。持反对意见的学者认为母语的负迁移给二语教学带来了诸多麻烦。梅特提出的沉浸式教学法，强调学校在进行二语教学时应当使用目的语进行教学，尽量避免母语知识对二语习得的影响。因此，在沉浸式教学课堂中母语迁移是不被提倡的。Link, E. Perry（2021） 在 2021 International Conference on Chinese Language Instruction 的会议上发出了题为《中英文的文法不同：思维方式也不同吗？》的探讨，认为目前中文教学面临的挑战来源于母语知识的干扰。但正如李英杰、杨怀恩（2009）所指出的那样，因为二语教学发生在母语教学之后，学习者的母语习得情况必然会对二语习得产生影响。Stern（1992）指出从母语出发是外语教学的一种前提，他认为"学习者（在学习外语时）是把 L1 当作参照物的；在此基础上我们可以向学习者指出两种语言的相似及不同之处，帮助他们逐渐形成一个新的 L2 系统"。在学习的初级阶段，使用母语辅助学习更好的学习第二语言知识被认为是有必要的。笔者赞同 Stern 的理论，认为二语教学研究者应当正视母语迁移的问题。目前的研究主要集中在探讨"母语迁移在二语习得中所起的作用"（李英杰，杨怀恩，2009，页 4-9），缺少对于"如何在二语教学中利用母语迁移理论"的探讨，本文利用母语迁移的相关知识具体探讨母语思维差异如何迁移并在汉语二语教学中应用。

（二）母语思维对翻译学的影响

在翻译的过程中，每个译者都会或多或少的受到自己母语思维方式的影响（周旭，杨士焯，2015；王建国，2016；柳青青，2015；陈奕帆，2019；左岩，1995），因此译者的思维方式会在一定程度上影响翻译的结果。王建国（2016）认为使用汉语的民族是注重过程的思维方式，而使用英语的民族更加注重结果。因此，他从物理力学的角度出发，指出汉语是"动能导向语言"，英语是"势能导向语言"，这种思维模式上的差异落实在翻译过程中直接导致了"翻译中一些稳定的不对等现象"（王建国，2016，页 1-28）。左岩（1995）从语篇衔接的角度出发，认为在语篇衔接过程中，汉语更常用"原词复现和省略，而英语则多用照应和替代"（左岩，1995，页 37-42）。因此在汉英翻译过程中，为了保证文本的流畅性和可读性，译者会适当地改变语篇衔接的方式。对目标文本进行翻译的过程不仅仅是两种语言相互转换的过程，同时也是两种思维模式互相转换的过程。李青（2011）也指出英文作品往往是"作者责任型"，因此在行文时会更加频繁的使用衔接词，而中文作品是"读者责任型"，写作手法较为含蓄，省略主语和衔接词的情况比较多见。周旭，杨士焯（2015）指出翻译的文采不仅仅指"追求译文的雅"，而是要"最有效的发挥译文优势"（周旭，杨士焯，2015，页 53-57）。因此在翻译过程中，译者需要利用自己的母语方式在尽量忠实原文的基础上对原著进行再创造，充分发挥母语优势，产出符合目标读者思维方式的篇章。周旭，杨士焯（2015）提出利用翻译写作学的相关经验构建二语写作的新模式。他们指出，二语写作与翻译写作存在诸多相通之处，认为"译者在英译汉时，在阅读理解的基础上，主要是驱动母语写作技能加以再现，而在进行汉译英时，其目标语写作能力，正是一种二语（英语）写作能力"（周旭，杨士焯，2015，页 53-57）。二语学习者在文章写作过程中实际上运用了隐形的翻译行为，因此在进行英语二语教学时，前线大学教师应当指导学生正确处理母语思维，克服畏难情绪。在探讨母语思维对翻译学的影响这一话题时，研究者主要还是从翻译学本身出发。与二语教学不同，翻译学领域基本认可了母语思维存在的合理性，并尝试利用母语思维提高翻译能力。但将翻译学相关理论应用到二语教学中的情况相对比较少见，虽然有部分学者认识到了两学科的相关性（周旭，杨士焯，2015，页 53-57），但其研究的内容主要集中在英语二语写作中，对中文二语教学的指导意见较少。本文将从中文二语教学的角度出发，对上述问题进行进一步的探讨。

三、研究方法和研究问题

张武萍（2009）指出"在利用母语来学习英语的环节中，翻译是一项很好的活动，通过严格的翻译练习，学习者可以认识两种语言的差异，对英语的结构、特点进行更理性、深刻的分析"。因此，笔者认为比较翻译作品与原著间的差异可以更好的展现两种语言间的异同。通过比较分析两种语言间的不同，可以更好的预知以英语为母语的学习者在汉语二语学习中存在的问题，从而进行更有针对性的教学。

本文选取海明威的短篇小说《老人与海》为研究材料。《老人与海》是海明威的代表作品，可以说这部小说不仅将海明威简约明晰的写作风格发挥到了极致，也代表了那一时代美国文学作品的特色。后来，这部小说被中国著名女性作家张爱玲首先翻译成中文版，并于 1955 年由香港中一出版社出版。张译本的《老人与海》一经出版，便获得了很高的评价，理查德·麦卡锡指出中译本出版后立即被称许为经典。一直以来，张译本的《老人与海》都受到了学界的广泛关注，曾晶晶（2014）曾将张爱玲译本与大陆通行最广的海观译本进行对比，认为张译本的《老人与海》从"语义风格，句式及语体上都最大程度地贴近原文"（曾晶晶，2014，页 145-147）。柳青青（2015）指出受译者生活环境的影响，张译本《老人与海》中"既有古典遗风，又有通俗色彩，还有西方情调"（柳青青，2015，页 147-152），在翻译语言上，张译本中既有"大量地道的汉语流水句，又带有欧化语言的特征"（柳青青，2015，页 147-152）。黄伟龙（2016）从"译者主体性"的角度出发，认为张爱玲在翻译小说《老人与海》时合理的发挥了自身的主观能动性，在尊重译作本身的情况下，对《老人与海》进行了再创作，他肯定了张译本，认为张译本"称得上是佳译"。陈奕帆（2019）从改写理论的视角下探讨张译本中文化词的译法，他指出张爱玲在翻译原著中西班牙语言文化词 lamer/elmar 时采用归化法舍弃西班牙语中阴性和阳性的概念，而改用汉语的性别标志词，并分别将阴性词语 lamer 译为"海娘子"、阳性词语 elmar 译为"海郎"，避免了"外文给中国目标读者造成的阅读障碍，将西班牙语本土化"（陈奕帆，2019，页 85-101）。结合上述学者们的研究发现，笔者认为张译本的《老人与海》体现了中西方文化的交融碰撞，对比张译本的《老人与海》和海明威的原著，可以很好的展现中文和英语语言思维的差异。

笔者在阅读英文版《老人与海》时发现，小说中反复出现了"and"一词，在全书仅 26,531 字的情况下，"and"就出现了 1,117 次，足见使用频率之高。但是阅读张译本的《老人与海》不难发现，译本中并没有出现某一反复使用的词语，由此可见张译本中存在大量不同的"and"的中文译法。根据这一发现，笔者采用"视窗式"语言研究的方法，归纳"and"一词在中译本中的不同表现形式，将其分类；并分析中译本中出现不同表现形式的原因。

本文采取"视窗式"语言研究的研究方法，游汝杰、邹嘉彦（2019）指出"视窗式"语言研究的方法就是"就不同的专题，选取相应的材料，把它们展现在一个'视窗'内"并以此观察"不同语言社区的群体语言使用情况"。本文选取"and"一词作为研究词汇，记录中译本中"and"的不同译法，从而归纳总结一些中英语言用法的异同规则并探讨这一发现对二语教学的启示性作用。

根据本文的研究目的，笔者提出以下三个研究问题：（1）"and"一词在中译本中有哪些表现形式；（2）造成不同表现形式出现的原因有哪些；（3）这将对汉语二语教学产生怎样的影响。

四、研究结果

经过统计分析，笔者发现《老人与海》原著中的"and"一词在中译本中共有 21 种不同的翻译方式，其中有中文词语对应的有 18 种，计 233 次，占总数的 20.9%；无中文词语对应的有 3 种，计 884 次，占总数的 79.1%。下面笔者将对这些情况做详细的解释说明。

（一）有中文词语对应的情况

根据笔者的研究归纳，有中文词语对应的"and"分别可以表达四种不同的意义，即选择义、连接义、转折义和其他。各种不同类型的中文释义及其出现频次、例句详见表一。

表一

对应中文词语	频次	分属类别	例句
和	86	连接义	It made the boy sad to see the old man come in each day with his skiff empty and he always went down to help him carry either the coiled lines or the gaff and harpoon and the sail that was furled around the mast. (Hemingway, E., 1952) 孩子看见那老人每天驾着空船回来，心里觉得很难过，他总去帮他拿那一卷卷的钓丝，或是鱼钩和鱼叉，还有那卷在桅杆上的帆。（张爱玲，1988）
然后	39	连接义	But remember how you went eighty-seven days without fish and then we caught big ones every day for 3 weeks. (Hemingway, E., 1952) 但是你记得有一次你八十七天没有打到鱼，然后我们接连三个星期，天天捉到大鱼。（张爱玲，1988）
而且	22	转折义	And there are many tricks. (Hemingway, E., 1952) 而且还有许多诀窍。（张爱玲，1988）
还有	21	连接义	It made the boy sad to see the old man come in each day with his skiff empty and he always went down to help him carry either the coiled lines or the gaff and harpoon and the sail that was furled around the mast. (Hemingway, E., 1952) 孩子看见那老人每天驾着空船回来，心里觉得很难过，他总去帮他拿那一卷卷的钓丝，或是鱼钩和鱼叉，还有那卷在桅杆上的帆。（张爱玲，1988）
而	16	转折义	He was an old man who fished alone in a skiff in the Gulf Stream and he had gone eighty-four days now without taking a fish. (Hemingway, E., 1952) 他是一个老头子，一个人划着一只小船在墨西哥湾大海里打鱼，而他已经有八十四天没有捕到一条鱼了。（张爱玲，1988）

也	13	连结义	But he knows he had attained it and he knew it was not disgraceful and it carried no loss of true pride. (Hemingway, E., 1952) 但是他知道他很谦虚,他也知道谦虚并不丢脸,而且也无伤他真正的自尊心。(张爱玲,1988)
与	9	连接义	He waited with the line between his thumb and his finger, watching it and the other lines at the same time for the fish might have swum up or down. (Hemingway, E., 1952) 他等候着,把钓丝捏在拇指与食指之间,看守着它,也守着其余的钓丝,因为那鱼也许会游来游去。(张爱玲,1988)
又	7	其他	After that he settled the line across his shoulders in a new place and held it again with his left hand resting on the gunwale. (Hemingway, E., 1952) 此后把肩膀上的钓丝挪了挪,搁在一个新地方,又用他的左手握住它,手搁在船舷上。(张爱玲,1988)
或	3	选择义	He noticed how pleasant it was to have someone to talk to instead of speaking only to himself and to the sea. (Hemingway, E., 1952) 他感觉到这是多么愉快,有个人在这里,他可以对他说话,而不是对自己或是对海说话。(张爱玲,1988)
于是	3	连接义	But after forty days without a fish the boy's parents had told him that the old man was now definitely and finally salao, which is the worst form of unlucky, and the boy had gone at their orders in another boat which caught 3 good fish the first week. (Hemingway, E., 1952) 但是四十天没有捕到一条鱼,那男孩的父母就告诉他说这老头子确实一定是晦气星——那是一种最走霉运的人——于是孩子听了父母的吩咐,到另一只船上去打鱼,那只船第一个星期就捕到三条好鱼。(张爱玲,1988)

再	3	其他	I wish the boy were here and that I had some salt. (Hemingway, E., 1952) 但愿我有那孩子在这里，再还有一点盐。（张爱玲，1988）
同	3	连接义	I'll keep yours and mine together on ice and we can share them in the morning. (Hemingway, E., 1952) 我来把你的同我的都放在冰上，我们早上可以一人一半。（张爱玲，1988）
加上	2	其他	The old man dropped the line and put his foot on it and lifted the harpoon as high as he could and drove it down with all his strength, and more strength he had just summoned, into the fish's side just behind the great chest fin that rose high in the air to the altitude of the man's chest. (Hemingway, E., 1952) 老人丢下钓丝，用脚踏住他，把鱼叉举起来，举得不能再高了，然后把它推下去，用出他的全部力量，再加上他刚才振起的力量，把鱼叉戳进鱼身的侧面，正在那巨大的胸鳍后面，那胸鳍高高地竖在空中，高齐那老人的胸膛。（张爱玲，1988）
就连	2	其他	They sleep and the moon and the sun sleep and even the ocean sleeps sometimes on certain days when there is no current and a flat calm. (Hemingway, E., 1952) 但是我仍旧得要睡觉，星也睡觉，月亮和太阳都睡觉，就连海洋有时候也睡觉，有这么几天没有潮流，风平浪静的。（张爱玲，1988）
那	1	其他	Now that it is the daylight let him jump so that he'll fill the sacks along his backbone with air and then he cannot go deep to die. (Hemingway, E., 1952) 现在是白天了，让它跳出水面，使它脊骨旁边的包囊里吸满了空气，那它就不能沉入水底去死在那里了。（张爱玲，1988）

对于	1	其他	But it was no worse than getting up at the hours that they rose and it was good for the eyes. (Hemingway, E., 1952) 但是也不比黑早起身更坏——每天那时候都得起来——而且这鱼肝油可以抵制一切的风寒和流行感冒，对于眼睛也有益。（张爱玲，1988）
并	1	连接义	I suppose it was even though I did to keep me alive and feed many people. (Hemingway, E., 1952) 大概是的，虽然我干这样事是为了养活自己，并且也可以喂饱许多人。（张爱玲，1988）
随即	1	连接义	But when he pull all of his effort on, starting it well out before the fish came alongside and pulling with his strength, the fish pulled part way over and then righted himself and swam away. (Hemingway, E., 1952) 他把所有的气力都用出来，鱼还没有游到船边，还很远的时候，他就开始了，拼命拉着，那鱼歪过来一半，但随即把自己摆正了，游开去了。（张爱玲，1988）

　　由表一可知，有中文词语对应的"and"在中译本中主要表示的是连接意义，其对应的中文词语按照程度差异可分为9种，分别是和、然后、还有、也、与、于是、同、并、随即，共出现176次，占有中文词语对应总数的75.5%。其次是表转折意义的情况，其对应的中文词语有2种，分别为而、而且，共出现38次，占有中文词语对应总数的16.3%。接着是其它类型的情况，有6种，分别为又、再、加上、就连、那、对于，共出现16次，占有中文词语对应总数的6.8%。最后是表选择意义的情况，仅有1种（或），出现3次，占有中文词语对应总数的1.3%。

　　由此可见，虽然中文译本中对应"and"的词汇有18种之多，但表示的意义却相对而言比较单一，最主要的释义还是同连接意义相关。但是相比英语中单一的连接词"and"来说，中文中拥有大量意义相同，但表达不同的近义词可供选择。相比中文而言，英语在选择同义词时的余地要小很多，远不如汉语丰富。同时，值得一提的是在用作表达连接意义时，英语的"and"一词没有明显的程度上的差异，但是在对应的中文词语中却存在着程度的不同。比如说"然后"、"随即"这两个词，一般用于连接带有明显先后关系的事件。"随即"一词同时也表现出后一事件与前一事件的发生时间相隔很紧，是表示顺承关系的词语，这种表述方式是中文特有的。在翻译的过程中，如果机械的讲究忠实于原文，将英语中的"and"译作同一中文释义，而不加以程度上的区分，容易给中文读者一种重复、乏味的感觉，不仅不能很好的向中文读者传达出原著的意义，也不能体现海明威简练的语言风格。

（二）无中文词语对应的情况

无中文词语对应的"and"在中译本中共出现了884次，占全书"and"次数的79.1%，也就是说，在张爱玲翻译的过程中，大量的"and"并没有直接的中文对应词汇。虽然，没有对应的中文词语，但这并不表示张爱玲偏离原著、篡改原书。事实上，这些缺乏中文词语对应的"and"以标点符号的形式出现在了中译本中。笔者发现，虽然中译本中缺乏这884次"and"的直接对应词语，但在它们出现的地方，中译本用逗号、分号和句号进行了替代。

原著中，海明威用以表示轻微承接关系的"and"，在中译本中多用逗号来代替。当用以表示承接两个独立句子时，中译本则根据两个句子间的关系，选择用分号或是句号代替。笔者发现，与中文相比，英文的标点符号系统比较单一，没有分号、顿号、书名号等标点符号来适应不同场合、语境的需要。一般情况下，在中文书面语写作中，一句话内如写作人想要表达轻微连接关系时会用逗号将内容分割开来，但在英语中逗号多用来分隔从句。这或许和中英文的叙述方式有关，中文中使用从句的情况要远远少于英语，因此逗号除了作为分隔从句的标志以外还有其他作用。分号本身就是英语中没有的标点符号，在中文书面语中分号用于连接两个并列的句子，因此在汉语中如果两个句子间存在明显的并列关系则可以用分号连接。但在英语中，即使两个句子的并列关系明显，也必须用连词连接或者分写成两个独立的句子。"And"在中译本中被译作句号的情况也很多，张译本中经常可见将用"and"连接组合的长句分译成两个短句的情况。因为，在英文中"and"有连接两个句子的功能，所以英语写作中经常可以看见用"and"连接两句话并组合成一个长句的现象。虽然在中文书面语写作中，我们有时也可以用连词"和"来连结两个相对较短的句子，但是在实际写作过程中这种做法并不常见，而且我们无法使用"和"去连接两个长句。

左岩（1995）指出"汉语中没有定冠词的用法，而英语中的定冠词"the"却在语篇衔接中举足轻重，广为应用"，他认为在联接语篇的过程中，英语多使用"照应和替代"的方法，而汉语则更常用"原词复现和省略"。其中"the"在语篇衔接中属指示照应。因为中文中没有定冠词，所以在翻译"the"时多使用原词复现法和省略法。这解释了张译本中大量出现无中文词语对应的"the"的情况。

五、讨论

（一）一词多义情况下的母语迁移

笔者查阅了《牛津中阶英汉双解词典（第四版）》（2010）（以下简称《牛津字典》）中对应"and"的释义，共有4种，内容摘要如下：

1、和；同；与；并 2、加；加上 3、用于某些动词如 go/come/try 等后，代替 to 4、（连接重复的单词，表示增加或延续）又，越来越……

在汉语教学当中，一般情况下汉语教师并不会专门向学生列举"and"的不同中文译法，而是习惯在教学时遇到某个汉语词汇，就直接迁移学生的母语知识来帮助学生理解。例如，在讲到"和"的用法时，教师将"和"直接翻译成"and"，来帮助学生理解"和"的意思。但这样的做法容易造成的偏误在于，学生固有知识里"and"一词可以在《牛津字典》中涉及的4种语境（事实上从《老人与海》中可以看出"and"的使用情况可能并不仅仅只有字典列举的4种）下使用，于是就理所当然的认为"和"也可以在这4种，或是更多可以使用"and"的情况下使用，造成了负迁移。导致这种现象的原因主要是汉语教师对英语中一词多义现象的忽视，以偏概全，在迁移母语知识时忽略母语和第二语言的差异。

笔者认为在实际汉语教学中，当汉语教师需要迁移学生英语母语词汇的时候，应当事先了解这个英语词汇是否存在多个不同的汉语释义，是否能够用于多种不同的语境，自己需要迁移的是哪一种语境下的意义，并在上课之前准备好对应意义的例句，以便在课堂教学时展示。相信这样可以在一定程度上减少学生使用时受母语知识影响而造成的偏误。

同时，笔者也认为汉语教师可以整理一些高频的母语词汇，例如英语中的"and"，并归纳它们的中文释义和使用语境，在学生具备一定的中文基础以后，向学生展示高频词汇的不同中文释义，及每个中文释义在中文语言环境中的使用情况。这样做可以帮助学生更好的发现母语和中文间的异同，了解什么时候可以迁移哪一部分的母语知识来帮助提升学生的二语知识。

（二）中英文叙事方式的差异对语言教学的影响

在海明威《老人与海》的原著中"and"一词反反复复出现，最多的时候一页纸上就出现了 15 个"and"。但这种做法并不会令人反感，相反的它体现出海明威用词的精简，表现出海明威独特的语言风格，他运用"and"巧妙地连接了一些句子，省略了需要重复强调的主语。但是在张译本中，则需要尽量避免词汇上的重复，以此满足增加文章词汇丰富性和可读性的需要。笔者认为这种现象体现了中英文在语言叙述风格上的差异。英语写作更加强调语言的逻辑，要求作者在写作过程中展现出缜密的思维，因此即使表示的是细微的承接关系，海明威也会在小说中使用"and"。而在中文写作中，逻辑则显得并不那么重要。一些可以由读者意会的部分，可以直接用逗号隔开，不是非要连接词不可。同时，中文注重语言形式的丰富多样，过分的重复某一词语，容易被认为是词汇贫乏的表现。因此，在中文写作过程中应该尽量避免语言的重复。

辛平（2021）指出即使是高水平的汉语二语学习者在写文章时依然会受到母语语言、语序的影响。她同时指出现有的关于写作教学的研究主要是对"语言偏误、学习效能"的研究，忽视对于学习者本身的研究。事实上学习者在中文写作中存在的问题并不一定都是偏误，二语学习者经常会创造一些合乎语法，但读起来又很奇怪的句子。这些句子的产生往往和学习者母语写作习惯相关。例如在英语中"and"一词的重复出现不仅不会让人觉得奇怪，反而是逻辑严谨的一种表现。在进行中文写作时，母语为英语的学习者会把这一种表述方式直接应用到汉语写作中，大量重复使用连词"和"、承接词"然后"，让句子变得累赘、冗长，写出在中文母语者看来不地道的文章。这种现象在各阶段的中文二语学习者身上均会发生，但在高级阶段的二语学习者身上凸显的更为明显。

针对高级阶段二语学生在写文章时受母语语言、语序影响容易产出合乎语法但却不地道的中文语句这一问题，笔者认为造成学习者中文写作不地道的原因，是因为二语学习者缺乏对中文写作叙事风格的整体把握和认知。想要避免二语学习者写出不地道的文章，除了加强对于语法的训练，还可以设计专门的教节用于对比中英文作品叙述风格的差异，以此来建构学生整体的中文写作观念，帮助学生写出地道的中文文章。

六、结语

本文以海明威小说《老人与海》中"and"一词在中文译本中的不同释义为例，利用语言学和翻译学的相关理论，分析比较中文和英语语言思维上的差异。反思这些差异给语言教学带来的指引和启发。笔者根据英文翻译成中文后一词多义的现象，提出中文教师在迁移学生母语知识的过程中需注重向学生解释清楚迁移的是母语中哪一部分的知识，避免以偏概全造成偏误。同时就中英文叙事思维的差异问题，笔者提出提升学习者二语写作能力不能仅仅依靠语法训练，还应当树立学生整体的中文写作观念，建构中文写作思维。

同时，本文也存在着一些不足。因为语言是不断变化和发展的，选取《老人与海》这部在 20 世纪中叶出版并翻译的小说作为研究材料可能有些过时。张爱玲译本中的一些语言词汇比较具有民国时期中文的语言特色，与现代汉语间存在着一定的差异。还有一点，就是翻译的作品或多或少会体现译者本身的叙事风格，尤其是像张爱玲这样的作家，其个人写作风格是很明显的。虽然张爱玲在翻译《老人与海》时尽量忠实于原著，但仍旧使用了一些带有她个人鲜明主观特色的词汇、句子。在张译本中，为了帮助中文读者更好的理解原著，张爱玲在一些地方采用了意译的方式对原文进行了再创造，这就导致某些部分其翻译的内容与原文并不是一一对应的关系，这对量化研究的准确性造成了一定的影响。而且，中英译本中体现语言思维差异的点有很多，本文限于篇幅，只选取了较有代表性的"and"一词的不同释义进行探讨，未能涉及其他展现思维差异的点，这也是本研究的不足之处。本文从翻译学的角度出发，指出在二语教学的过程中需要关注一词多义情况下的母语迁移以及中英文叙事差异对二语学生产生的影响，主要针对母语为英语的学习者，没有探讨其他母语背景的学生的情况。

参考文献

陈奕帆（2019）：改写理论视角下张爱玲版《老人与海》文化词的译法研究，《开封教育学院学报》，9（39），85-101。

海明威著，张爱玲主译（1988）：《老人与海》，台北，台湾英文杂志社有限公司。

黄伟龙（2016）：译者主体性在张爱玲译作《老人与海》中的体现，《宁波教育学院学报》，5（18），94-96。

李青（2011）：从张爱玲《老人与海》中译本看语篇翻译中的衔接，《海外英语》，4，146-147。

李英杰，杨怀恩（2009）：从共时历时角度看母语迁移的两个特性，《美中外语》，7（5），4-9。

柳青青（2015）：译介学视野下张爱玲与余光中《老人与海》译本特色的比较，《现代语文》，12，147-152。

马文艳（2004）：母语思维模式对大学英语写作教学的启示，《北京理工大学学报（社会科学版）》，6（增刊），74-76。

王建国（2016）：译者的母语思维方式对翻译实践的影响，《广译：语言、文学、与文化翻译》，13，1-27。

王曦（2006）：母语对二语习得的积极作用及其策略运用，《四川教育学院学报》，9，90-91。

辛平（2021，7）：汉语作为第二语言写作教学研究，文章发表于：北京大学 2021 年对外汉语教学暑期高级研讨班，北京，中国。

游汝杰，邹嘉彦（2019）：基于语料库的社会语言学研究，辑于《社会语言学教程（第三版）》，（页140-175），上海：复旦大学出版社。

曾晶晶（2014）：从功能对等理论看张爱玲《老人与海》中译本风格的传译，《海外英语》，4，145-147。

张武萍（2009）：母语迁移作用在英语教学中的应用，《美中外语》，7（9），40-43。

周旭，杨士焯（2015）：翻译写作学视角下二语写作教学新模式，《外语教学》，36（6），53-57。

左岩（1995）：汉英部分语篇衔接手段的差异，《外语教学与研究》，3，37-42。

Ellis, R. (1997). *The study of second language acquisition*. Oxford University Press.

Hemingway, E. (1952). *The old man and the sea*. Yunnan Publishing Group Press.

Krashen, S. (1982). *Principle and practice in second language acquisition*. Pergamon Press.

Link, E. Perry. (2021, April 23). *Chinese and English grammars are different: Are the ways of thinking different?* [Paper presentation]. 2021 International Conference on Chinese Language Instruction, Princeton, U.S.

Lott, D. (1983). Analyzing and counteracting interference errors. *ELT Journal*, 37(3), 256-261.

Stern, H. H. (1992). *Issues and options in language teaching.* Shanghai Foreign Languages Education Press.

Turnbull, J. & Waters, A. (2010). *Oxford intermediate learner's English-Chinese dictionary (fourth edition).* The Commercial Press.

现代汉语"了"语法功能的探索

The Exploration of the Grammatical Functions of *Le* in Mandarin Chinese

靳卉芝 北九州市立大学

JIN, Huizhi The University of Kitakyushu

摘要 Abstract

"了"在现代汉语语法中担任着非常重要的角色。它既是现代汉语学界的研究焦点,也是对外汉语教学的重难点。因此通过对"了"语法功能的探索,为之找到更为合理的解释说明的方法,不仅对汉语学习者有益,对对外汉语教学以及汉语与其他语言之间的对照研究同样有益。

在汉语学界普遍认为"了"有两个,即动态助词"了"和语气助词"了"。尽管如此,关于"了"的研究一直没有定论。

因此,本文想在吕叔湘(1984)、刘月华、潘文娱和故韡(2002)、朱德熙(1984)等关于"了"的研究基础之上,尝试把动作的成立作为"了"的本质性特点,并把这一特点用"完了"来表示,把动作未成立这一相对特点用"未完了"来表示,表明"了"是对立统一的互补关系,进而达到说明"了"只有一个的目的。

关键词:了 完了 未完了 对立统一 互补关系

Le plays an extremely significant role in the Modern Chinese Language, which is the focus of Chinese linguistic studies as well as an important and difficult point of teaching Chinese as a second language. In consequence, if we can probe into a more logical description for *Le* by exploring *Le*'s grammatical functions, I believe that it will not only be beneficial to Chinese learners but be advantageous to teaching Chinese as a second language and the contrastive study of language.

It is a common sense in Chinese linguistic studies that there are two types of *Le*, the Perspective-aspect *Le*, and Sentence-final *Le*. While this perspective is still a hotly-debated issue.

Consequently, based on the theories of Shuxiang Lv (1984), Yuehua Liu, Wenyu Pan, and Wei Gu (2002), Dexi Zhu (1984), etc, the objective of this paper is to propose a new description for *Le*.

More specifically, I take into consideration that an action that once has begun whether it is completed or not can be defined as the innate character of *Le*. Therefore, this paper defines an action that is completed or has begun as *Wanliao* and an action that has not begun as *non-Wanliao*. The two functions of *Le* are opposed but unitary and there is a complemented relationship between *Wanliao* and *non-Wanliao*. I think that the new description can help us obtain the conclusion that there is only one *Le* in Chinese.

Keywords: Le, Wanliao, non-Wanliao, opposed but unitary, complemented relationship

一、有关"了"的先行研究及问题点

吕叔湘（1984）指出：

[助]¹'了'有两个。'了₁'用在动词后，主要表示动作的完成。……。'了₂'用在句末，主要肯定事态出现了变化或即将出现变化，有成句的作用（页 314）。

刘月华、潘文娱和故韡（2002）指出，动态助词"了"表示动作行为的发生和状态的出现（页 362）。针对语气助词"了"则指出：

它与动态助词"了"具有同样的语法意义，即表示动作状态的实现。所谓"实现"，意思就是"成为现实"，也就是"发生"、"出现"，"实现"意思更宽泛一些。过去一般汉语教材中说表示"出现了新的情况"，表示"变化"，也是这个意思（页 379）。

朱德熙（1984）指出：

动词后缀"了"的作用在于表示动作的完成。……，汉语的"了"只表示动作处于完成状态，跟动作发生的时间无关，既可以用于过去发生的事，也可以用于将要发生的或设想中发生的事（页 81）。还指出，语气词"了"表示新情况的出现（页 235）。

由此可见，吕（1984）、刘等（2002）、朱（1984）在解释说明"了"的语法功能时，语言表达形式虽略有不同，但在认为动态助词"了"表示动作的完成、发生，语气助词"了"表示变化、出现新情况、实现这几点的思维倾向基本是一致的。并且吕（1984）、刘等（2002）、朱（1984）还都指出动态助词"了"和语气助词"了"并非完全对立，两者能够合为一个"了"，即"了₁₊₂"¹ 的形式是符合语法的。以上是汉语学界关于"了"的主流看法。

1　针对"了₁₊₂"的形式，朱德熙(1984)表示：如果句尾"了"前边是动词，这个"了"可能是语气词，也可能是动词后缀"了"和语气词"了"的融合体。例如"他笑了"有两种意思。一种意思是说他原来没有笑，现在开始笑了。这个时候，句末的"了"是语气词。另一个意思是说他刚才笑了，笑的动作现在已经完成。这个时候，句子的构造是：他笑了了。前一个"了"是动词后缀，后一个"了"是语气词，实际说话的时候，两个"了"融合成一个（页 236）。吕叔湘(1984)在说明"动 + 了（不带宾语）"这一结构时表示：这里的'了'一般是'了₂'或'了₁₊₂'，有时也可能是'了₁'（页 316-317）。刘月华等(2002)指出：而且在很多情况下，分清是动态助词"了"还是语气助词"了"并不是很容易，所以有的语法著作要说某些位于句末的"了"是动态助词"了"加上语气助词"了"。我们认为在教学中，重要的是学会使用"了"，而不必追究到底用的是哪个"了"。因为动态助词"了"和语气助词"了"具有共同的语法意义（页 381）。

通过反复学习和分析，在认识到上述观点的合理性的同时，笔者也产生了些许疑问。"了$_{1+2}$"形式的存在恰好说明"了$_1$"与"了$_2$"之间本质上是有共性的。因为，本质上对立的东西是无法融合的。既然认识到"了$_1$"与"了$_2$"之间存在共性，而且从书写形式上来看也确实只有一个"了"，那么为什么不能认为"了"只有一个呢？

笔者对先行研究进一步查阅后，发现一些学者对"了"提出了新的看法。例如刘勋宁（1990）通过研究"了"的历史，认为现代汉语中的"了"实际上是同中有异，异中有同的关系。刘勋宁（1990）虽然主张"了"字从分，但认为应该在新的分析基础上进行划分（页86）。再例如石毓智（1992）认为"了$_1$"和"了$_2$"实质上是同一个东西在不同句法位置上的语法变体，两者的使用条件是一致的（页184）。因而石（1992）便把两个不同叫法的"了"作为同一个成分进行了分析研究。遗憾的是石（1992）虽然把"了$_1$"和"了$_2$"作为同一个成分来看待，但是关于"了$_1$"、"了$_2$"在不同句法位置上的语法变体这一点没有具体的说明，另外关于两者的使用条件是一致的观点也没有详细的说明。可见进一步剖析"了"的语法功能是非常有必要的。

二、本文主要论点及目的

本文将在先行研究的基础之上，进一步探讨"了"的语法功能，从而尝试以更为合理的说明得出"了"只有一个的结论。

为方便说明，本文在说明观点时将不采用"了$_1$"、"了$_2$"的说法，而是参考先行研究对"了"的称呼，决定把位于句中词尾后面的"了"称作词尾"了"，把位于句尾的"了"称作句尾"了"，这样更有利于对"了"的语法功能进行分析和说明。同时笔者尝试用"完了"来表达"了"的共性特点，并且在这一基础上进一步探究词尾"了"与句尾"了"之间究竟是什么关系，最终推导出汉语的"了"是一个的结论。

笔者认为如果词尾"了"与句尾"了"之间显现在句子结构位置上的不同是本质上的不同的话，那么它们就没有合成一个"了"的必然性。相反，既然它们能合成一个"了"，就说明它们之间的不同并非是本质上的不同。笔者通过对先行研究的学习，感悟到与其从"了"位置上的不同把其分为两个的同时又认为可以合成为一个，不如从功能上出发认为"了"只有一个。其位置形式上的不同只是一种表象，而不是本质性差异。

从这一设想出发，假设"了"只有一个。表示"完了"时用在句尾的话，那么另一个从句尾"了"分化出来并前移了的词尾"了"所表达的功能一定与句尾"了"的功能相反。所以笔者认为两者是对立统一的互补关系，进而在这一基础上推导出"了"只有一个的结论。

三、句尾"了"的表现形式及其语法功能

首先，本文将分别从"名词＋了"、"形容词＋了"、"动词＋了"这三种形式对句尾"了"的语法功能进行分析。

1."名词＋了"的表现形式

(1) 春天了。

(2) 他三十了。

通过例句可以确认放在名词后的句尾"了"从表达的语义功能上看的确表示变化或者出现新情况。笔者认为类似这样的变化或者出现的新情况无论是已知的事情还是感受到、观察到的现象，都属于说话时的时间范畴。而且还需要注意的是这样的变化或者出现的新情况在说话时并没有结束，即仍然处于变化的过程之中。

2."形容词＋了"的表现形式

(3) 枫叶红了。

(4) 天黑了。

(5) 她瘦了。

形容词句的特点在于对事物的描写，这一点与"名词＋了"形式的句子不同。不过通过例句可以看到放在形容词后面的句尾"了"表示变化或者出现新情况。同样笔者认为这样的变化或者新情况也都属于说话时的时间范畴，也仍处于变化的过程之中。这些与"名词＋了"形式的句子的功能是一样的。

但需要注意的是在形容词句的句式中还有一种表示强调的"太……了"句式。"太……了"句式是强调程度的用法，并不表示变化或出现新情况。例如：

(6) 太大了。

(7) 太长了。

(8) 太不应该了。

(9) 太美了。

(10) 太棒了。

以上五个例句的"了"都是句尾"了",且都放在形容词后,所以都是形容词句。通过"太……了"句式,很显然说话人表达的语气得到了加强。例句(6)、(7)、(8)所表达的语气焦点在于超过了某种适当的程度。例句(9)、(10)所表达的语气焦点在于对某一事物的感受或者评价。

不过"太……了"句式表达的同样是说话人在看到某一个对象或者现象时,经过说话人的判断后说出的。这一点与"枫叶红了"等表达对事物的描写的句式是一样的。也正因为该句式是经过说话人的判断表达出来的,所以同样属于说话时的时间范畴。这一点与"名词+了"和"形容词+了"形式也是一样的。

3."动词+了"的表现形式

动词加句尾"了"的表现形式细分的话有两种。一种是动词后直接加句尾"了",即"V了";一种是动宾结构加句尾"了",即"VO了"。

先看动词后直接加句尾"了"的形式:

(11)牛跑了。

(12)他走了。

(13)水开了。

(14)花开了。

(15)老爷爷死了。

(16)蜡烛灭了。

这六个例句都是动词句,动词后面的"了"都是句尾"了",并且都表示动作已经发生。但由于动词类型不同,所以各个句子所表达的已经发生了的状况也各有不同。例句(11)、(12)中的"跑了"和"走了"都表示移动,表达在说话时之前"牛"和"他"已经离开。虽然"跑了"和"走了"

的动作已经发生，但之后并没有持续的现象。例句（13）中的"开了"表示水开了之后依然还在保持着沸腾的一种动态延续。例句（14）中的"开了"表示花开后依然还在开着的一种静态延续。但由于"水开了"和"花开了"的瞬间很难看到，所以实际上说话人所看到的是动态延续和静态延续的状态。例句（15）中的"死"和例句（16）中的"灭"都是瞬间动词，都表示动作在一瞬间发生并且结束。所以能看到的现象都是在说话时之前已经发生或者实现的现象。

其次分析动宾结构加句尾"了"的形式：

(17) 刮风了。

(18) 出太阳了。

(19) 她又想孩子了。

(20) 我见大宝拉着二妮的手，他一定是喜欢上二妮了。

(21) 吃饭了。

(22) 上课了。

以上例句都属于说话时的时间范畴，但由于各个句子中动词性质不同，其表达的意思也不相同。例句（17）、（18）中的"刮风"、"出太阳"虽然也表示某种变化或者出现新情况，而且这样的变化或者新情况依然还在延续，但因为是自然现象所以这样的变化属于自然变化，与人的意志无关。例句（19）、（20）的"想"和"喜欢"都是心理动词，表达的是说话人通过观察后意识到的东西或者是在看到某一现象后做出的推测判断，表达的是对方的心境发生了变化。例句（21）、（22）的"吃饭"和"上课"是意志动词，后面跟上"了"后表示命令、催促等语气，恰好反映了说话人的意志。但尽管如此，（17）至（22）的例句在表示变化或者出现新情况这一点上都是一样的。

但是，并非所有动宾结构加"了"的句子的焦点都表示变化或出现新情况。例如：

(23) 他上个月去上海了。

(24) 我今天去公园了。

(25) 冬冬明年就上小学了。

例句（23）中的"上个月"表示"他去上海"这件事是过去完成且已经实现了的事情。例句（24）中的"我去公园"是在今天这一时间范围之内并且在说这句话之前就完成或者实现了的事情。例句（25）中的"明年"表示"冬冬上小学"是未来完成的事。这三个句子表达的焦点都不在变化或者出现新情况上，而是在完成或者实现上。

在此笔者注意到例句中的时间词不仅起到了指明动作完成或者实现的某个具体的时间点的作用，还起到了表明动作完成或者实现的先后顺序的作用。如果去掉句子中的时间词，那么"他去上海了"和"我去公园了"依然表示说话时以前就实现了的事情。然而，"冬冬就上小学了"是不能说的。再把"就"去掉后，同样也变成了说话时以前就实现了的事情。

通过上述对"名词＋了"、"形容词＋了"、"动词＋了"这三种形式的分析，本文首先确认了句尾"了"的确具有表示变化或者出现新情况以及表示语气的功能，同时也注意到了类似例句（23）至（25）这样表达焦点在动作的完成或实现上的句子。由此可见表示"变化"、"出现新情况"、"语气"、"完成"、"实现"的观点都从不同的角度分析了句尾"了"的语法功能特点，对句尾"了"的分析研究起到了积极的促进作用。但是通过例句显现出来的句尾"了"的种种用法，无论是用"变化"、"出现新情况"、"语气"还是"完成"、"实现"都不能准确表达出句尾"了"的本质性功能特点。所以，笔者认为找到这些功能的共性特点极为重要。

笔者认识到"名词＋了"表示变化和出现新情况，"形容词＋了"表示变化、出现新情况、语气以及感受或评价的语法特点可以说基本上清晰明确。而"动词＋了"的功能较为多样化，既能表示变化、出现新情况、语气（如：命令、催促等），还能表示完成、实现。因此在分析归纳上述表达形式的特点之后，笔者认识到上述各种表达形式的共性特点就是动作的成立。因为"变化"、"出现新情况"、"完成"、"实现"很显然都是以动作的成立为基础的。问题是表示"语气"以及表示感受或评价这两种特殊表达形式该如何处理。

笔者认为虽然"语气"的指向是对方，但说话人发出命令或催促等的动作已然成立。而感受或评价是属于说话人自身想法的表现，所以同样可以归为动作已成立的范畴。

此外，若从动词的一般特点去考虑，除了瞬间动词的起始点与完结点几乎在同一点上没有中间的过程以外，其他非瞬间动词都是有过程的。由于非瞬间动词有过程，就出现了像"下雨了"、"花开了"、"她又想孩子了"这样的表示动作起点以及附随在起点之后的动态或者静态的状态延续的句子。这样的句子与表示"变化"或者"出现新情况"的观点具有同一性。与此相对应的是"他上个月去上海了"、"我今天去公园了"这样表示动作完结点的句子。这样的句子与表示"完成"或者"实现"的观点具有同一性。所以可以认为只要是非瞬间动词，无论它有什么意义上的不同，它的表达功能都在起始点到完结点这一范畴之内。但不论是瞬间动词还是非瞬间动词它们表达的动作的发生就是起始点，而这一起始点刚好就是该动作成立的点。

因此在上述认知的基础上，笔者认为句尾"了"的共性特点是动作的成立，同时认为"完了"一词可以囊括句尾"了"这一共性特点。因为无论是动作的起始点，还是完结点只要动作发生都意味着动作已成立。也就是说，不管是哪种动词，也不管其动作成立之后有什么情况或现象，只要动作成立了就把它一并看成是"完了"。所以，笔者想尝试用"完了"一词来定义句尾"了"的本质性语法功能特点。

通过上述的分析研究，笔者推论出用"完了"一词定义句尾"了"的本质性语法功能特点。笔者认为还需要说明句尾"了"对汉语是一个以"体"为主的语法体系所起到的重要作用。例如：

（26）我昨天就领工资了。

（27）我今天就领工资了。

（28）我明天就领工资了。

这三个例句都有表示不同时间点的时间词"昨天"、"今天"和"明天"。可见句尾"了"可以与表示过去、现在、未来的时间词一起使用来叙述客观的事实。并且三个句子中的"就"与句尾"了"相呼应，形成了"……就……了"句式。例句（26）通过"昨天"一词表明了事情发生在过去，有强调"领得早"的意思，表达该动作已"完了"。例句（27）有时间词"今天"，当句子表示强调"领得早"时表明该动作已"完了"，但当表示对未来领工资的期待时该动作在说话时还未成立。例句（28）的"明天"虽然是表示未来的时间词，但依然能和句尾"了"一起使用强调对未来领工资这件事的期待。当然，即使不用"……就……了"句式，单用句尾"了"来表达对未来的期待也依旧成立。例如：

(29) 明天春节了。

(30) 明天十八了。我可以自主了。

例句（29）、（30）句中没有"……就……了"句式同样成立，并且和例句（28）一样也表达对未来的盼望与期待。很明显例句（28）、（29）、（30）中因为有表示未来的时间词，所以其相关动作在说话时都还没有成立。这一点与"完了"形成相对概念，所以笔者把这些在未来某个时间点才成立的动作定义为"未完了"。

从例句（26）至（30）可以知道句尾"了"的确可以与表示过去、现在、未来的时间词一起使用。当句尾"了"与表示过去的时间词连用时表示"完了"；当与表示现在的时间词连用时可能表示"完了"，也可能表示"未完了"；当与表示未来的时间词连用时一定表示"未完了"。因此，笔者认为句尾"了"的这一特点正好说明了汉语确实是一个以"体"为主的语法体系。

通过这一章节的分析我们知道了句尾"了"具有表达"完了"与"未完了"以及表明汉语确实是一个以"体"为主的语法体系的功能。

四、词尾"了"的表现形式及其语法功能

笔者在第二章里提出了"了"只有一个的假设。当表示"完了"时用在句尾的话，那么从句尾"了"中分化出来并前移了的词尾"了"所表达的功能一定是与句尾"了"表示的"完了"功能相反的。也就是说句尾"了"表达"完了"的话，那么前移的词尾"了"一定表达"未完了"。这样一来句尾的"完了"与词尾的"未完了"正好可以形成对立统一的互补关系。下面具体分析一下这一设想是否具有合理性。例如：

(31) 吃了饭再去。

(32) 他看了球赛就去朋友家。

(33) 我们吃了饭就进城。

从说话时来看例句（31）的"吃饭"、"再去"和例句（32）的"看"、"去朋友家"以及例句（33）的"吃饭"、"进城"，这几个动作在说话时都还没有成立，所以很显然这样的句子表达的都是在未来的某个时间点相继

成立的动作，即表示"未完了"。所以笔者认为词尾"了"表达说话时动作还未成立的句式是其表示"未完了"的典型句式。对此，《新中国语2》（1989）解释说"如果宾语简单，后面必须另有动词或分句（页98）"。也就是说在词尾"了"的后面必须有后续成分。刘勋宁（2002）指出"V了O"结构不能独立（页76）。笔者认为"V了O"这一结构之所以不能独立，是因为词尾"了"表示的是一种面向未来的"未完了"状态，所以单靠词尾"了"句子在语义上无法自足，而通过增加另一个成分便使得本来在语义上无法自足的"未完了"功能的词尾"了"有了表示未来两个动作发生的前后顺序的功能，这样就补足了前一个动作是后一个动作发生的前提条件这样一个内在的完结点，从而使得句子能够独立。这一点也恰好说明从句尾"了"表示"完了"功能里分化出来的词尾"了"确实具备表达与句尾"了"相对立的"未完了"的功能。

同时，正是由于"V了O"结构不能独立，所以若想让"V了O"结构变成能够表达"完了"的句子的话，则需要在词尾"了"的前面或后面增加能使"完了"意义成立的辅助成分。例如：

(34) 星期六我们看了一个教学电影。

(35) 她看了很多中文小说。

(36) 我已经给他打了电话。

(37) 我们在公园和张老师一起照了相。

(38) 他吃了饭了。

根据《新中国语2》（1989，页98-99）的解释，例句（34）、（35）是属于"宾语前有数量词或其他定语"的句子。例句（36）、（37）属于"动词前有比较复杂的状语，宾语也可以是简单的"这一类。例句（38）属于"如果宾语简单，在句尾用上一个语气助词'了'，也可以独立成句"的句子。《新中国语2》（1989）指出的这些表象特点是非常有意义的。不过笔者认为例句（34）至（38）的各种表象特点无一例外都是使表示"未完了"的词尾"了"具备表示"完了"意义而采取的必要的辅助手段。因为我们说词尾"了"表示的是面向未来的"未完了"，这就导致"V了O"结构本身缺乏自足性，因而无法表示动作的内在完结点。所以采取这些必要的辅助手段等于是给"V了O"提供了具备内在完结点的功能。

因此，例句（34）在"看了"与"教学电影"之间加上数量词以后，意味着给表示"未完了"的词尾"了"提供了一个具体数量，进而使"未完了"转变为"完了"。例句（35）在"看了"与"中文小说"之间加上修饰词"很多"，意味着给词尾"了"提供了一个不定量，同样起到了让"未完了"变成"完了"的作用。例句（36）在"打了电话"之前加上复杂状语"已经给他"不仅强调了"打了电话"这件事已经成为事实，更起到了让词尾"了"的"未完了"功能变成"完了"的作用。例句（37）的"照了相"之前加上"在公园和张老师一起"这样表示旧信息的复杂状语也起到了让词尾"了"的"未完了"功能变成"完了"的作用。例句（38）在句尾加上一个表示"完了"的句尾"了"自然也使该句有了表示"完了"的意思。

通过上述分析笔者进一步认识到词尾"了"有两个主要功能。一是在"未完了"的"V了O"后面加上后续成分（动词或分句）可变为表示未来成立的动作行为，即形成表示"未完了"的典型句式结构。二是在"未完了"的"V了O"结构前后增加能够让其变成"完了"的辅助成分后就具有了表达"完了"的功能。所以这两种句式不仅是"V了O"特有的表达句式，也是它的专属表达范畴。毫无疑问这一表达形式扩展了"了"的表达范畴，丰富了"了"的表达内容。同时这也说明了词尾"了"同句尾"了"一样，都具有表达"未完了"与"完了"的语法功能。

此外，词尾"了"还有一个与句尾"了"一样的特点，即表明汉语是一个以"体"为主的语法体系的重要作用。例如：

(39) 昨儿买了沙发，这会儿买了大衣柜，赶明儿买自行车就齐了。

例句中的"昨儿"、"这会儿"、"赶明儿"分别表示过去、现在、未来，也就是说词尾"了"同样可以与表示过去、现在、未来的时间词一起使用。笔者认为词尾"了"的这一特点在说明汉语确实是一个以"体"为主的语法体系的同时，也表明词尾"了"同样具有表达"未完了"与"完了"的语法功能。

因此笔者认为句尾"了"主要表示"完了"，当与表示未来的时间词连用表达对未来的盼望、期待时可以表示"未完了"。而分化出来的词尾"了"主要表示"未完了"，当具备一定条件后可以表示"完了"。由此可见句尾"了"与词尾"了"的语法功能本质上是一样的。

五、句尾"了"与词尾"了"的对立统一互补关系的分析

本文第二章提到与其从"了"的位置形式上的不同把"了"分为两个的同时又认为可以合成一个，不如从功能上考虑认为"了"只有一个更具有说服力。因为其位置上的不同只是一种表象，并非本质上的不同。在这样的认知基础上，第四章分析了词尾"了"的各种用法，最终推论出词尾"了"的"未完了"和"完了"功能其实与句尾"了"的"完了"和"未完了"功能是一样的这一结论。

那么该如何看待其显现在位置上的不同这个问题，就需要仔细分析一下位置不同的表面现象的深处隐藏着的"了"的特点。

首先笔者认同句尾"了"的结句功能[2]，因为句尾"了"的后面不需要加任何成分就能独立成句。但同时笔者认为这一结句功能之所以有这样的特点是因为句尾"了"本身具有动作内在完结点的功能。例如像"春天了"、"枫叶红了"、"太棒了"、"牛跑了"、"上课了"等这些无论是表示动作成立后的结果还是状态延续，又或是状态成立后没有后续状态延续的句子，都是依靠句尾"了"的内在完结点功能来表示动作的已经成立。这也恰好说明正是因为句尾"了"具有这一功能，所以才能使各种各样的句子独立成句。

与此相反，词尾"了"（实际上指的是"V了O"结构）没有结句功能。从句尾"了"分化出来的词尾"了"只有带上各种辅助成分才能使"完了"意成立。因此笔者认为词尾"了"不具备动作内在完结点的功能。

此外，笔者认为句尾"了"还具有改变句子时间焦点和改变句子语义表达焦点的功能。例如：

(40) 我早上刷了牙，洗了脸，吃了早饭，去学校。（靳卉芝，2017）

(41) 我早上刷了牙，洗了脸，吃了早饭，去学校了。（靳卉芝，2017）

(42) 姐姐打了半个小时电话。

(43) 姐姐打了半个小时电话了。

2　例如：吕叔湘（1984）指出'了$_2$'用在句末，主要肯定事态出现了变化或即将出现变化，有成句的作用（页314）；刘月华等（2002）指出语气助词"了"表示肯定的语气，有成句、篇章的功能（页384）。

先看例句（40）、（41）。从说话时来看，例句（40）句尾没有"了"时表达的是每天要做的反复性事情。虽然这些习惯性的现象里内含"完了"与"未完了"的更替现象，不过当说话人说这句话的时候，他的表达焦点显然是在需要反复去做这一点上，而绝非在已经做过这一点上。所以笔者认为将反复性、习惯性动作看成"未完了"是具有合理性的。而同样从说话时来看，例句（41）加上句尾"了"后整个句子就变成了在说话时之前就已经"完了"的事情。

再看例句（42）、（43）。Jin（2009）认为例句（42）：没有句尾"了"，它们只是用来表述一个简单的过去的行为或事实，与"当前"并不相关（页129）。而针对例句（43）Jin（2009）则认为：

由于用了"了$_2$"，而"了$_2$"是表示"当前相关状态"的，在没有其他参照时间的情况下，它所表示的就是说话的时间，即……，"到目前为止，姐姐打了半个小时电话"（页129）。

以这一说明为基础，例句（42）中的"半个小时"指的是打电话的动作在过去持续了半个小时，是发生在过去的行为。而例句（43）因为有了句尾"了"就变成了看到姐姐打电话的动作一直持续了半个小时并且现在还在继续着的情况。换句话说就是例句（42）表述的是动作延续的长度，例句（43）表述的是动作达到的长度。

通过对比例句（40）、（41）可以知道句尾"了"可以将表示"未完了"的句子变为"完了"，也就是说句尾"了"有改变"体"的表达时间焦点的功能。通过对比例句（42）、（43）可以知道句尾"了"还有改变句子语义表达焦点的功能。

综合上述分析得出句尾"了"具有结句功能以及改变句子时间焦点和语义表达焦点的功能。对此，笔者认为这几个功能特点都可以总结为句尾"了"的"统句功能"。也就是说这些功能特点都是句尾"了"的"统句功能"在不同表达形式下的具体表现。而词尾"了"没有表示内在完结点的功能，因此也不具有这样的"统句功能"。所以笔者认为句尾"了"的语法功能范畴大于词尾"了"。

六、总结

至此，笔者认为句尾"了"与词尾"了"的功能范畴基本上梳理清晰了。在此总结如下：

句尾"了"从形式上看可以直接跟在名词、形容词、动词后面表示动作的成立，可见句尾"了"的主要特点在具备表示动作内在完结点上。所以将表示动作内在完结点也就是动作的成立这一特点置换为"完了"，进而推论出句尾"了"的本质性语法功能为"完了"是可行的。所以句尾"了"的本质性功能特点为"完了"。并且，句尾"了"不受时间词限制，可以与表示过去、现在、未来的时间词一起使用。当其与表示未来的时间词一起使用时还可以表示"未完了"。又因为句尾"了"自身具有表示动作内在完结点的功能，所以句尾"了"还具有结句、改变句子时间焦点以及句子语义焦点的功能，即具有"统句功能"。

词尾"了"从形式上看一般直接跟在动词后面并与其后的宾语构成"V了O"结构，表示动作未成立。因此分化出来的词尾"了"的本质性功能特点应为"未完了"。但当其具备一定条件后便可以表达"完了"。词尾"了"同样不受时间词限制，可以与表示过去、现在、未来的时间词一起使用。但由于词尾"了"自身不具备动作内在完结点的功能，所以自然也就没有结句、改变句子时间焦点以及句子语义焦点的功能，即没有"统句功能"。

由此可见句尾"了"与词尾"了"都能够表示"完了"与"未完了"的功能，笔者认为这是"了"本质上的共同点。加之句尾"了"的语法功能大于词尾"了"，所以句尾"了"有能力包含词尾"了"的功能，进而笔者认为句尾"了"是"本源体"，而从句尾"了"分化出去并且前移到句中的词尾"了"是句尾"了"的"分化体"。因为如果分化出去的词尾"了"仍具备与本源体的句尾"了"完全一样的语法功能的话是没有意义的，所以词尾"了"在具备与句尾"了"一样的语法功能的同时一定还具有与句尾"了"相对立的语法功能，这是很自然的。而这一点同时也正好说明了句尾"了"与词尾"了"之间确实是对立统一的互补关系。

因此在认识到句尾"了"和词尾"了"在本质上一样并且又具有相对性这一特点后，理解这两者之间的异同就较为容易了。同时，这也很好地说明了认为汉语只有一个"了"的设想是具有合理性的。

参考文献

北京语言学院新编（1989）：《新中国语 2——基础汉语课本（日本语版）》，东京，中华书店。

靳卉芝（2017）：中日文中"了"和"た"的对比研究，丽江，云南大学旅游文化学院学位论文。

刘勋宁（1990）：现代汉语句尾"了"的语法意义及其与词尾"了"的联系，《世界汉语教学》，（2），80-87。

刘勋宁（2002）：现代汉语句尾"了"的语法意义及其解说，《世界汉语教学》，（3），70-79。

刘月华，潘文娱，故韡（2002）：《实用现代汉语语法（增订本）》，北京，商务印书馆。

吕叔湘（1984）：《现代汉语八百词》，北京，商务印书馆。

石毓智（1992）：论现代汉语的"体"范畴，《中国社会科学》，（6），183-201。

朱德熙（1984）：《语法讲义》，辑于《朱德熙文集 1》，（页 1-260），北京，商务印书馆。

Jin, C. J. (2009). A further discussion on the modal particle "le 2" in modern Chinese. *Media and Communication Studies*, 56, 123-134.

程度副詞「稍」和「有點（兒）」句法功能與語義特徵探析——以語料庫為本的方法

Investigation on Grammatical Characteristics and Semantic Functions of Degree Adverb *Shao* and *Youdian (r)* Based on the Mandarin Corpus

孫嘉尉　臺灣師範大學

SUN, Jiawei　National Taiwan Normal University

摘要 Abstract

「稍」與「有點（兒）」均屬於現代漢語中的低量級程度副詞，「稍」是低量級相對程度副詞，「有點（兒）」是低量級絕對程度副詞。本文基於中國國家語委現代漢語語料庫，對二者在句法功能、語義特徵和語義指向等方面的差異進行考察，並輔以認知解釋。主要結論是：1）在句法功能上，二者修飾的成分性質不同，且「稍」的句法表現形式比「有點（兒）」更多樣；2）在語義上，二者修飾形容詞、動詞時所選擇的被飾成分語義色彩不同，兩者語義特徵也有差異。「稍」具有〔＋微量〕〔－偏離〕〔＋委婉〕的特徵，而「有點（兒）」具有〔＋輕量〕〔＋偏離〕〔＋委婉〕的語義特徵；3）在語義指向上，「有點（兒）」屬於後指單項副詞，「稍」在只有程度義無比較義時也屬於後指單項副詞，在具體的比較句語境中屬於多聯副詞。

關鍵字：稍　有點（兒）　句法功能　語義特徵　認知視角

Shao and *Youdian (r)* are both low-level adverbs in modern Chinese, *Shao* is low-level relative degree adverb, and *Youdian (r)* is adverb of low-level absolute degree. This article is based on the modern Chinese of State Language Commission. Through the analysis of specific corpora, the differences between the two in terms of syntactic functions, semantic characteristics and semantic orientation are investigated simultaneously, supplemented by cognitive interpretation. The main conclusions are: 1) The syntactic functions of *Shao* and *Youdian (r)* modify the different natures of the components; 2) The semantic characteristics of the two are different, *Shao* has the characteristics of [+micro-amount], [-Deviate] and [+Euphemistic]; *Youdian (r)* has the characteristics of [+light amount], [+Deviate] and [+Euphemistic]. And also the semantic colors of the decorated components are different; 3) In terms of semantic orientation, *Youdian (r)* is a post-adverbial adverb. *Shao* is also a post-referential adjective when there is only a degree meaning and no comparative meaning. It is a polyad adverb in the context of specific comparative sentences.

Keywords: *Shao*, *Youdian (r)*, syntactic function, semantic characteristic, cognitive perspective

一、引言

語言學界對詞的類別劃分依據不同標準，各有差異。副詞作為常用的詞類，其從大類上可以分為程度副詞、範圍副詞、時間副詞等。其中，程度副詞因修飾範圍廣，受到學界的關注，並依據不同標準被細化為不同的類別。王力（1943）根據有無比較對象，將程度副詞分為相對程度副詞和絕對程度副詞。「有點（兒）、有些」屬於絕對程度副詞，「稍、稍稍、稍微、略、略略、略微」屬於相對程度副詞。張桂賓（1997）將程度副詞分別劃分為四個量級，「稍、稍稍、稍微、略、略略、略微」、「有點、有」同屬這四個量級中的「較低級」。「稍、稍稍、稍微、略、略略、略微」被稱為「稍微系」（馬真，1988）。因此，本文擬選取「稍」[1]作為低量級相對程度副詞的代表，與低量級絕對程度副詞「有點（兒）」作比較分析。

本文的語料來源於國家語委現代漢語語料庫[2]，文章的主要目的是從語義特徵、語義指向和句法功能角度對二者進行比較分析，並輔以認知語言學就二者之間的用法差異做出一定的解釋。

二、文獻探討

作為現代漢語常用的一類副詞，程度副詞的研究成果頗豐。《中國現代語法》（王力，1943）最早提出「程度副詞」這一術語，此後大多漢語著述和教材均沿用這一名稱（朱德熙，1982；胡裕樹，1987；黃伯榮、廖序東，1991；趙元任，1979）。

（一）程度副詞性質研究

目前，對程度副詞性質的表述主要有以下三類：

1、簡單地定義為表示程度的副詞。許多通用《現代漢語》教材及一些現代漢語語法較早的著作，如朱德熙（1982）、黃伯榮（1991）、胡裕樹（1987）等都採取這一定義。

1　檢索國家語委現代漢語語料庫，含有「稍微」的例句僅有 141 條，統計基數較少，所得百分比代表性不足。

2　http://corpus.zhonghuayuwen.org/

2、從賦予被修飾詞程度意義角度來給程度副詞定性。楊榮祥（1999）指出，程度副詞表示的是性質狀態的程度或某些動作行為的程度。

3、從量性特徵標記角度對其定性。黃國營、石毓智（1993）中提出漢語程度副詞是形容詞量性特徵的標記。形容詞有量幅、量點之分，性質形容詞有量幅特徵，能受「有點、很、最」三個序列修飾狀態形容詞有量點特徵，不受其修飾。典型的性質形容詞是全量幅詞，典型的狀態形容詞是量點詞。性質形容詞前加程度副詞後，已由量幅變為量點。張亞軍（2002）也認為，典型的程度副詞用於對形容詞、心理動詞所表達的性質、行為等的程度進行定量，但其詞彙義已虛化，只表達語法義。姚占龍（2004）也認為程度副詞是用來表達具有一定量幅的抽象數量的副詞。

（二）程度副詞分類研究

對於程度副詞的下位分類，諸多學者也進行了深入討論，主要有二分法、三分法、語義分類以及其他標準對其分類。

支持二分法的學者們雖對分類名稱有所不同，但基本觀點均認為有些程度副詞的主要功能是通過與其他對象的比較來表達程度，而有些程度副詞只是一般地對性質的程度進行確認。王力（1943）從意義入手，根據有無比較對象，把程度副詞劃分為絕對和相對兩大類程度副詞，凡是有比較對象的叫做相對程度副詞，如「最、更、比較、稍、稍微」；沒有比較對象，泛泛地談程度的是絕對程度副詞，如「很、非常、十分、好、相當」等是絕對程度副詞。張國憲（1996）的「表主觀量的程度副詞」和「表客觀量的程度副詞」、韓容洙（2000）的單純程度副詞與相對程度副詞，從本質上說也是跟王力的相對絕對之分相對應的。

三分法則主要是以比較義為基礎，從語法功能角度把程度副詞分為不同種類。其中，較典型的是馬慶株（1992）運用比字結構「比＋名詞＋〔 〕＋謂詞」和不帶「比」字的比較結構「〔 〕＋謂詞＋的」為判定標準，將程度副詞分為「更」類（表示比較）、「很」類（表示絕對程度）、和「最、極、太」類。但以上三類中，「最」雖不能放入比較句，但比較意味明顯，和「極、太」又有所不同，語法性質差異較大。而張亞軍（2003）則以能否進入限制性較強的五個比較結構為鑒定標準，將程度副詞劃分為以下三類：「更」類（出現與「比字句，」目的是比較，顯示偏差），包括「越發、稍微、稍」等；「最」類（出現在特質疑問句，目的是比較或確認），包括「最、較為」等；「很」類（不出現在其他兩類出現的格式中，表確認，顯示量級），包括「太、極其、非常、格外、有點兒」等。

也有學者根據程度副詞所表達的程度級差、從語義上進行量級分類。馬真（1988）將現代漢語程度副詞分為表程度深和表程度淺兩類，前者如「很、挺、十分、非常、太、最、更加、越發」等，後者如「有點兒、比較、還、稍微」等。周小兵（1995）將絕對程度副詞按程度量級分為程度過頭（太）、程度高（很、非常、怪、挺、相當）和程度低（有些、有點、不大、不太）三級。張桂賓（1997）則分別相對程度副詞和絕對程度副詞分為四類。相對程度副詞分成最高級、更高級、比較級、較低級四小類；絕對程度副詞分為超高級、極高級、次高級和較低級四小類。韓容洙（2000）、郭姝慧（2001）將程度副詞分為極量級、高量級、中量級和低量級四個級次。量級劃分有二分、三分、四分等不同方法，但以四分居多，且詞彙歸類大致相同。

除了以上不同角度的分類，還有學者以是否帶有主觀感情色彩為標準，將程度副詞分為主觀程度副詞、客觀程度副詞（張誼生，2000）。也有從句法功能出發，依據程度副詞所修飾成分的性質將其分為修飾謂詞性成分、既能修飾謂詞性成分又能修飾體詞性成分兩類（夏齊富，1996）。

學者們對程度副詞的分類以及其下位分類為構建程度副詞系統均有積極意義。本文以王力先生對程度副詞的相對和絕對之分為依據，以張桂賓（1997）在相對和絕對之分程度上的下位量級劃分為參考，選取較低級程度副詞中具有代表性的相對程度副詞「稍」和絕對程度副詞「有點（兒）」進行比較。

（三）「稍微」系、「有點（兒）」的個案與比較研究

1、「稍微」系程度副詞的相關研究

呂叔湘（1965）在《語文雜記：「稍微」、「多少」》中對「稍微」和「多少」進行了比較研究，揭示了「稍微」在使用上和不定量詞「（一）點兒」、「（一）些（兒）」的相關性。

馬真（1985）進一步從意義和用法上比較了「稍微」和「多少」。指出二者在意義和用法上均可表示程度淺、修飾詞後有數量成分以及可用於比較或不比較句式等共同點，也強調了兩者在表示程度淺時側重的方面不同以及句法表現形式也有所差異，如「稍微」可以加「不」，形成「稍微不」格式，「多少」後面則不能帶這種格式。此後，也有諸多學者對「稍微」系程度副詞與「多少」進行比較研究。（楊琳，2009；時衛國，1996、1998；樂耀，2017）

楊琳（2007）探討了「稍微」系程度副詞的句法語義的異同。得出了「稍微」系副詞之間的共同點表現在既具有比較義，又具有非比較義，且沒有主觀色彩義。而它們之間的區別特徵表現在語體色彩的差異，「稍微」、「稍」、「稍稍」和「多少」的口語色彩較強，「略」、「略略」和「略微」的書面語色彩較濃。

呂文科（2014）分析討論了《朱子語類》中「稍」作為時間副詞和程度副詞所表示的意義。並指出近代漢語中，程度副詞「稍」在修飾動詞性結構時比現代漢語要自由靈活。

2、「有點（兒）」程度副詞的相關研究

馬真（1989）進一步研究了程度副詞「有點兒」在句中使用時的搭配情況，說明了在不同句式中「有點兒」表示的意義差別，列舉了程度副詞「有點兒」在具體使用中的格式，分析了不同格式中的語義和褒貶色彩。涉及到了「有點（兒）」的主觀義表達。

田宏梅（2006）利用漢語語料庫（廈門大學海外教育學院中文語料庫和臺灣中央研究院的現代漢語標記語料庫 4.0 版）對「有點（兒）」的詞語搭配進行了研究，得出了副詞性「有點（兒）」右側的搭配詞「大多為不如意之事」，而動詞性「有點（兒）」的語義韻為中性。

范曉蕾（2018）則細緻剖析了「有點兒」的句法性質和語義功能，並簡析了它的語法化過程。提出了「有點兒」在很大程度上保留了動詞的句法性質。並且認為「有點兒」雖以搭配消極義、中性義的成分為主，但也可有條件地搭配積極義的成分。搭配積極成分是不僅表達程度輕微，也隱含「相異於另一狀態」的意義，其典型表現是反預期義。

另有學者從「有點（兒）」的特定句式對「有點（兒）」的語義、語用和句法展開研究（王倩，2013），或是從漢語教學角度進行解析（程美珍，1989；武玥，2015）

3、「稍微」系與「有點（兒）」對比分析研究

郭姝慧（2001）從「稍微」和「有點（兒）」搭配的形容詞和動詞及動詞性片語出發，研究兩者形容詞的選擇傾向、句法形式的差異。詳細地總結出兩者的諸多差別。如：「稍微」後面通常有「一點兒、一些、一下」等呼應成分，「有

點（兒）」則可以單獨修飾形容詞；「稍微」傾向於選擇褒義形容詞，「有點（兒）」傾向於選擇貶義形容詞；「稍微」不能修飾狀態形容詞，「有點（兒）」則可以修飾部分狀態形容詞；「稍微」傾向於修飾表動作行為的詞語，而「有點（兒）」傾向於修飾助動詞和表心理活動的詞語；「稍微」可用於祈使句和比較句，但不能單獨成句，而「有點（兒）」則與之相反等。

肖亞麗（2010）運用比較分析和語義分析的方法，探討程度副詞「稍微」和「有點兒」的區別。在語義上，「稍微」與「有點兒」有程度量級的差異，「稍微」表示微量，「有點兒」表示低量；在語用上，「稍微」與「有點兒」的不同表現在口氣差異、行為類型、感情色彩三個方面。

陳千雲（2016）以語料庫為本，從國家語委現代漢語平衡語料庫提取語料，統計分析「有點（兒）」和「稍微」的左右搭配詞語詞性、語義韻傾向。又從臺灣中央研究院現代漢語標記語料庫提取語料，統計分析二者附加搭配詞的語義類別、在不同語體中的詞頻分佈差異。最終得出以下四個結論：與「有點（兒）」搭配的詞語詞性種類遠高於「稍微」；「有點（兒）」的語義韻傾向為消極，「稍微」的語義韻傾向為中性；「有點（兒）」的附加搭配詞在語義上可分表示主觀判斷的和標記說話人強弱語氣兩類，而「稍微」的附加搭配詞可分為表示一種建議或推測和表示各類人稱兩類；「有點（兒）」在各類語體中出現的詞頻遠高於「稍微」。但文中僅依靠語料庫自動斷詞和詞性分類進行資料統計，並未對語料進行二次篩選，對語料進行更細緻地分類、整理。

綜上所述，學者對程度副詞的研究豐碩，對「稍微」系副詞與「有點（兒）」的討論範圍較廣，也有相關的對比分析研究。但此類文獻大多語料來源單一，偏主觀。從語料庫展開研究的文章雖對語料資料進行統計，並根據資料對兩者的句法、語義、詞彙搭配、語篇、語用等各方面進行探討，但對語料的篩選和歸類並未詳細說明或未細緻整理，易因分類不明造成結果偏差。

（四）詞典釋義

以下從詞典和其他相關工具書中對「稍」和「有點（兒）」的釋義進行整理，如表1：

表1 「稍」、「有點（兒）」之詞典釋義

	工具書釋義	工具書名稱
稍	表示數量不多或程度不深（不高）	《現代漢語八百詞》（1980/2005）、《漢語常用詞用法詞典》（1997）、《現代漢語詞典（第5版）》（2005）（用「稍微」來釋義）、《現代漢語規範詞典》（第2版）（2010）（用「略微」來釋義）、《現代漢語詞典（第6版）》（2012）、《漢語副詞詞典》（2013）（用「略」來釋義）
	表示程度輕微	《現代漢語虛詞例釋》（1982/2010）（用「略」、「略微」釋義）
有點（兒）	表示程度較低	《現代漢語規範詞典》（第2版）（2010），（用「稍微」釋義）
	表示程度淺顯	《漢語虛詞辭典》（2001），（用「稍微、略微」釋義）
	表示程度不高	《現代漢語八百詞》（1980/2005）、《現代漢語詞典（第5版）》（2005）（用「稍微（多用於不如意的事情）」釋義）、《漢語副詞詞典》岑玉珍（2013）（用「稍微」釋義）

根據詞典釋義，可以看出「稍」與「有點（兒）」的解釋雖有不同，但差異不大。「稍」的程度較之「有點（兒）」略低，但就詞性、修飾詞詞類、語義等方面也並未突出兩者的差別，造成可以互換使用的錯覺。但試將《現代漢語詞典》（第5版）中兩詞提供的例句進行詞彙互換，則發現兩者不盡相同：

例1 （1）衣服稍長了一點。

　　　（2）＊衣服有點長了一點。

例2 （1）你稍等一等。

　　　（2）＊你有點等一等。

例3 （1）今天他有點（兒）不高興。

　　　（2）＊今天他稍不高興。

例 4 （1）這句話說得有點（兒）叫人摸不著頭腦。

（2）＊這句話說得稍叫人摸不著頭腦。

在這些例句之中，「有點（兒）」與「稍」並不能自由轉換，可見兩者除了絕對程度副詞和相對程度副詞性質產生的差異，還有其他原因產生的差異。但詞典釋義並未能全面體現「稍微」系副詞與「有點（兒）」的異同。

三、研究方法

前人對「稍微」系和「有點（兒）」這類低量級程度副詞的研究多基於主觀語法判斷，缺乏大量語言客觀事實的佐證。本研究主要採取語料庫分析研究法，以語料庫為本展開研究，通過植基於語料庫中特定語言的大量事實，避免了直覺式的語法判斷。

本文選取的中國國家語委現代漢語通用平衡語料庫（以下簡稱為「語料庫」）全庫約為 1 億字元，語料選材類別廣泛（哲史、社、經、藝、文、其他），時間跨度大（語料時間跨度為 1919 年～ 2002 年），語體涉及全面（不僅包括大量的書面語語料，還涵蓋豐富的口語語料）。另外，該語料庫線上提供檢索的語料可以進行按詞檢索和分詞類的檢索，便於考察和統計其修飾詞詞類，進行句法功能分析。

本文先在語料庫中對「稍」和「有點（兒）」進行詞性標記整詞搜索[3]，然後再對語料進行二次人工篩選擇出有效語料，並根據有效語料中的兩者的修飾詞詞性進行統計和分類，最終根據語料分類統計開展討論。

3　詞性標記搜索，即在搜索框中輸入「稍 /d」和「有點 /d」進行整詞標記搜索，對語料進行第一次自動篩選。「d」在國家語委現代漢語語料庫中是「副詞」詞類標記代碼。

四、語料分析

（一）語料的篩選與統計

在語料庫中整詞搜索副詞（d）「稍 /d」共得 622 例語料，「有點 /d」共計 1227 例語料。本文對所得語料中的樣本根據下列原則進行篩選統計：

（1）排除非本文研究的程度副詞的用法，尤其是「有點（兒）」作為動詞和量詞組合的情況 [4]，以及「有點（兒）」後接代詞是，也多是作為動詞和量詞組合的情況。

例 5　一定能使那些長育於茶室中的貴公子和蒼白的末稍的享樂主義者背過臉來的。

例 6　店鋪的櫃台照例是女人小孩子的位置，不知什麼時候已經滿了座，因為凳子不夠，也頗有點起腳站著的；好像所有的店鋪今夜作同樣的營業了，只要看他們擺著同樣的陳列品！

例 7　我還有點意見沒說完。

例 8　今天可兩樣了，他心裡有點什麼事，所以也發作起來。

（2）語料中有一類是後面省略了修飾成分的情況，不明修飾成分詞性的，不計入有效例句，不做討論 [5]。

例 9　小劉天真地笑了：「過去有點兒，現在……」

例 10　「哼，也有點兒。」。

（3）同一句中使用兩個或以上「有點（兒）」或「稍」，且修飾詞的詞類不同，均單獨統計，不作一句一個合併統計。

例 11　有的前襟稍短（形容詞），後襟長，稍蓋（動詞）過臀部。

4　此類情況集中在修飾名詞性詞匯，本文根據高純（2006）一文對「程度副詞 + 名詞」的分析，以該形式在語篇中是否屬於修辭現象、被修飾名詞是否具有特徵來判斷「有點（兒）」的用法是否為副詞。另輔以將「點（兒）」去掉語句是否成立的方式進一步甄別。

5　此情況僅出現在「有點（兒）」的語料中，「稍」的語料中無此類情況。

例 12　孔淑貞有點後怕（動詞），又有點慚愧（形容詞），「啊」了一聲，不由得低下了頭。

以上語料統計時分別計入修飾動詞一筆和修飾形容詞一筆。

（4）同一句中出現兩個或多個「有點（兒）」或「稍」，但修飾詞詞性相同，則做一個統計。

例 13　……變成一個稍大和一個稍小的兩個圓圈。

例 14　她第一次驚異地發現了自己美麗的青春，有點羞怯，又有點驚慌：她怕別人猜透她心底的機密。

（5）「稍」或「有點（兒）」後接副詞「不」「太」、「有點（兒）」等，根據語義和其主要修飾成分，將修飾詞詞類劃分在修飾動詞或形容詞類別中。

例 15　晚上，稍有點空閒，我就在實驗室裡繼續進行保存鮮血問題的研究。

例 16　除其他方法外，可採用控倒立，要求全身充分往上頂腳尖觸杠木的練習，是非常有效的訓練手段，因為只要稍不用力控制就會掉下來。

例 17　老頭抬頭望望藍得能望穿的天空，他有點不相信似地看著周隊長。

例 18　但是皇帝既然出了偌大薪水給他，又化了許多錢供他研究，現在一點結果沒有，不免有點不高興。

（6）「稍」的語料中有一類是「稍 + 一」結構，「一」在語料庫中標注為數詞（m），但並非「稍」的主要修飾詞。故此處依據語境和主要修飾成分的詞類，將語料歸類[6]。

例 19　開門的是位年過半百的老人，他被眼前這狼狽不堪的不速之客嚇了一跳，稍一定神才驚奇地說：「唉呀，這不是大洲嗎？」

例 20　老游明白只要稍一不慎，就要葬身洞內。

6　此構式下共有語料 42 筆，29 筆主要修飾詞詞類為動詞，13 筆為形容詞，依據併入這兩類中。

　　根據上述篩選原則，統計所得「稍」的有效語料共計 601 筆，其中修飾動詞的樣本數為 310 筆，修飾形容詞的樣本數為 256 筆，修飾介詞的樣本數為 25 筆，修飾名詞（方位名詞）的樣本數為 10 筆；「有點（兒）」有效語料 1088 筆。按照修飾詞的詞類分為動詞 495 筆、形容詞 423 筆、慣用語 118 筆、介詞 49 筆、名詞 3 筆。

　　例 21　阿弗爾教授有點吃驚，稍停一會，才說，「坦率的講，我對這個決定是有意見的，它太草率了。」（動詞）

　　例 22　她比照片稍瘦，但顯得年輕好看。（形容詞）

　　例 23　二道幕拉開以後，徐策面稍向裡，對著院子接唱下句：，「看是何人到來臨？」（介詞）

　　例 24　胸腺位於心臟腹面稍前方，呈粉紅色，幼年時較大，以後隨年齡的增長而逐漸變小。（方位名詞）

　　例 25　說真的，我可真有點可憐有些個秘書們，不明白他們為什麼會成了馴順的木偶。（動詞）

　　例 26　淺治先生的性子有時有點暴躁，但很重義氣。（形容詞）

　　例 27　一時之間真有點暈頭轉向。（慣用語）

　　例 28　我覺得我們廣東人有點像比利時人。（介詞）

　　例 29　我覺得有點不大對勁，深怕他是有點瘋魔。（名詞）

（二）「稍」、「有點（兒）」的句法功能分析

1、「稍」、「有點（兒）」修飾成分的性質

通過語料庫的檢索，我們發現「稍」修飾詞的詞類包括動詞、形容詞、介詞、名詞（方位名詞）等四大類；「有點（兒）」修飾的詞類包括形容詞、動詞、介詞、名詞和慣用語五大類。二者修飾詞詞類分佈情況如表 2、表 3 所示。

表 2 「稍」修飾詞詞類分佈情況

	動詞	形容詞	介詞	名詞	共計
樣本筆數	310	256	25	10	601
樣本比率	52%	43%	4%	1%	100%

表 3 「有點（兒）」修飾詞詞類分佈情況

	動詞	形容詞	慣用語	介詞	名詞	共計
樣本筆數	495	423	118	49	3	1088
樣本比率	45%	39%	11%	5%	0%[7]	100%

用例統計發現，「稍」的被飾成分中動詞和形容詞佔了 95%，「有點（兒）」的被飾成分中形容詞、動詞所佔比重也高達 84%。在修飾介詞和名詞時，「稍」修飾的名詞全數為方位名詞，而介詞也多是表處所的方位介詞，如「向、往」等。而「有點（兒）」修飾的名詞不僅數量少，而且不可修飾方位名詞，其搭配的介詞也多是表像似的，如「像（象）」。另外，「有點（兒）」後還可修飾慣用語，可見其搭配範圍較「稍」略廣泛。通過語料統計數據可以看出，「稍、有點（兒）」與形容詞和動詞有較強的組合能力，但是對於不同性質的形容詞、動詞，二者選擇性也有很大的不同。以下將對兩者修飾形容詞和動詞時的情形進行分析。

（1）「稍」、「有點（兒）」修飾形容詞

朱德熙（1982）將形容詞分為性質形容詞和狀態形容詞兩類，且狀態詞在句法上相當於「很 + 形容詞」，本身包含了程度義，故不能搭配程度副詞。

根據語料，「稍、有點（兒）」都可與其中的性質形容詞結合，見例 30-33。

7　所得比率為 0.02%，由於比重太小，忽略不計。

例 30 但是，這樣大規模的國際比賽，小將們誰也沒有參加過，心情難免有點緊張。

例 31 已經唱了十七首歌了，整整兩個多小時的自彈自唱，谷建芬的嗓子啞了，十指也有點麻木了。

例 32 形勢的發展，也不容我們稍緩一步。

例 33 因為原來設想，即使乘坐接近光速的火箭，要到達稍遠一點的恆星視界，也要幾十、幾百甚至幾萬年。

但除了搭配性質形容詞，「有點（兒）」還能與狀態形容詞搭配。

例 34 那早就失去了紅暈的臉也有點蒼白。

例 35 我似乎真有點惶惶然起來，不得不擔心家裡多出一個男子漢來，定會分出文燕一半的愛。

例 36 現在柳腔的這種唱法還保留著，只是感覺不如當年鮮明了，聽來有點吞吞吐吐，隱隱約約。

能被「有點（兒）」修飾的狀態形容詞有多種，除去普通形式外還有形容詞的重疊式。時衛國（1998）討論了「AA、ABB、ABC、AXYZ、AABB、A 裡 AB、BABA、ABAB」八類形容詞重疊形，認為其中「AA、ABB、AXYZ、A 裡 AB、貶義 AABB」等形式能用「有點（兒）」修飾。在本文選取的語料中，就有「有點癢癢的」、「有點吞吞吐吐」、「有點流里流氣」、「有點傻乎乎」、「有點寒嗦嗦」等例出現。其中，「有點（兒）」修飾 ABB（或 AAB）式的情況居多，共 18 例。這些形式大部分進入的都是「有點 +A+ 的」結構，只有 4 例是「有點 +A」結構，還有 1 例是「有點 +A+ 起來」結構。

可見，「稍」和「有點（兒）」在修飾形容詞時，「有點（兒）」修飾的範圍更廣，不僅可以修飾性質形容詞，還可以修飾狀態形容詞。修飾的狀態形容詞以重疊式狀態形容詞居多，尤其以 ABB 或 AAB 形式居多。但總體來看，「有點（兒）」修飾狀態形容詞與修飾性質形容詞筆數差異顯著，仍以修飾性質形容詞為主。

「稍」與「有點（兒）」修飾形容詞的具體情況如表 4 所示。

表 4 「稍」與「有點（兒）」修飾形容詞

	性質形容詞	狀態形容詞				
		普通形式	重疊式狀態形容詞			
			AA	AAB/ABB	A 裡 AB	AABB
稍	256 筆	0 筆				
有點（兒）	391 筆	4 筆	4 筆	18 筆	2 筆	4 筆

（2）「稍」、「有點（兒）」修飾動詞

邢福義（2002）將動詞大體上劃分為六類：動作行為動詞、心理動詞、歷時動詞、斷事動詞、使令動詞以及輔助動詞。通過對語料的統計，「稍」與「有點（兒）」在修飾動詞時的情況見表 5。

表 5 「稍」與「有點（兒）」修飾動詞

	行為	心理	歷時	斷事	使令	輔助	變化	身體	總計
稍	137 筆	22 筆	24 筆	105 筆	-	2 筆	20 筆	-	310 筆
	44%	7%	8%	34%	0%	1%	6%	0%	100%
有點（兒）	65 筆	293 筆	-	76 筆	10 筆	1 筆	36 筆	14 筆	495 筆
	13%	59%	0%	15%	2%	1%	7%	3%	100%

根據語料，我們發現，「稍」不與使令動詞（叫、讓、使）搭配；與動作行為動詞搭配最多；與斷事動詞搭配主要指「稍」與「有」的組合；而在搭配歷時動詞時多修飾「停」。除了邢福義列舉的六大類動詞外，「稍」也可與一些其他動詞搭配。如在語料中有 20 例「稍」與表變化義的動詞搭配。例如：

例 37　它是稍變小篆之形體，使之平直方正。

例 38　介民經醫生醫治後，痛苦稍減。據醫生說，子彈穿過，創傷還不甚重。

例 39　白細胞總數稍增多，血沉加快，血清膽紅素呈見解反應。

對「有點（兒）」的語料統計中未見其與歷時動詞（進行、繼續、開始、停止）搭配的例句；「有點（兒）」與心理動詞的搭配所佔比例最多，其次為斷事動詞。能與「有點（兒）」搭配的斷事動詞多為是非類和像似類動詞「像、是、類似於」，以「像」居多。與「稍」一樣，在六大類動詞之外「有點（兒）」還可以搭配一些表變化義的動詞：

例 40　她似乎太累了，眼圈有點發黑。

例 41　她突然頓住，臉色有點變了，似乎曾經受了騙，幸而無意中發覺。

「有點（兒）」與表變化義動詞搭配在語料庫中共有 40 例，其中以「發昏、發慌、發黑」類動詞居多。在語料檢索中還發現，一些「感冒、發燒、頭暈」等與身體狀況相關的動詞也可受「有點（兒）」修飾，共 14 例。例如：

例 42　嗯……嗯……是有點發暈。

例 43　海斯掉過臉去打了一個噴嚏，他也許有點傷風了。

例 44　他的臉有點發燒。

綜上所述，能被「稍」修飾的詞類包括形容詞、動詞、介詞、名詞四類，「有點（兒）」修飾的詞類包括形容詞、動詞、介詞、名詞和慣用語五大類。其中形容詞和動詞佔絕對性優勢。「稍」和「有點（兒）」都能修飾性質形容詞。除了性質形容詞外，「有點（兒）」還可以修飾狀態形容詞。「稍」修飾行為動詞最多，修飾斷事動詞時主要搭配「有」，另外還可以修飾表變化義的動詞，不與使令動詞搭配；「有點（兒）」修飾心理動詞最多，其次是與斷事動詞中是非類和像似類動詞搭配，亦可修飾變化義動詞以及表示身體狀況的動詞，不與歷時動詞搭配。

2、　「稍」、「有點（兒）」修飾形容詞、動詞時的句法表現

在修飾形容詞時，「稍、有點（兒）」有不同的句法表現。「稍」直接加上受修飾的形容詞，可以在形容詞後面帶上數量補語，還可以在受「稍」修飾的形容詞和補語之間加上「了」。而「有點（兒）」修飾形容詞時，在句法表現上和「稍」修飾形容詞相比顯得範圍要小，「有點（兒）」修飾形容詞時，後面不能加上數量補語。

例 45　**稍＋形容詞**：一個年紀稍長的幹部：「你怕死，把路讓開，我開車打頭陣。」

例 46 **稍 + 形容詞 + 數量補語**：命運稍好一些的，只能當做禮品送人。

例 47 **稍 + 形容詞 + 了 + 數量補語**：胖伯伯大聲說：「你來的稍遲了些。」

例 48 **有點 + 形容詞**：它的聲音柔和，但有點悶暗，不如其他銅管樂器那樣明亮。

例 49 **有點 + 形容詞 + 了**：沒多久，他玩得有點膩了，他把她拋棄了，就像丟掉一隻舊鞋子一樣地隨便。

同樣的，在修飾動詞時，「稍、有點（兒）」也有不同的句法表現。「稍」可以直接修飾動詞，也可以修飾動賓短語，受修飾的動詞後面可以加上數量補語。「有點（兒）」修飾動詞時，和「稍」修飾動詞時的主要差別有兩點：一是，加在動詞後面的補語除了數量補語之外還可以是結果補語及趨向補語；二是，與受「稍」修飾的動詞不同，受「有點（兒）」修飾的動詞後面可以出現表示完成的「了」。

例 50 **稍 + 動詞**：稍停，她徐徐打開扉頁，對著窗外暗淡的燈光尋覓，書中出現了一張字跡蒼勁的小紙條。

例 51 **稍 + 動詞 + 名詞**：在國內念大學時我上的西語系，稍通德語，細細一認，果真大部分是德文。

例 52 **稍 + 動詞 + 數量補語**：不過，對烏申斯基的話要稍作些補充。

例 53 **有點 + 動詞**：聽李小強這麼一說，我也有點兒害怕。

例 54 **有點 + 動詞 + 名詞**：由十幾米長的管道和小方塊拼裝在一起，看起來有點像一個煉油廠模型。

例 55 **有點 + 動詞 + 補語（數量、結果、趨向等）**：肖恩硬挺著走到家，一見女兒，有點挺不住了。

例 56 **有點 + 動詞 + 了**：聽多了，孟多來有點惱了：「算了吧。」

由此可見，在句法層面，「有點 + 動詞 / 形容詞」可單獨出現，而「稍 + 動詞 / 形容詞」通常是不自足的，需要一定的呼應成分，比如數量補語、結果補語或趨向補語等。

另外，還要注意「稍」特有的「稍＋一＋動詞／形容詞」的句式，強調結果觸發條件的嚴密和苛刻，通常下文承接結果，如「稍一疏忽，一片熱望豐收的希望就會化為一股輕煙！」。「有點（兒）」不存在該句式。「稍」還可以用在祈使句式中，「有點（兒）」則不可以用於祈使句。

3、「稍」、「有點（兒）」句法功能差異的認知解釋

以下嘗試從認知語言學的角度對「稍」、「有點（兒）」的句法特點，尤其是二者之間的差異進行分析。

漢語的三大詞類——名詞、動詞、形容詞都是具有「量性」的，它們具有的最重要的特徵分別是空間性、時間性和連續性。因為形容詞具有「連續性」，所以其內部是「勻質的」（沈家煊，1995）。因此，可以用程度副詞對形容詞的「量性」進行量點和量幅的區分。動詞是有「時間性」的，所以可以在橫向上對「時間」做量的劃分。名詞也有量的特徵，但絕大多數名詞所表示的事物被「數量詞」分割成一個個獨立的個體，它們之間是離散的，在句法上表現為受數量詞的修飾，所以名詞的量性表徵是與數量詞相匹配的，幾乎不需要程度副詞的修飾。

沈家煊（1995）從「有界」和「無界」的角度對語法結構進行了論述，認為在時間上，動作有「有界」和「無界」之分，有界動作是時間軸上有一個起始點和一個終止點，無界動作則沒有起始點和終止點，或只有起始點沒有終止點。從這個角度上看，心理動詞是屬於「無界」的，因為它在內部是「同質」的，這就跟性質形容詞的「連續性」很接近，所以我們可以在內部用絕對程度副詞對它進行「量」的切分。而動作行為動詞相對於心理動詞而言應該是「有界」的，比如「停、坐、跑」等，都表示一個有明確起點和終點的動作，但是它卻可以受到「稍」的修飾。石毓智（1992）提出，動詞是具有雙重性的，作為一個完整的動作而言，它是離散的，但是作為一個單獨動作的內部發展來看，又是具有連續性的。當動作行為動詞受到「稍」的修飾的時候，是從這個動作的內部角度來看的，如我們說「稍跑幾步」，我們不去注重跑步的起始、延續和終止這些過程，而是以「跑」這個單獨的動作為整體，整個動作需要很多「步」，而我們取的是其中的「幾步」，從這個角度上看，它們是同質的。這也是「稍＋動詞／形容詞」這個結構為什麼需要帶上呼應成分的原因之一：「稍」是相對程度副詞，沒有明確的量度指向，只有加上和表示數量、次數的不確定量，才能對同質的動作、性質做內部量級的劃分。

（三）「稍」、「有點（兒）」的語義特徵分析

1、「稍」搭配詞的語義色彩傾向及語義特徵

通過對語料的統計，在 256 筆「稍」與形容詞搭配語料中，有 38 筆搭配詞具有〔－中性〕（〔＋褒義〕）語義色彩，25 筆具有〔－中性〕（「＋貶義〕）語義傾向 [8]，其餘 196 筆均是〔＋中性〕；在 310 例動詞語料中，只有 14 例是非中性動詞，其中 8 例具有〔－中性〕（〔＋貶義〕）語義色彩，6 例具有〔－中性〕（〔＋褒義〕）語義色彩。在語義特徵上，無論修飾詞的語義色彩傾向如何，這些句子均具有〔＋微量〕、〔－偏離〕的語義特徵。〔＋微量〕指的「稍」修飾後的詞語在量級上仍處於低量狀態，程度量的增加微少。〔－偏離〕則指「稍」不具有與主觀判斷和客觀標準偏離的評價語義。如例 57 中，說話人變「活潑」程度不高，但並未顯示出與預期或標準有所不一致。除了陳述事實，「稍」還具有〔＋委婉〕的語義特徵。如例 60 中的「還得稍增」一方面是提出建議，另一方面通過「稍」對建議的語氣強度減弱，「稍胖一點就好了」、「有些地方可以稍簡單一些」也是同理。

例 57　十一二歲時，我稍活潑一點，居然和一群同學組織了一個戲劇班，做了一些木刀竹槍，借得了幾副假鬍鬚，就在村口田裡做戲。

例 58　她比照片稍瘦，但顯得年輕好看。

例 59　狐狸稍有疏忽，它就立即逃之夭夭。

例 60　可是消費這一頭，壓縮的餘地還是很小的，不但如此，還得稍增一點。

2、「有點（兒）」搭配詞的語義色彩傾向及語義特徵

「有點（兒）」的情況更加複雜一點，但總體來看，「有點（兒）」搭配積極傾向詞語的比例較少。修飾具有褒義或積極傾向的筆數有 26 筆，中性色彩的筆數 141 筆，貶義或消極傾向共有 921 筆。

例 61　她幾乎有點陶醉了。

例 62　眼看著大家獻出一件件展品，他也有點動心了。

例 63　但從他的聲音我知道他現在也有點兒興奮了。

8　此處包括與「不」共現時對後接形容詞或動詞否定產生的消極、貶義語義。

例 64　我第一次這樣愉快地回答他，真的，現在說不上喜歡，可我得承認，我有點感激他了，多虧他在德州買了隻燒雞，我才有了重要線索。

搭配積極傾向詞語的情況一般出現在「有點 + 形 / 動 + 了」的結構中，此時整個語法結構表現出一種「輕度變化」義，具有〔+ 輕量〕，同時表示出偏離預期和客觀標準的語義，具有〔+ 偏離〕。如例 62 中，「有點動心了」，表現出心理狀態的輕度變化，從無到有，但並非到達直接改變心意的程度；同時，根據上文，也可看出這個「有點動心」偏離了說話人或當事人的預期情況。但值得注意的是，「輕度變化」義不是僅通過「有點（兒）」表現出來的，而是「有點 + 了」結構整體表現的。如例 61 中的「有點陶醉了」這種狀態表示的是從沒看到展品到看到展品這樣的背景條件下，「我」心理上從「不動心」到「動心」這種變化狀態，「了」表示一種「到現在為止已經完成」的意思，在時態上相當於完成時，在語義上屬於變化完結義。

「有點（兒）」搭配中性詞語的比例比積極性詞語比例稍高一些，如「有點熱」、「有點發紅」、「有點活動」等，這些組合在語義上也顯示出一種「輕度」義，並且具有偏離了客觀標準的「偏離」語義特徵。

「有點（兒）」在搭配消極性或貶義詞語時比例最高，如「有點惱了」、「有點坐立不安」、「有點兒不耐煩」等。同樣，在例 65 中，「有點（兒）」修飾後的「故意刁難」的程度比預期或標準要有輕量的程度加深。例 67 中也具有〔+ 輕量〕的語義特徵，標註了「吃力」的程度，雖單獨觀察前半句時無〔+ 偏離〕的語義特徵，但有了下半句轉折的存在，又體現了其〔+ 偏離〕的語義特徵。因此，〔+ 偏離〕有時候是隱形或非必要語義特徵，需要上下文語境或對立結構句式才能凸顯。

例 65　這簡直是奇怪的問題，未免有點故意刁難了。

例 66　王永鋒是個忠厚人，覺得萬金山的說話有點失敬，便說：「你准沒好生聽，我見你老打盹兒。」

例 67　她說得有點吃力，但卻心平氣和，字字清晰有韻。

同樣，「有點（兒）」在一定語境下也具有〔+ 委婉〕的語義特徵。

例 68　他的動作有點笨拙，卻細針密線，縫得十分仔細，認真。

例 69　這是我的猜測，未免有點刻薄，我知道；但是不見得比別人的更刻薄。

例 70　他似乎有點抱怨的想：「幹麼不再多下幾天。」

例 71　我還有點猶豫，妻的意志卻非常堅決，很快地整好了行裝，催促動身。

「有點笨拙」、「有點刻薄」、「有點抱怨」、「有點猶豫」等在語義上都顯示出了一種輕度的消極義，但放在以上例句的語境中則帶有一種緩和的委婉義。如例 68 中的「笨拙」本是個貶義詞，但是語句中要表達的意思卻是「雖然笨拙，卻縫得仔細」，可見整個句意是褒義的，加上「有點（兒）」修飾之後，整個句子語氣上柔和了許多，在句意上使前一部分更加弱化，相應地後一部分得到了凸顯。而在例 69 中，因有語氣詞「未免」，「刻薄」在語義上就與後半部分的「更刻薄」形成對比，加上「有點（兒）」之後就弱化了前半部分的「刻薄」義，使前後這種對比更加強烈了。就例 70 而言，其中在「有點抱怨」前有語氣副詞「似乎」修飾，「似乎」在語義上有一種「不確定性的推測」，並且帶有委婉語氣，「有點抱怨」則受「似乎」的修飾，在語義上具有一致性，也帶有一定程度的委婉義。

但需要指出的是，這種委婉義主要是依靠帶有「卻、未免、似乎」的語境賦予的語用義。換言之，脫離語境之後，「有點＋消極義動詞／形容詞」在語義上有一種輕度或消極傾向，表委婉的含義不甚明顯。

3.「稍」、「有點（兒）」語義特徵的認知解釋

「稍」主要修飾中性詞語，「有點（兒）」也可以修飾中性詞語，表示的是程度的輕微和少量。但「有點（兒）」更多情況下修飾的是貶義或消極意義的詞語。換句話說，表示貶義或者不如意的事情的詞語，通常傾向於與「有點（兒）」結合。沈家煊（1999）用「樂觀原則」來解釋，指出：「人總是傾向於好的一面，不如意的事情往小裡說，這種說法固化的結果就是『有點』只修飾貶義詞」。這就是語用學中禮貌策略所講的要「強調正面變化」和「弱化負面因素」。語言是具有主觀性的，說話人在說出一段話的同時表明自己對這段話的立場、態度和感情（沈家煊 2001），所以當說話人發現所要陳述的人或者事物是具有負面因素而導致聽話者會從中感受到負面情緒的時候，就通過加「低量級程度副詞」來弱化這種負面因素。正是因為「有點＋貶義／消極意義性詞語」這種結構對語義的弱化作用，所以我們可以把這種結構看作是語用和認知中「委婉機制」的一種。

委婉語就是通過在資訊解讀者或理解者的心理上造成模糊而達到委婉的效果。邵軍航（2007）將委婉語的委婉機制分為美化機制、距離機制和弱化機制。我們認為，「有點（兒）」和「稍」的使用就起到美化和弱化的作用，但「稍」的弱化程度更甚，所以具有比〔輕量〕更少的〔微量〕語義特徵。如將「氫的制取稍複雜」中「稍」替換為「有點（兒）」，整體表達的意義及語氣相對重些。這是由於「有點（兒）」的語義特徵中〔+ 偏離〕，帶有偏離預期的特徵，因此話語中含有不樂意的感情色彩，使聽話人感到相對繁瑣，量級更高。這也體現了語義特徵之間又相互影響、作用的情況。

再看以下兩個例子：

例 72　昔日，最馳名的建築，當然要數鼓浪嶼了，人稱萬國建築博物館。當然，有點誇張，但踱上島去，確有閱盡異域風光的感覺。

例 73　1969 年 10 月下旬的一個上午，鄧小平第一次來到工廠，穿一件藍色中山裝，一雙解放鞋，衣服洗得有點褪色，泛出白色。

所謂委婉語的美化機制，就是通過將不好的事物說好聽一些而避免直陳所帶來的消極心理反應。所謂委婉語的弱化機制就是通過使用委婉語，將直陳語給人帶來的心理上的痛苦、厭惡、不適等的強度減弱。如在例 72 中，「萬國建築博物館」是個誇張的修辭，鼓浪嶼面積不大，必然不會有「萬國」的建築，用這種稱呼只是為了顯示數量之多。把句中的「有點（兒）」去掉之後，原句意沒有太大的變化，但是在語氣上就更顯肯定，後句的轉折就顯得不協調，加上「有點（兒）」之後，弱化了這種誇張性，原句就有了「雖然是誇張程度高些，但仍舊有可以閱盡異域風光的意味」這樣的意思，達到了緩和語氣、使表達更為委婉的效果。

(四) 語義指向分析

邵敬敏（2000）提出了關於副詞語義指向的三個概念：指、項、聯。他認為，「指」，即副詞與一聯繫所指的方向，分為單指副詞和雙指副詞；「項」，即指能跟該副詞在語義上發生聯繫的數項，分為單項副詞和多項副詞；「聯」，即指副詞在語義上同時聯繫的對象，必須同時聯繫兩個對象的副詞為多聯副詞。

程度副詞的語義指向不如範圍副詞那樣明確、普遍，但是「稍、有點（兒）」作為相對程度副詞和絕對程度副詞的代表，在語義指向上還是有一定的區別的。

從「指、項、聯」的角度來分析「稍、有點（兒）」的語義指向，可以得出「有點（兒）」屬於後指單項副詞，「稍」在只有程度義而無比較義時也屬於後指單項副詞，但在具體的比較句語境中屬於多聯副詞。例如：

例 74　新生兒和兒童的體溫稍高於成年人，成年人的體溫稍高於老年人。

例 75　他比他背的衝鋒槍稍高一些，腰上掛著兩個手榴彈。

例 76　溫州貨便宜，便宜得有點叫人不相信，一雙真皮的中幫女旅遊鞋，花40 元可以買到。

例 77　紅蘿蔔也有點驚慌，他想著那位弟兄要倒楣了。

在例 74 中，「稍」是對「新生兒和兒童體溫」和「成年人體溫」這兩個對象進行比較後的結果，「新生兒和兒童體溫」是比較項，「成年人體溫」是被比較項，「稍」在語義上同時與這兩項發生聯繫，所以「稍」在這個例句中是「雙指多項副詞」，屬於多聯副詞。例 75 中的情況與 74 類似，其中的「稍」在語義上與「他的身高」和「衝鋒槍的身高」兩個對象發生聯繫，屬多聯副詞。這兩例中「稍」都是具有比較意的，表示比較項與被比較項之間的差異小。而例 76 和 77 中，「有點（兒）」只是單純地對「叫、驚慌」的程度所做的一種程度上的修飾，並沒有涉及其他對象，在語義上是後指的，單項的，都屬「後指單項副詞」。

「稍」也有可以用於「後指單項副詞」的情況。例如：

例 78　眾馬蜂很想觀賞她的織網技術，只因重任在肩，無暇久待，稍等片刻，便又投入戰鬥去了。

例 79　讀報時不要死扣字眼兒，盡可能多聯繫本村的時事，講得不要太快，講一段要稍停一下，好讓大家有個思索回味的機會。

例 80　勞動時還有「列本」在旁邊指揮和監督，叫幹什麼就得幹什麼，勞動者稍有鬆懈就要挨打受罵。

這些例子中「稍」只有程度義，沒有上例中的比較對比義，是「後指單項副詞」，在語義上只與被飾成分有關係，不屬於多聯副詞。「稍」一般在修飾動詞性成分時體現非比較義，單純的修飾動詞的程度量。

（五）結語與餘論

　　本文基於現代漢語語料庫，考察了「稍」和「有點（兒）」這兩個同屬低量級的程度副詞在句法、語義、語用三個平面的差異性，見表 6。

表 6 「稍」與「有點（兒）」句法及語義對比

分析類別	詞項	稍	有點（兒）
句法層面	修飾詞類	動詞、形容詞、介詞、名詞（方位名詞）	動詞、形容詞、慣用語、介詞、名詞
	修飾形容詞詞類特徵	性質形容詞	性質形容詞、狀態形容詞
	修飾動詞詞類特徵	主要搭配動作行為動詞、「有」類斷事動詞；不與使令動詞搭配	主要搭配心理行為動詞，是非類和像似類斷事動詞；不與歷時動詞搭配
	表現形式	稍＋形容詞；稍＋形容詞＋數量補語；稍＋形容詞＋了＋數量補語；稍＋動詞；稍＋動詞＋名詞；稍＋動詞＋數量補語；＊稍＋一＋動詞／形容詞；＊可用於祈使句	有點＋形容詞；有點＋形容詞＋了；有點＋動詞；有點＋動詞＋名詞；有點＋動詞＋補語（數量、結果、趨向）；有點＋動詞＋了
語義層面	語義色彩	中性色彩傾向居多	消極色彩／貶義傾向居多
	語義特徵	〔＋微量〕〔－偏離〕〔＋委婉〕	〔＋輕量〕〔＋偏離〕〔＋委婉〕
語義指向		非比較義——後指單項副詞 比較義——多聯副詞	後指單項副詞

　　句法方面：與形容詞語合時，「稍」主要搭配單音節性質形容詞，「有點（兒）」除此之外還能搭配狀態形容詞，被搭配的形容詞要具有非積極意義和非高量義的特徵。與動詞組合時，「稍」主要搭配動作行為動詞、「有」這類斷事動詞和表變化義的動詞；「有點（兒）」主要搭配心理動詞、像似類和是非類斷事動詞和表變化義、身體狀況的動詞。在語法形式上，二者共有 13 種搭配模式。這些句法功能特徵及差異可以從「量性特徵」和「有界無界」兩種認知角度得到解釋。另外，「稍」還有「稍＋一＋動詞／形容詞」的特殊句式，同時還可以用於祈使句中。

　　語義方面：「稍」主要搭配中性詞語，語義具有〔+ 微量〕〔– 偏離〕〔+ 委婉〕的特徵。而「有點（兒）」搭配消極意義詞情況更多，具有〔+ 輕量〕〔+ 偏離〕〔+ 委婉〕。兩者在特定語境下均有委婉義，並與其他兩個語義特徵相互作用。從認知角度上看，兩者的〔+ 委婉〕語義特徵與語用學上強調的「樂觀原則」和「委婉機制」相關。

　　在語義指向上，「有點（兒）」是「後指單項副詞」，而「稍」在非比較義時屬於「後指單項副詞」，在具比較義時屬於多聯副詞。

　　本文僅選取了低量級的相對程度副詞「稍」和低量級的絕對程度副詞「有點（兒）」進行討論，雖已初見相對程度副詞與絕對程度副詞在語義和句法上有所區別，但後續可增加其他量級程度副詞的比較與探究，或從漢語學習者偏誤角度考察兩者在仲介語使用中的情況，為詞典編纂和教學提供一定的思路。

參考文獻

陳千雲（2016）：基於語料庫的「有點」和「稍微」的多維辨析，《景德鎮學院學報》，31（4），31-35。

程美珍（1989）：受「有點兒」修飾的詞語的褒貶義，《世界漢語教學》，3，149-150。

范曉蕾（2018）：「有點兒」的句法性質和語義功能，《語言教學與研究》，2，81-90。

高純（2006）：「程度副詞＋名詞」結構分析，《語文學刊（基礎教育版）》，11，132-133。

郭姝慧（2001）：試析副詞「稍微」和「有點」，《山西師大學報（社會科學版）》，4，126-128。

韓容洙（2000）：現代漢語的程度副詞，《漢語學習》，2，12-15。

胡裕樹（1987）：《現代漢語》，上海，上海教育出版社。

黃伯榮和廖序東（1991）：《現代漢語》，北京，高等教育出版社。

黃國營和石毓智（1993）：漢語形容詞的有標記和無標記現象，《中國語文》，6，401-409。

樂耀（2017）：副詞「稍微」、「多少」與量範疇的表達，《語言教學與研究》，6，61-71。

呂文科（2014）：《朱子語類》中副詞「稍」的用法考察，《語文建設》，1，79-80。

馬慶株（1992）：《漢語動詞和動詞性結構》，北京，北京語言學院出版社。

馬真（1985）：「稍微」和「多少」，《語言教學與研究》，3，30-33。

馬真（1988）：程度副詞在表示程度比較的句式中的分佈情況考察，《世界漢語教學》，2，81-86。

馬真（1989）：說副詞「有一點兒」，《世界漢語教學》，4，207-210。

邵敬敏（2000）：《漢語語法的立體研究》，北京，商務印書館。

邵軍航（2007）：《委婉語研究》，上海，上海外國語大學博士論文（未出版）。

沈家煊（1995）：「有界」與「無界」，《中國語文》，5，367-380。

沈家煊（1999）：《不對稱和標記論》，南昌，江西教育出版社。

沈家煊（2001）：語言的「主觀性」和「主觀化」，《外語教學與研究》，4（1），268-275，320。

時衛國（1996）：稍微＋形容詞＋呼應成分，《山東大學學報（社會科學版）》，3，51-56。

時衛國（1998）：稍微＋動詞＋呼應成分，《棗莊師專學報》，4，84-90。

石毓智（1992）：《肯定和否定的對稱與不對稱》，北京，北京語言文化大學出版社。

田宏梅（2006）：利用漢語語料庫研究詞語搭配——以「有點」為例，《暨南大學華文學院學報》，3，67-73。

王力（1943）：《中國現代語法》，北京，商務印書館。

王倩（2013）：「有點＋太＋A」構式的量——兼論「有點」計量層次的遷移，《世界漢語教學》，27（3），376-391。

武玥（2015）：《「有點兒」和「一點兒」的對比考察及對外漢語教學策略》，南昌，南昌大學碩士論文（未出版）。

夏齊富（1996）：程度副詞再分類試探，《安慶師院社會科學學報》，3，5。

肖亞麗（2010）：「稍微」和「有點兒」的語義及語用比較，《時代文學》，3，165-168。

邢福義（2002）：《漢語語法三百問》，北京，商務印書館。

楊琳（2007）：《稍微系程度副詞的句法語義研究》，武漢，華中師範大學碩士論文（未出版）。

楊琳（2009）：程度副詞「稍微」和「多少」的句法語義比較，《襄樊學院學報》，30（7），66-70。

楊榮祥（1999）：現代漢語副詞次類及其特徵描寫，《湛江師範學院學報》，20（1），78-86。

姚占龍（2004）：也談能受程度副詞修飾的「有＋名」結構，《漢語學習》，4，28-34。

張桂賓（1997）：相對程度副詞與絕對程度副詞，《華東師範大學學報（哲學社會科學版）》，2，92-96。

張國憲（1996）：形容詞的記量，《世界漢語教學》，4，35-44。

張亞軍（2002）：《副詞與限定描狀功能》，合肥，安徽教育出版社。

張亞軍（2003）：程度副詞與比較結構，《揚州大學學報（人文社會科學版）》，2，60-64。

張誼生（2000）：程度副詞充當補語的多維考察，《世界漢語教學》，2（4），3-12。

趙元任（1979）：《漢語口語語法》，北京，商務印書館。

朱德熙（1982）：《語法講義》，北京，商務印書館。

字幕在对外汉语视听教材中的研究与应用
——基于认知心理学角度的考查

Study on Caption in Audio-visual Listening Coursebooks
Based on Cognitive Psychology

黎雅琪 香港教育大学

LI, Yaqi The Education University of Hong Kong

摘要 Abstract

随着"汉语热"持续升温，在互联网的发展和多媒体技术的普及下，视听教材成为学习汉语的一种新选择，而影片字幕可作为一种输入手段，辅助教学。将字幕运用在视听教材中的研究受到越来越多的学者关注。本论文以认知心理学为理论依据，尝试探寻字幕在视听教材中的作用，以及将字幕不同呈现方式运用在语言知识及语言技能的教学中。

关键词：字幕 视听教材 二语习得 认知心理学 对外汉语

Along with "Chinese fever" continues to heat up worldwide, and the development of the Internet and the popularization of multimedia technology, audio-visual teaching textbooks have become a new choice for learning Chinese, and video subtitles can be used as an input means to assist teaching and studying. The application of subtitles in audio-visual textbooks has attracted more and more scholars' attention. Based on cognitive psychology, this paper attempts to explore the role of subtitles in audio-visual teaching materials and apply different presentation methods of subtitles to the teaching of language knowledge and language skills.

Keywords: caption(subtitle), audio-visual listening coursebooks, second language acquisition, cognitive psychology, Chinese as a second language

第一章 绪论

一、研究背景

　　随着中国综合国力的提升，外国民众对中文和中国文化的兴趣升高，以及中国政府对国际中文教育的大力支持，"汉语热"持续升温。2020年中国国际服务贸易交易会国际教育服务贸易论坛的资料显示，将中文纳入国民教育体系的国家目前多达70余个，中国以外累计学习和使用中文的人数达两亿（新华网，2020），此数据充分说明了"汉语热"正在全球兴起。

　　在互联网的发展和多媒体技术的普及下，许多网络汉语学习网站和APP随之而生，通过网络自学汉语也成为了热门的汉语学习方式之一，学习者可以通过碎片化时间学习汉语。而且，在全球疫情的影响下，面授课程深受影响，学校和学习者开始意识到网络课程的可行性和重要性。而视听教材更是成为了一种学习汉语的新选择，在疫情期间，视听教材作为网络多媒体教材的优势因此而凸显出来，学习者可以通过电脑或网络使用视听教材自学汉语，而学校和教师也能利用视听教材进行网络授课。字幕作为视听教材的一部分，近年来也受到了专家学者们的关注，如何有效的使用字幕便是本论文的研究方向。

二、研究重要性及目的

　　自学汉语的学习者中有在校学生，也有空余时间不多的上班族，他们学习汉语的时间不多，可以利用碎片化时间学习汉语。例如，学习者可以利用几分钟到十几分钟的时间，通过手机或笔记本电脑在视听教材学习汉语。因此，通过视听教材学习汉语是一种选择。而学校或汉语课程在教授汉语时也可利用视听教材，运用互联网技术能够将"视"与"听"结合，调动多重感官，帮助学习者理解文本以及记忆单词，而且视听教材趣味性较强，能调动学习者的积极性。因此，视听类教材是值得更加深入研究的。

近年来，将字幕运用在视听教材中的研究受到越来越多的学者的关注，影片字幕可作为一种输入手段，学习者在对视频、语音信息加工的同时，也能接收文字信息，为学习者的心理认知过程提供辅助作用。

认知与语言息息相关，认知语言学经验主义的哲学观和语言观认为，语言是一种以认知为基础的认知活动。（李然，戴卫平，2015）。本论文试图为字幕视听寻找认知心理学的信息加工理论为支撑依据，研究字幕在语言习得的信息加工过程中的作用，并致力于探讨字幕在视听教材中的应用。

三、研究问题

基于上述研究目的，本论文的研究问题如下：

（1）在认知心理学视角下，字幕在视听教材中起到了什么作用？

（2）字幕的不同呈现方式能够如何运用在语言知识、语言技能教学中？

四、研究范围与名词释义

（一）视听教材

20 世纪 80 年代，外语教学界出现了将幻灯、投影、录像、电视、电影等媒介作为课堂教学的手段，而后一种新的课型——视听说课随之而出现。视听说课以教育学、心理学、语言学、社会语言学、心理语言学、教育工程理论为基础，是集视、听、说于一体的语言实践课，通过影像的方式为学习者创造了一个需要调动眼、耳、脑和口的语言习得环境（盛建元，1998）。

本文的“视听教材”是在“视听说”教材的基础上，但并不仅仅以训练说为目的，而是着眼于应用“视听”于语言知识（词汇、语法、语音、文化）和语言教学（听、说、读、写）中。且视听素材不仅可以选自影视片段，也可以选自新闻、纪录片、访谈、广告、歌曲等。

（二）字幕

字幕是以文字的方式呈现影像内容，包括影片片名、内容、对白、解说词、演职员表等，一般出现在影片屏幕的下方。字幕源于美国上世纪 70 年代的公益性字幕电视项目，最初目的是为有听力障碍的电视观众提供便利，让这些观众通过字幕欣赏到电视内容。随后字幕被应用在各种可解说的影像中，如电视、电影、舞台作品等，而这些影视字幕有几种类型，如母语字幕、双语字幕等。

随着互联网技术的发展，越来越多的学者开始着眼于将字幕当作一种语言输入模式在教学视频中应用，试图让学习者在听说的过程，同时培养一定的阅读能力；或者"以读促听"，字幕起到了提示部分聆听内容从而促进听力理解的作用。近年来，有许多学者提出了不同的字幕模式：

字幕类型可以分为嵌入方式、语言类型、呈现方式三大类型：

a. 根据嵌入方式，字幕可以分为外挂字幕（字幕文件与视频文件分离，字幕可以隐藏和手动修改，可以通过解码软件调整字幕位置、大小、字体等属性）和内嵌字幕（视频文件和字幕文件集成在一起，无法改变或隐藏）。

b. 根据语言类型，字幕又可分为母语字幕，外语字幕，和双语字幕。

c. 根据呈现方式，字幕可分为全字幕（字幕与视频原声内容一致）、关键词字幕（视频画面只显示部分视频原声内容文字）、动态字幕（字幕文字以滚动的方式呈现）、交互式字幕（在全字幕的基础上，将学习者需要注意并且习得的重要视频原声文字内容进行加粗、黑体、斜体等标注，以吸引学习者的注意，方便学习者进一步习得（张博，2017）；创新性运用色彩、艺术字体甚至图片、动画和音效将文字动态化，以达到增强趣味且与视频观看者互动的作用（王志军，孙雨薇和封晨，2018））。

根据视频原声与字幕文字对应程度，有一种字幕是"要点"字幕（又称诠释式字幕，与视频原因无关，更多关注与视频内容中的某种目标形式，"通常采用略有不同的词语、句式结构对视频原声作语义诠释"（戴劲，2005））。

除此之外，字幕不仅可作提示作用，还可以作为教学活动提示之用。字幕（本文称之为过程干预字幕）可以起到过程干预的作用，叶小军（2014）指出一个普遍现象，学习者在观看影片过程中，难免会被剧情吸引而忽略了观影同时的二语学习，因此，适时干预能够提醒学习者将注意侧重在二语学习上，而且字幕能作为影片和学习的中介，起到与学习者的互动作用。而且，适当地将某些题目以字幕的形式呈现，能够减轻学习者的负担，避免一边看影片，一边还要分散注意看题目的状况。

第二章 研究综述

一、研究综述

（一）视听教材于二语教学界的研究

视听教学法最初应用于成人法语速成练习中，后来发展应用在学校的正规课程中。20 世纪 60 年代中期，视听教学法被应用于英语作为第二语言教学中，New Concept English《新概念英语》是视听教学法的代表教材之一。后来，视听教学法逐渐被其他新兴教学法取代，但视听教材作为一种教学手段依然得到保留和重视，《走遍美国》便是一部出色的视听教材。

20 世纪 80 到 90 年代，中国大陆的对外汉语专家学者发现影视材料作为汉语学习教材的可能性，并开始探讨影视教学在对外汉语课堂的应用。学者们发现影视材料的独特优势，即相比于传统纸质教材，影视材料能让学习者所学的文本情景再现，提供了语境，这样不仅能提高学习者的语言听说等能力，更能提升学习者对于汉语的使用和交际能力。此外，影视材料作为教材使用能够激发学习者的学习热情和积极性，学习者也更能从影片中产生情感上的共鸣，从而激发学习者的学习参与。而且，影视材料中能够生动形象地展现中国文化，学习者不仅能学习语言知识和技能，也能从中了解中国文化，提升学习者的跨文化交际能力。

2010 年后，专家学者们意识到对外汉语视听教材在汉语教材中的重要性，并着手于这些视听教材的教学目标、教学对象、教学要求和教材体例等的研究，提出视听教材需要权威的理论原则作为指导，并形成体系。因此，有许多学者不仅对视听教材进行对比分析，也对各种视听教材的体例进行分析研究，如中高级汉语视听教材语料分析（张璐，彭艳丽，2013）、汉语视听教材联系编写研究（张璐，2015；白梦真，2018）、汉语视听教材话题内容分析研究（荆米莲，2012；张璐，槐珊 2017；林晓咪，2017；邵婉，2018）、汉语视听教材语法项目编排研究（刘晓英，2018）等。但这些研究均没有详尽地分析视听教材中的字幕，有的是一笔带过，有的研究没有提及字幕这一元素。

（二）视听教材字幕研究

近二十年，字幕于视听教材的应用被更多专家学者研究，主要包括字幕与二语习得的关系，字幕对于听说读写的应用等研究。

陈晓桦（2000）在探讨电视短节目作为中高级汉语视听说教材时指出，字幕具有提示作用，特别是日韩学生的识记汉字能力强，视觉捕捉的汉字符号能够弥补他们在聆听时没有听清楚或没有听懂的地方。

相对于影视字幕在英语二语教学界中的研究，汉语二语教学界的研究较少。英语二语教学界对影视字幕的研究对于汉语二语界而言具有借鉴意义。英语二语教学界探讨了字幕作为一种输入方式的作用，如戴劲教授（2007）通过实证调查探究了字母视听、阅读、视听和听音四种输入方式对于语篇理解的差异，发现字幕视听对于其他输入方式的优越性；汪徽教授（2010）总结并回顾了国内外二语习得中字幕视听输入方式的实证研究，并指出字幕视听许多方面仍待开发。英语二语教学界各学者也探讨了不同字幕形式对于视听教学的作用，如动态关键词字幕对二语习得效果影响的研究（张雪梅，2012），全字幕、关键词字幕和无字幕三种字幕呈现方式对提高学生听力的影响（刘睿和张德禄，2016）等。

字幕作为语料输入的一种形式，与视听教材中的音频和影片内容一样，应该起到同等重要的作用，虽然字幕在各方面被证实有利于学习者的语言习得，但目前为止，许多视听教材的字幕仍处于一种"未经开发"的状态，字幕的形式单一。例如，《中国微镜头》是比较新的视听系列教材，虽然教材中视频的播放形式新颖，扫描课本中的二维码即可观看影片，但影片中的字幕是中英双语字幕，与影视作品本身并无区别，这说明视听教材设计者并没有意识到字幕在视听教材中的可塑性。

第三章 汉语视听教材中字幕的应用

一、视听教材《家有儿女》和《中国人的故事》

（一）教材概况

《汉语视听说教程：家有儿女》取材于同名中国优秀系列情景喜剧《家有儿女1》，展示了重组家庭一家五口的日常生活。教材有四个独立单元，每个单元相当于电视剧的一集，每课视频长度约3-4分钟，由热身问题、课文、词语表、语言点例释、文化点滴和练习组成。教材配有DVD光盘，相互配合使用。

《中国人的故事：中级汉语精视精读（上）》取材于中国中央电视台的同名纪录片，展示了21世纪普通中国人的真实生活。教材共有八课，每课影片十分钟左右，由课文、生词、文化导航、语言注释组成。教材配有DVD光盘，相互配合使用。

两本教材都是中高级阶段汉语学习教材，但各自侧重点不同，《汉语视听说教程：家有儿女》主要训练听力和口语，而《中国人的故事：中级汉语精视精读》主要训练阅读。

（二）选择原因

本论文选择这两本教材作字幕改编的原因有三：第一，两本教材的分别为精视精听和精视精读模式的视听教材，精视精听教材侧重对听力和口语能力的培养，而精视精读教材侧重对阅读能力的培养，本论文探讨字幕在听说和读写的运用时，可以以这两本教材的教学内容作为范本。而且，《中国人的故事：中级汉语精视精读》这一教材是众多视听教材中唯一强调阅读的，是视听教材的一次创新性设计，值得从字幕方面对其进行深入研究。第二，有许多学者对这两本教材的各方面进行过研究，如教材的练习设置、体例分析、语料分析等，但目前为止没有对这两本教材在字幕方面的研究，因此，本论文试图首先在字幕角度对它们进行研究。第三，在字幕方面，这两本教材的字幕设置简陋，尚有改进空间，因此可以就此进行研究。《汉语视听说教程：家有儿女》的课文展示部分无字幕，但影片中设有生词表和语言点例释，基本属于"要点"字幕；《中国人的故事：中级汉语精视精读》有两种呈现方式：无字幕和英文全字幕。

本研究中字幕在语言知识和语言技能中的应用将改编于《汉语视听说教程：家有儿女》第一课和《中国人的故事：中级汉语精视精读（上）》第七课传艺，在教材所提供的DVD影片的基础上，试图对影片加入不同呈现方式的字幕。

二、语言知识教学中字幕的研究与应用

（一）词汇教学

1. 词汇习得过程

认知心理学是主要研究大脑的运作以及其如何影响行为的心理学分支，而信息加工理论是认知心理学的其中一个研究领域。信息加工理论探究人们如何获取新信息、如何创造并存储信息的心理表征、如何从记忆中提取信息、过去的学习经验如何引导并影响未来的学习（Jack Snowman, Rick McCown, 2014）。

信息加工心理学家们认为信息存在和转换在三个记忆储存中：感觉登记、短时记忆和长时记忆，这些记忆存储和相关过程被总结为信息加工模型（图2.1.1）[1]，这一模型也被称为多存储器模型。与记忆存储器相联系并作用的还有相关的加工过程，包括再认、注意、保持性复述、精致性复述（精细编码）以及提取（Jack Snowman, Rick McCown, 2014）。这一模型因与学习息息相关，因此被广泛应用在各学科以解释人们在学习这些学科时的心理认知过程，二语习得领域也有众多学者借鉴这一模型以尝试解释二语习得的过程。

图 2.1.1

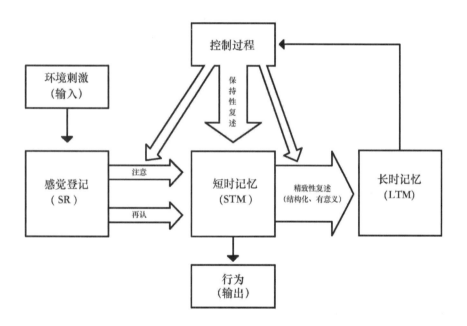

---

1 图 2.1.1 摘抄自 Jack Snowman 和 Rick McCown 编著庞维国主译的《教学中的心理学》一书的第八章《信息加工理论》中（第 340 页），此图直观显示了"信息加工模型"，又称为多存储器模型。如图所示，控制过程是对信息编码的方式和记忆存储器之间的信息流的掌控，这些加工过程包括再认、注意、保持性复述、精致性复述（也称为精细编码）和提取。每一个控制过程主要与一个特定的记忆存储器互相联系。

在二语习得领域，借鉴上述的信息加工理论，张文忠和吴旭东教授（2003）进一步构建了二语词汇习得过程的认知心理模式，模式分为五个阶段：注意单词、注意单词信息、加工并表征单词信息、单词信息的记忆储存和单词信息的提取运用。

第一阶段是学习者注意单词，即学习者的听觉或视觉受到以声音或文字为物质载体的二语词汇的刺激，进而引发加工过程。其中视觉映像对应拼写表征，听觉映像对应发音表征。

第二阶段是学习者注意单词信息，学习者会自行判断单词的重要性，进而改变对这个单词投入注意力的程度。

第三阶段是学习者加工单词信息，在此阶段，学习者会选择不同的认知策略（根据上下文猜测词义、善用词典、记笔记、注意构词法、语境编码和有意识激活新词）学习词汇，而二语词汇的呈现形式也会对学习者的学习方式产生影响。

第四阶段是学习者记忆单词信息，为了让二语词汇能够保持长时记忆，学习者将词汇信息构成词库网络，形成二语系统。两位教授指出，有丰富的上下文语境的词汇呈现方式更容易被学习者注意和记忆。

第五阶段是学习者提取单词信息，此模式认为，记住词汇并非词汇学习的终点，对词汇的不断激活和运用才是词汇习得的目的。

2. 字幕视听的好处

加入字幕的视听教材亦可作词汇教学之用。根据二语词汇习得认知心理模式的五个阶段，发现视听教材的字幕对二语词汇习得的好处如下：

首先，字幕对词汇习得的好处在于既提供了词汇的视觉映像，也提供了听觉映像，从而有助于学习者二语词汇习得认知心理阶段，即对词汇的注意。运用交互式字幕，将需要学习的生词或重要单词用不同的形式强调出来，起到了对学习者强调这些单词重要性的作用，帮助学习者对单词信息产生注意。

其次，大多数词汇教学都以纸质的方式展示，且大多以生词表的形式呈现，这种呈现方式仅为学生提供字形和字义。还有的生词会配有图片或短视频以辅助学习者进一步认识生词，而带有字幕的视听教材对生词的呈现不仅仅能为学生提供字音、字义，还能提供字形，让学生在语境中认识生词。相较于纸质教材，学习者可以置身于这个语境中进行语言学习。而将词汇放在一个具体语境中，能够加深学习者对词汇的注意和记忆，也有助于学习者对二语词汇信息的记忆。

再者，运用过程干预字幕，能够培养学习者运用认知策略的能力，也能督促学习者对单词信息进行提取。

3. 应用——以《中国人的故事》为例

交互式字幕：用不同字体颜色强调需要学习的生词或重点词汇。

例如：将字幕"现在已经成为著名的旅游景点和市民休闲娱乐的场所。"中"著名"，"景点""市民"和"场所"这些需要强调的词汇用蓝色字体突出强调，而其余字体则是以白色为主。

过程干预字幕：根据语境猜测词汇意思。

例如：将字幕"人们用两片竹板做成乐器，打出节奏，来讲述故事，表达感情。"中"节奏"一词以蓝色字体突出强调，另外在同一画面中心位置用过程干预字幕的方式提出问题：请猜测"节奏"的意思。

（二）语法教学

1. 语法教学注意问题

在认知心理学的信息加工理论下，心理学家佩维奥（Allan Paivio）提出双重编码理论（dual coding theory）。双重编码理论认为，具体的材料（学习者所熟悉的物品的图片或视频等）或词汇（现实生活中具体的事物）比抽象词汇（抽象名词等）更容易记忆，因为前者通过表象或言语进行编码，而后者只能通过言语进行编码（Jack Snowman, Rick McCown, 2014）。其中，表象是非语言系统的基本单元，而言语或语言符号是言语系统的基本单元，佩维奥认为这两个系统同时编码（即双重编码）可以使信息的提取变得更容易，相较于单一形式的编码，双重编码能提供更多的提取线索。

在视听教材中，若影片为学习者提供了表象编码的支持，那么字幕就承担了提供言语编码的功能。影片和字幕的相互配合能够让学习者达到更理想的学习效果，因为语法知识往往抽象难懂，内容也比较枯燥乏味且难以记忆，因此将语法知识可视化能够帮助学习者对语法知识的理解和记忆，降低了学习者在言语编码时的认知负荷。

2. 字幕视听的好处

字幕视听教材不仅提供了图像、声音、文字，而且为学习者提供了一个易于感知的较为真实的语境，有利于学习者习得语法知识。

运用交互式字幕的呈现方式强调语法部分能吸引学习者对这一部分的注意力，起到引导作用；结合影片片段，运用"要点"字幕的方式单独呈现语法讲解部分，如《汉语视听说教程：家有儿女》中语言点单独呈现。

3. 应用——以《家有儿女》为例

交互式字幕：用不同字体颜色强调语法部分。

例如：将字幕"不就是接个闺女嘛，至于这么正式吗？"中"不就是……嘛，至于……吗？"这些需要强调的语法部分用蓝色字体突出强调，而其余字体则是以白色为主。

"要点"字幕：单独呈现和讲解语言点（以下示例是教材已有呈现方式）。

例如：教材中将夏东海对刘梅说"不就是接个闺女嘛，至于这么正式吗？"这一画面单独呈现，并重复两遍。紧接着在影片中穿插"不就是……嘛，至于……吗？"这一语言点的两个例句"不就是一只蜘蛛嘛，至于这么怕吗？"和"不就是一次考试嘛，至于这么紧张吗？。

（三）语音教学

1. 字幕视听在语音教学中的作用

语言语音关系到学习者口语交际时对说话的理解和表现，而语音教学起到了帮助学习者在口语交际时"说得出、说得对、听得懂"的作用。中国国家汉语国际推广领导小组办公室编写的《国际汉语教学通用大纲》中指出不同水平学习者对于语音学习的不同目标，总体而言，语音教学目标针对以下几个部分：读音、发音、声调、语音含义、变调规则、语音语调、拼音、语流音变、重音、节奏、韵律和口音。目标级别越高，越注重话语含义的理解以及话语的流畅性和自然性，越接近母语者的水平要求。

视听教材，特别是影视类视听教材的真实性高，影片中的对话接近于日常生活的对话，能够帮助学习者在某些语境中理解不同的话语含义和特点。且影片中可能出现不同地区的口音，有利于学习者了解更多的语音规则和口音特点。

视听材料运用全字幕或过程干预字幕的字幕呈现方式，每句话或每段话结束后以手动暂停或影片自动暂定的方式，让学习者对视听材料进行配音练习，是练习语音的方式之一。

2. 应用——以《家有儿女》为例

全字幕／过程干预字幕：配音练习。

例如：在影片播放到夏雨和刘梅对话的某一片段时，即夏雨说"妈，我的手被虫子给咬了。"而刘梅回复"哟，怎么回事呀？"时，影片可以手动暂停或自动暂停，学习者则跟随全字幕进行配音练习。

（四）文化教学

1. 文化认知形式与文化教学

文化与语言密不可分，语言教学界也越来越重视文化教学在语言教学中的重要性。

在跨文化诠释学的跨文化认知三角理论的基础上，王志强教授（2008）提出跨文化认知新视角，总结了跨文化接受的三种形式：跨文化感知、跨文化体验和跨文化理解。跨文化感知是跨文化接受的第一阶段，这一阶段开始关注可视、可感和有形的文化现象；作为第二阶段的跨文化体验则是在第一阶段的基础上发现文化背景和深层次文化因素（文化观念、文化价值等）；第三阶段跨文化理解是认可他我文化，认同不同文化间的平等性。

跨文化认知三角理论与认知心理学的信息加工理论有异曲同工之处。信息加工理论中的再认或注意与跨文化感知相对应，将文化现象以具体的视频或字幕的方式呈现出来，更加具体，相较于传统的纸质说明，视频的方式更有趣味性，也更能加强学习者的注意。信息加工理论中的复述与跨文化体验、跨文化理解相对应。学习者的短时记忆存储的局限在于若存储信息不能进一步加工，就很快被遗忘。跨文化体验与理解都是在对文化感知的基础上，对文化现象进一步加工，以形成长时记忆。信息加工理论的最后一阶段是提取，在跨文化认知三角理论中没有说明，但笔者认为在认识并了解了文化现象后，若能在日常交际中作为谈资或在作业中加以运用，更能促进学习者对汉语文化现象的理解。

视听教材在文化认知中加强了学习者的跨文化感知，那么字幕就在文化认知中可以起到加强跨文化体验和跨文化理解的作用。

2. 字幕视听的好处

相比于普通的纸质文化材料，视听材料能够更直观地展现文化行为，学习者也能从视听材料的话语或字幕中了解较为真实的中国说话及对话文化，可视、可感且有形的文化行为展示能够帮助学习者进行跨文化感知。

视听教材设计者可以利用过程干预字幕，指出或以提问的方式指引学习者思考中西文化的共性与差异，让学习者思考文化差异的特点和原因，以克服"文化不对称性"（diekulturelle asymmetrie）所带来的文化偏见（vorurteil）、文化定势（stereotypen），以促进文化认识和理解，从而推进学习者的跨文化体验和跨文化理解。

此外，文化知识的拓展有助于提高听力理解和阅读理解能力，语料越具有真实性就是越有效的文化知识拓展。

3. 应用——以《家有儿女》为例

过程干预字幕：对文化点提问。

例如：在夏东海和刘梅的某一对话片段中，夏东海对刘梅说"敢不敢？目前中国孩子最多的妈妈？"在原有字幕的基础上，再在同一画面中心位置用过程干预字幕的方式提出问题：为什么夏东海说刘梅是"目前中国孩子最多的妈妈"？

三、语言技能教学中字幕的研究与应用

（一）听力教学

1. 听力理解过程

美国著名认知心理学家 Anderson（1995）提出听力理解中认知心理过程理论，他将听力理解过程划分为三个阶段：信息感知阶段（perception）、信息解析阶段（parsing）和信息运用阶段（utilization）。

在 Anderson 的聆听认知心理过程理论的基础上，Goh（2000）进一步实证研究并总结了发生在二语学习者的聆听认知心理过程中的十大问题。可能发生信息感知阶段的问题有：二语学习者不记得所听单词的意思、思考前面所听部分的意思而忽略了后面的聆听、无法对所听内容进行语流切分、漏听听力文本的部分内容、注意力太过集中或集中不了而导致聆听失败；可能发生在信息解析阶段的问题有：二语学习者过快忘记所听到的内容、无法对所听内容进行大脑呈像，即虽然单词都认识，但无法理解这些单词串联在一起的那句话的意思、不理解前面的内容导致遗漏的后面内容；可能发生在信息运用阶段的问题有：二语学习者不懂所听内容的隐含意、对所听信息无法进行意义建构。

字幕对于聆听教材的作用在于为学习者提供了提示作用。因为听说教材中的聆听材料通常源于日常生活，可能直接选材于采访节目中，在对超纲内容和不清晰等的部分剪辑后作为教材使用，而这些聆听内容中的超纲词或带有口音的词汇等可以以字幕的方式呈现，从而减轻了学习者的认知负荷，为学习者的聆听认知心理过程提供支撑。

2. 字幕视听的好处

在视听教材中利用字幕可以解决部分二语学习者在听力理解过程中的问题。

首先，二语学习者在聆听过程中经常遇到无法将所听内容或信息进行大脑呈像的问题，而影片视听材料是在有音频的基础上，补充了画面信息，这样能够在一定程度上辅助他们对所听内容信息进行大脑呈像。若适当地加上字幕文字，对影片材料中超纲词汇、方言词汇等二语学习者难以辨别的语音信息或语片信息加以注释，能够帮助他们对聆听内容进行信息感知。

其次，二语学习者可能因聆听时间有限或注意力失调的问题而无法进行听力理解。采用关键词字幕，甚至是对于初学者而言采用全字幕的形式，可以降低二语学习者在聆听过程中的认知负荷，辅助他们理解聆听内容。

再者，二语学习者在聆听过程中若能将所听内容进行意义的建构，将所听内容与已有知识联系起来，就能有效正确地理解聆听内容。不同水平的二语学习者应该采用不同的字幕呈现形式，针对高级汉语学习者，以无字幕的方式播放影视材料，最后在检查答案时可以播放有字幕的影视材料，能加深学生对影片听力内容的理解和记忆，帮助二语学习者对所听内容进行意义建构。

3. 应用——以《家有儿女》为例

交互式字幕：去掉部分字词或句子，以留出空格或添加下划线等形式，供学习者填空使用，以检验学生听的结果。

例如：将夏东海对刘梅说的话"这俩孩子就好得跟亲兄弟似的。"中的"兄弟"一词作挖空处理，以下划线的形式呈现在影片画面上，如"这俩孩子就好得跟 _____ 似的"。

"要点"字幕：注释超纲词汇和方言词汇，部分字词附上拼音，但要注意在不影响学习者注意力的情况下，避免学习者形成在听力过程中"阅读"代替"听力"的不良习惯。

例如：将夏东海和刘梅对话中"捯饬"一词以"要点"字幕的方式进行标注，标注在影片画面显眼处，如"捯饬：打扮"。

过程干预字幕：将听力练习题展示在屏幕上，例如：

a. 训练学习者的语用能力：根据视频，将下面的句子和说话人的语气匹配。

例如：在影片画面显眼处加上过程干预字幕，如：刘梅说话的语气是？A. 开心 B. 责备 C. 无所谓 D. 伤心

b. 训练学习者对语音的辨别分析：字幕挖空填词练习。

例如：将夏东海对刘梅说的话"这俩孩子就好得跟亲兄弟似的。"中的"兄弟"一词作挖空处理，以下划线的形式呈现在影片画面上，如"这俩孩子就好得跟 _____ 似的"。

（二）口语教学

1. 口语技能训练注意问题

张晓丽教授（2015）定性、定量地研究了美国两所大学的大学生对于汉语口语交际的难点，并总结得出，这些大学生的口语交际困难主要有四点：词汇缺乏、对表达方式的不确定、语言使用的准确性、对母语者语速的适应。

2. 字幕视听的好处

视听教材中的语料接近于日常生活，学习者可以通过影片学习真实的对话方式及表达方式。视听教材中可以截取某片段，以过程干预字幕的方式，将口语练习展示在屏幕上，如复述影片内容练习。采用全字幕的呈现方式，学习者可以进行视译练习，培养学习者语言表达方式能力。

3. 应用

过程干预字幕：影片以无字幕的方式呈现，要求学习者用汉语复述影片内容，可以根据学习者能力高低而提供汉语提示词。

全字幕：视译练习，字幕文字为汉语，要求学习者将汉语字幕翻译为英语或母语，可以根据学习者能力高低而提供提示词。

（三）阅读教学

视听教材也可用作阅读教学用途，但是，这里的"视听"的含义与一般的视听教材不同。阅读视听教材（也称精视精读教材），如《中国人的故事：中级汉语精视精读》，是在培养学习者阅读能力的同时，配以有声音的影片，以辅助学习者的阅读学习。因此，阅读视听教材是以培养阅读能力为主，聆听能力为次的教材。

1. 阅读理解过程

阅读是语言输入必不可缺的过程，而阅读过程时有多种心理因素参与的。根据认知心理学的信息加工理论，黄葵（1998）提出阅读心理过程。这一过程由阅读的认知过程和调控过程组成，而阅读认知过程是由对所读信息的输入、检测、存贮、加工、输出和反馈的六个信息加工过程组成的，且过程中要调动读者的阅读感知、注意、记忆、思维等各种心理因素。

在阅读时，只有注意力高度集中在阅读材料时，材料的文字信息才能进入大脑，从而进一步进行信息加工。识记、保持、再认是阅读记忆的基本过程，这个过程起到了支持读者对阅读材料信息的接收、编码、存贮和提取的作用。阅读思维贯穿阅读过程中，具有间接性、概括性、问题性、与语言不可分性和思维方式多样性的特点。间接性是读者需调动已用知识经验去认识阅读材料中没有被感知过或不能感知到的事物，并预见这些事物的发展趋势，阅读思维间接性体现的常见技巧是举一反三。概括性是在阅读时总结归纳某些事物的共同特点，认识它们的本质特点和内在联系。问题性即在阅读过程中不断发现新问题，并分析解决之。

阅读调控过程分为期望调控和执行调控。期望调控是非认知心理因素：阅读动机、兴趣、意志等非智力因素。若二语学习者在阅读时能够将认知过程和调控过程密切配合，就能有良好的阅读效果，实现阅读目标。

2. 字幕视听的好处

带有字幕的视听影片是集画面、声音、文字于一体的阅读材料。相比于普通的纸质阅读材料，这种阅读材料往往更能调动学习者的注意力，由于视听影片具有剧情性和真实性，因此也能帮助学习者实行期望调控，增加学习者对阅读材料的阅读动机、兴趣以及增强阅读意志，从而降低学习者的认知负荷。但是，词类阅读材料需注意字幕的呈现方式，没有字幕的影片（影片和阅读材料分离）就变成了练习听力理解的听力材料，且学习者在一边看视频一边看阅读材料时，就会分散学习者的注意力；而有字幕的影片，若字幕处理不当，学习者就可能陷入一种"看视频"的状态。

此外，影视字幕还能帮助学习者培养良好的阅读习惯。影响阅读理解水平的因素有两个：理解和速度（Alderson & Urquhart，1983），在考试或日常阅读中，许多学习者因为阅读速度慢而导致阅读体验低、阅读理解不到位，字幕视听阅读材料有时间限制，抑止了读者回读、慢读等的不良阅读习惯。

而且，在影片的情境中，学习者能更好地进行词汇附带习得，同时也能学习语法知识和文化知识。视听教材可以根据影片内容添加学习者的写作练习，影片能为学习者提供写作背景信息辅助，补充学习者对于这方面背景的已有知识，也能提升学习者对于写作练习的兴趣与动机。

3. 应用——以《中国人的故事》为例

《中国人的故事》教材中的影片由纪录片改编，因而影片中常有采访的片段，以第七课《传艺》为例，采访片段有少许杂音，且话音与纸质阅读材料中的文字不对等，因此学习者在观看影片时，会有听不清、听不懂的问题，在学习这篇课文时，也能发现课文与影片内容的不一致。因此，为影片加上字幕是必不可缺的一环，但《中国人的故事》中所有影片皆是以无字幕的方式呈现的。这样的安排让文字与影片分离，学习者在看影片时不太可能同时看纸质教材中的文字，从而导致看影片是就像在做聆听练习一样，违背教材开发的"阅读训练"的原意。

全字幕：在影片播放的同时展示阅读材料。

交互式字幕：用不同字体颜色强调需要学习的生词或重点词汇。

例如：将字幕"现在已经成为著名的旅游景点和市民休闲娱乐的场所。"中"著名"，"景点""市民"和"场所"这些需要强调的词汇用蓝色字体突出强调，而其余字体则是以白色为主。

第四章 讨论与建议

一、字幕在视听教材应用中的困难点

字幕视听教材的制作需要考虑多种因素，在影片的选择方面，需要考虑影片的长度、内容、难度、口音等，进而对影片进行裁剪、编辑等需要电脑技术的操作，同时，字幕的制作也需要教材制作者有一定的电脑操作能力和软件操作技术。相较于纸质教材，经过同样的语料筛选后，视听教材还需要进行影片的裁剪、字幕的编辑等操作，需要花费较多的时间和精力。

字幕呈现方式的选择需要慎重，若呈现不当，可能出现字幕分散学习者注意力、学习者过分依赖字幕等的问题，对学习者产生视觉干扰。

二、字幕在视听教材应用中的建议

（一）"视听+"模式

如今市面上大多数的听说教材都是训练聆听和口语能力的，本论文试图从认知心理学的角度论证字幕视听教材可以应用在语言知识和语言技能中。因此，未来的视听教材可以开启其他的"视听+"模式，即将视听与阅读、视听与词汇教学等结合的模式。

"视听+"模式视听教材是本文提出的一个新设想。"视听说"教材主要训练学习者的聆听和口语能力，与"视听说"教材不同，"视听+"模式视听教材可以选择侧重训练学习者的其中一种语言知识或语言技能。其中，"视听+"代表的是影片中的画面和音频，而不是看和听的能力。而这种模式的教材主要是"视听说"（侧重训练聆听能力和口语能力）和"视听读"（侧重训练阅读能力），因为这两种教材都可以带上词汇、语法、语音和文化的训练。但"视听+"也有"视听词汇"、"视听语法"、"视听语音"和"视听文化"四种模式，这四种模式并不是训练学习者的汉语综合能力的，而是集中训练四种语言知识。

配合不同呈现方式的字幕，可以设计出不同模式的"视听＋"字幕视听教材。本文总结了前人所提出的不同字幕呈现方式：全字幕、关键词字幕、动态字幕、交互式字幕、"要点"字幕和过程干预字幕。在"视听＋"教材中最常应用的是全字幕、交互式字幕、"要点"字幕和过程干预字幕：第一，全字幕主要应用在"视听读"、"视听说"、"视听语音"上，呈现出与影片原音相同的汉语字幕，用于训练学习者的快速阅读、配音、复述、视译等能力。第二，交互式字幕主要应用在"视听词汇"、"视听语法"、"视听说"、"视听读"上，通过强调突出某些重要的视频原音文字，或在全字幕的基础上去掉某些原音文字以作为练习的方式，有利于学习者的词汇习得、语法习得，也有助于学习者提高聆听和阅读能力。第三，"要点"字幕主要应用在"视听语法"和"视听说"上，将要讲解的知识点或要解释的文字展示在影片屏幕里，为学习者解释语法点，在聆听练习中降低学习者的认知负荷。第四，过程干预字幕主要应用在"视听词汇"、"视听语音"、"视听文化"、"视听说"上，通过在影片屏幕上展示练习题、思考题或非人为暂停影片的方式，促进学习者对影片中学习内容的思考。

总的来说，"视听＋"视听教材重视教材与学习者之间的互动，例如，交互式字幕、过程干预字幕等字幕呈现方式都是为了与学习者互动。"视听＋"视听教材不仅为学习者提供了学习的语境、情境，也为学习者提供了督促与互动作用，生动有趣，有助于学习者的汉语学习。

（二）"视听＋"的自学与教学

字幕视听教材不仅适用于课堂教学中，也适用于汉语自学。学习者可以根据自身学习需求选择不同的字幕呈现方式，也可以利用碎片时间观看字幕视听教材影片，字幕视听影片的趣味性区别于传统课堂学习，让学习者更乐于学习。

若用作教学教材，由于课堂时间有限，教师可以主要采取"视听说"和"视听读"的模式，而"视听词汇、语法、语音、文化"等其他模式可以作为学生课后自学的部分，"视听说"和"视听读"教材上可以配有相应的视频，以二维码等方式扫码即可看，方便学生学习。

若用作自学教材，同一套"视听＋"教材（即同一套视频）的用法自由，只需选取自己所需要提升的方式使用即可。

（三）技术建议

字幕视听对相关视频制作软件技术要求高，若能够开发一种软件，输入了内容文本后可以自行选择字幕的语言类型、呈现方式，这样的软件可以节省教师的准备时间，且灵活度高，可以尝试不同的影片作为教学视频。

第五章 总结

本文从新的角度，即认知心理学的认知加工理论视角下，探讨字幕在视听教材中运用的可行性。总的来说，不同的字幕呈现方式在二语习得的信息加工过程中起到了不同的作用，其中强调性的字幕（如关键词字幕等）加强了注意和再认过程，而互动性字幕（如交互式字幕等）则加强了复述过程。此外，本文总结了现有文献中的字幕呈现方式，并提出这些不同的字幕呈现方式在视听教材中的具体应用方法，为视听教材未来的编写提供了实际参考意义。

除此之外，以下问题仍值得进一步研究：

首先，本文以理论叙述的方式对字幕在外汉语视听教材的研究与应用展开论述，没有进一步深入开展实证研究。第一，未来的实证研究可以就字幕的不同呈现方式是否能影响学生在汉语知识或汉语技能的学习效果或成绩、影响的程度几何等问题而展开，例如，从认知心理学角度深入研究不同的字幕呈现方式（如全字幕和交互式字幕）是否能够降低学习者的阅读认知负荷。第二，对字幕在视听教材中的研究也可以从其他角度开展，例如，可以对学习者的字幕视听教材视频观看过程进行眼动实验，研究字幕长短、字幕呈现方式、字幕呈现时间等因素对学习者注意的影响。第三，未来的研究还能探究字幕的负面作用，研究字幕的长短、不同呈现方式、呈现时间等的因素是否会对学习者造成视觉干扰，因而影响学习者的学习效果。

其次，未来的研究者可以编写一套基于本文的"视听＋"概念的课程教材或自学教材，并用这些教材开展实验研究，对这些教材的受众和使用满意度作进一步的市场调查研究，也可以就这些教材作进一步的教学设计和教学方法研究。

再者，本文主要探讨字幕视听教材对中高级学习者汉语习得的影响，未来的研究可以进一步探讨字幕视听教材对初级学习者汉语习得的影响，也可以研究字幕对于不同语言水平的学习者的侧重点是否不同，用的字幕呈现方式是否有差别等。

参考文献

白梦真（2018）：《对外汉语视听说练习设计研究》，安阳，安阳师范学院硕士论文（未出版）。

陈晓桦（2000）：电视短节目作视听说教材的初步研究，《綏化師專學報》，2，56-58。

戴劲（2005）：影视字幕与外语教学，《外语电化教学》，3，18-22。

戴劲（2007）：输入方式，输入次数与语篇理解，《外语教学与研究》，4，285-293+321。

黄葵（1998）：论阅读心理过程及各种心理因素，《图书与情报》，1，48-50。

荆米莲（2012）：《两套汉语视听说教材的话题研究》，广州，暨南大学硕士论文（未出版）。

李然和戴卫平（2015）：《语言与认知·语用实验研究》，广州，世界图书出版广东有限公司。

林晓咪（2017）：《中高级汉语视听说教材的话题内容与联系设计分析》，北京，北京外国语大学硕士论文（未出版）。

刘睿，张德禄（2016）：英语专业视听课不同模式字幕教学效果研究，《北京科技大学学报（社会科学版）》，32（5），23-28。

刘晓英（2018）：《对外汉语视听说教材〈家有儿女〉语法项目编排研究》，安阳，安阳师范学院硕士论文（未出版）。

邵婉（2018）：《汉语视听说教材话题选编与教学研究》，苏州，苏州大学硕士论文（未出版）。

盛建元（1998）：外语视听说教学的理论及优势，《外语电化教学》，2，19-21。

汪徽（2010）：二语习得中字幕视听输入方式的作用研究，《现代教育技术》，7，88-90。

王志军，孙雨薇和封晨（2018）：新型交互式字母在视频类学习资源中的应用研究，《开放学习研究》，6，25-30+50。

王志强（2008）：跨文化诠释学视角下的跨文化接受：文化认知形式和认知假设，《德国研究》，1，47-54+79-80。

新华网（2020）：《中国以外累计学习中文人数达 2 亿 "中文联盟" 等国际中文在线教育平台发布》，检自 http://www.bj.xinhuanet.com/2020-09/06/c_1126457643.htm，检索日期：2021.4.29

叶小军（2014）：英语影视教学的几点体会，《科教文汇（上旬刊）》，6，130-132。

张博（2017）：外语影视教学中篇章强化字幕教学法研究，《洛阳师范学院学报》，36（4），67-69。

张璐（2015）：汉语视听说教材练习编写考察及练习设计改进研究，《云南师范大学学报（对外汉语教学与研究版）》，13（4），28-41。

张璐，槐珊（2017）：汉语视听说教材教学话题与话题兴趣的调查分析，《语言教学与研究》，2，17-27。

张璐，彭艳丽（2013）：基于影视作品改编的中高级汉语视听说教材语料难度分析，《世界汉语教学》，27（2），254-267。

张文忠，吴旭东（2003）：课堂环境下二语词汇能力发展的认知心理模式，《现代外语》，4，373-384。

张晓丽（2015）：美国大学生汉语口语交际难点与应对策略研究，《世界汉语教学》，2，250-264。

张雪梅（2012）：动态关键词字幕对二语习得效果影响的研究，《河北工业大学学报（社会科学版）》，4（4），88-92。

Alderson, J. and Urquhart (1983). *Reading in foreign language*. London: Longman.

Goh, C. C. (2000). A cognitive perspective on language learners' listening comprehension problems. *System (Linköping), 28*(1), 55-75.

Anderson, J. R. (1995). *Cognitive psychology and its implications*. New York: W.H. Freeman.

Jack Snowman, Rick McCown 著，庞维国主译（2014）：《教学中的心理学》，上海，华东师范大学出版社。

禧在明漢語教材《華英文義津逮》的文本特徵：「故事教學」和跨文化意識的培養

The Text Features of Walter Hillier's The Chinese Language and How to Learn It: Storytelling Method and Cultivation of Cross-cultural Consciousness

熊野　澳門科技大學

XIONG, Ye　Macau University of Science and Technology

摘要 Abstract

講故事是最古老的人類交流形式之一，常常被用於娛樂、教育和文化傳遞等場域。此外，講故事還被認為是語言教學中一種行之有效的教學手段，而不局限於學習者的年齡和背景。英國外交官、倫敦國王學院漢文教授禧在明（Sir Walter Caine Hillier，1849-1927）編寫的兩卷本漢語教材《華英文義津逮》，含《聊齋誌異》13 則故事及 2 則西方童話作為漢語學習材料，是一個故事教學的典型文本案例。本研究基於其漢語言學習觀念及故事編譯目的，運用文本分析法對禧在明故事編譯特點進行語言、文化兩層面的分析，並探討其故事教學與跨文化意識培養之關係，推知禧在明在故事文本中搭建的中西文化互動橋樑，使得學習者在語言學習和詞彙累積中，獲得跨文化意識的培養，從語言和文化兩方面推進了漢語的學習。

關鍵詞：禧在明　漢語教材　故事　聊齋　跨文化

Storytelling is one of the oldest forms of human communication which is often used for entertainment, education and cultural transmission. In addition, storytelling is considered to be an effective teaching tool in language teaching, regardless of the age and background of the learner. Sir Walter Caine Hillier (1849-1927), a British diplomat and professor of Chinese at King's College London, edited a two-volume Chinese textbook, *The Chinese Language and How to Learn It*, which contains 13 stories from *Liao Chai* and 2 western fairy tales as Chinese learning materials. This is a typical textual example of Storytelling. In this study, the author uses text analysis method to analyze the characteristics of compiling stories from both linguistic and literary aspects based on his Chinese learning concept and the purpose of compiling stories, and discusses the relationship between story teaching and cross-cultural awareness cultivation. Finally, the conclusion is drawn that Walter has built a bridge between Chinese and Western cultures in the story text, which is convenient for learners to acquire cross-cultural awareness in language learning and vocabulary accumulation.

Keywords: Walter, Chinese textbooks, the story, Liao Chai, cross-cultural

　　講故事是最古老的人類交流形式之一，常常被用於娛樂、教育和文化傳遞等場域。此外，講故事還被認為是語言教學中一種行之有效的教學手段，而不局限於學習者的年齡和背景。（Claudio Rezende Lucarevschi，2016）英國外交官、倫敦國王學院漢文教授禧在明（Sir Walter Caine Hillier，1849-1927）編寫的兩卷本漢語教材《華英文義津逮》即為一個故事教學的典型文本案例。《華英文義津逮》兩卷本為學習者呈現了中英文版 13 則《聊齋誌異》故事及 2 則西方童話。本文研究參考《華英文義津逮》第一卷 1907 年、1913 年版，第二卷 1909 年、1914 年版，基於其漢語言學習觀及故事編譯目的，運用文本分析法對禧在明故事編譯特點進行語言、文化兩層面的論述，並探討其故事教學與跨文化意識培養之關係，推知禧在明在故事文本中搭建的中西文化互動橋樑，使得學習者在語言學習和詞彙累積中，獲得跨文化意識的培養，較大程度上推進了北方漢語學習。

一、禧在明《華英文義津逮》及其漢語學習觀念

1.《華英文義津逮》

　　禧在明編著漢語教材《華英文義津逮》（The Chinese Language and How to Learn it：A Manual For Beginners）是基於其英國外交部的中國學生譯員計劃（Student Interpreter Programme of China）自身學習經驗（1867 年被英國領事館錄用為翻譯學員）和參與其師威妥瑪（Thomas Francis Wade, 1818-1895）《語言自邇集》等漢文工作及在華生活經驗，並出於其實際教學需求，正如他在第一卷本序言中所言，能以該教材幫助希望學習漢語但又對厚重漢語教材望而卻步的學習者。1904 至 1908 年，禧在明擔任英國倫敦大學國王學院漢文教授，負責漢文課程的講授。該教材的目標對象為初級漢語學習者，是在英國學習漢語後有計劃來華繼續學習和工作生活的相關人士，包括英國外交官、軍官及與華商貿人士等。

　　《華英文義津逮》第一卷本於 1907 年在倫敦 Kegan Paul，Trench，Trübner & Co. Ltd. 出版，教材內容包括七章節：前兩部分從學習者視角介紹漢語書面語及口語的特徵，建議學習者先難後易，先學習書面語再學習口語；第三部分以威妥瑪拼音系統為基礎羅列漢語語音表；第四部分是漢語字、詞、句的中英釋義練習；第五部分介紹漢字 214 部首；第六部分羅列 1000 個漢字及釋義；最後是按部首排列的字符索引。1908-1910 年禧在明來華擔任中國清政府顧問，並於 1909 年在上海 Kelly & Walsh，Limited.（別發洋行）出版教材第二卷本。第二卷教材內容包括兩部分：第一部分彙集 12 則《聊齋志異》英譯故事，包括《趙城虎》、

《瞳人語》、《種梨》、《嶗山道士》、《鳥語》、《菱角》、《細柳》、《促織》、《王成》、《鴝鵒》、《向杲》、《罵鴨》等；第二部分是分篇章對故事中出現的中文字、詞、短語進行羅列、解釋，並介紹漢語語法及漢語學習方法。

兩卷本教材分別於 1910 年和 1914 年修訂改版，在第一卷第二版中，除了將漢字表中最後 180 個字刪除並用其他漢字替代外，還在第四部分字、詞、句釋義練習後增加了第五部分 Chinese Text of Exercise，三則故事（《報恩狗》、《善惡報應傳》、《神豆傳》），包括英譯文本、漢語口語文本及字詞解釋。在第二版第二卷中禧在明為 12 則英譯文本加上了漢語口語文本。兩卷教材雖後經歷數十次印刷出版，然而其實質性修訂僅上述一次。

本文主要參考版本為第一卷 1907 年首版和 1913 年第三版，第二卷 1909 年首版和 1914 年第二版。

2. 禧在明的漢語學習觀念

「觀念」這一概念較早為語言學領域關注。Hosenfeld 提出「小理論」（mini-theory）即學習者內心存有一個關於如何才能學好第二語言的理論。（Hosenfeld，1978）Horwitz 提出「belief」表示學習者語言學習觀念，並對學習觀念下定義，認為學習者在學習第二語言過程中通過自身經驗或他人影響所形成的關於如何才能學好第二語言的看法。（Horwitz，1987）漢語學習觀念，即學習者對如何學好漢語的看法，具體包括漢語語言知識和技能，以及漢語交際能力的掌握。禧在明的漢語學習觀念形成於其作為中文學習者的學習階段，並隨其認知發展、學習進程、生活工作閱歷中的語言累積不斷調整和更新。從兩卷本《華英文義津逮》的編寫中可以窺見其漢語學習觀念：

禧在明強調聲調在漢語口語的重要性，認為聲調不準確除了會導致誤解外，還會影響口語中顯著而令人愉悅的韻律節奏。他強調掌握字詞對於學習漢語的最大效益，認為只要掌握 2,000 個字詞並知道如何使用，任何人都能說一口流利漢語。他不建議初學者過多思考語法問題，因為漢語言常常表現為一種語法缺失。同時，禧在明認為把大部分學習時間花在書寫漢字上不可取，因為只有少部分外國學習者在通過考試後還繼續寫漢字；100 個外國學習者中並無一人能夠獨立寫好一封中文信件，更別說漢字形體規範優雅；讓學習口語的學習者會寫幾百個漢字，其遺忘速度大大超過其習得速度，故漢字的學習停留在識記層面已經足夠。

基於學習者和教授者的經驗，禧在明認為學習漢語需要積累字詞，組詞成句，忘記英文的語法規則，盡可能像中國人一樣說話。在教材選擇方面，強調根據學習者自身學習進度循序漸進，一旦能夠相對容易閱讀，就可放棄外文教科書而學習中文白話小說或對話。在口語學習中強調中文母語教師的作用，如提供正確語音範式，包括發音、節奏、語調、雅致風格，日常教讀，語音糾錯等。鼓勵學習者多與教師交流，通過母語教師這一渠道從讀和譯兩方面學習中國普通小說故事。在寫作能力方面，使用學過的字詞來編寫簡短連貫的故事，並交給有權威的人修改，對自己的作文進行修訂比學習現成句子更有價值。充分利用目的語環境，建議學習者常到集市、廟會或觀光勝地聽專業人講故事，學習其豐富說話手勢及感受其體態語所呈現出的整體談話風格。重視被外國人忽視的交際文化，遵循禮貌原則，了解中國人的交際禮節是成功對話交際的關鍵。

通過上述對禧在明漢語學習觀念的闡述，不難發現小說故事在其漢語言教與學中的重要地位。小說故事是更高階段的學習材料，幫助學習者從口語逐步過渡到書面語；是鍛煉閱讀和轉述能力的有效工具；是詞彙學習與整合的最佳途徑；是語用交際文化的生動體現。

二、禧在明教材中的故事

禧在明為何在其漢語教材中編譯小說故事？筆者依據上述論述歸納其緣由在於：一為整合詞彙，提供故事篇章，為詞這一能夠獨立運用的最小語言單位提供其成句、成段的構造範式，幫助學習者熟練掌握語言的建築材料；二在提供語篇藍本，為訓練學習者中英語言轉譯能力；三在提供生動口語化文本，讓學習者了解北方口語形式風格與交際規約。基於其語言教學目的，禧在明教材中的故事文本在編譯上呈現出哪些特點？

1. 語言層面：中國傳統說書套話的使用

禧在明《華英文義津逮》教材中編譯的故事文本，包括 13 則《聊齋誌異》故事和 2 則西方童話（英國童話《傑克與豆莖》、法國貝洛童話《仙女》）。禧在明以前的《聊齋誌異》譯本故事多是在忠實於原著語言內容的基礎上進行編譯，禧在明的故事文本創造性借鑒中國傳統說書藝術，大量採用說書套話，將原文文言書面文本白話化和口語化，利用說書套話，將故事教學場域演變為講故事的擬書場場域。

說書藝術源起於唐宋時期，民眾雲集瓦舍勾欄，聽說書人談論古今、演義歷史、閒談奇聞異事。說書情境中專業說書人反覆使用，歷代沿用的詞組或短語程式化，穩定地成為一種言說風格。套話，是描寫日常生活中所有那些固定搭配和語法結構的重複性短語。（胡壯麟，劉世生，2004，頁 135-136）說書套話，顧名思義，可理解為說書場域中常用穩定套語。陳琳將說書套話分為了「有韻」、「無韻」兩類，前者指說書人常用的詩詞韻文，後者指說書人常用非韻文表述形式。（陳琳，2015，頁 26）本文研究以「無韻」類型說書套話為主。關於說書套語的功能，陳琳認為說書套語在於幫助作者建構書場語境並與讀者溝通交流。（陳琳，2015，頁 33）基於此，禧在明將這一說書情境搬進了語言教材和教學場域中，其設計目的在於建構「講故事」「聽故事」的擬書場語境，拉近學習者與教材，教師與學習者，教師與教材的距離。筆者統計其中文文本說書套話語句如下表：

表 1. 說書套話呈現及其話例

說書套話功能	套話話例（案例數量）	呈現篇目
稱呼	列位 3	《趙城虎》《鳥語》《促織》
	看官 8	《趙城虎》《種梨》《鳥語》《細柳》《促織》《罵鴨》《善惡報應傳》
引導式言語	請（您）想 5	《趙城虎》《鳥語》《促織》《罵鴨》《善惡報應傳》
	您猜 3	《趙城虎》《細柳》《善惡報應傳》
	您看 1	《趙城虎》
	您瞧 2	《細柳》《向杲》
	您說 1	《促織》
	（您）若問 4	《種梨》《善惡報應傳》《神豆傳》《報恩狗》
	請問 1	《向杲》
轉場套話	且說 2	《菱角》《善惡報應傳》
	原來 2	《神豆傳》《義犬》
	往下不用細說 2	《善惡報應傳》《神豆傳》
	請看下回 1	《神豆傳》
說書人介入	我忘了 / 不記得 3	《瞳人語》《細柳》《神豆傳》
	我不知道 2	《嶗山道士》《鳥語》
	現在我再說 1	《神豆傳》

表 1. 中的「說書套話功能」是依據其具體話例歸納出的言語在「講故事」中起到的實際溝通意義。以上列表中的 41 則話例是研究者整理的總計 28 條文本中部分樣本的分類概述。其收錄標準遵照：「幫助作者建構書場語境並與讀者溝通交流」的實際言語功用。

從上表可以看出禧在明採用說書套話，就語言教學而言，其目的有四：一是呼喚學習者以引發思考，加強學習者與教材／教師的互動聯繫，如「列位」「看官」等稱呼套話，將學習者抽離出故事本身，而以一種局外人的身份來進行故事文本審視；二是巧用反問，表達講述者或教師見解，引導學習者對故事進行有效解讀，如《趙城虎》一文中「請想，這樣兒人苦的可憐不可憐」，以反問形式對仗著兒子打柴謀生的老婆子進行了批判；三是設置懸念，延續閱讀興趣，如《罵鴨》一文中不直說偷鴨的老王將自己的過錯轉說至別人身上的原因，而是「故弄玄虛」，「看官，您想，這老王把錯兒挪到別人身上，是甚麼個意思呢」，引發學習者的好奇和關注，讓學習者滿懷期待和興趣地隨著故事的講述去獲得答案；四是在關鍵時刻以故事講述者的身份介入到故事內容中，對故事情節及人物的細節性信息進行敘述。

禧在明在《華英文義津逮》第二卷的介紹中談到，《聊齋誌異》作為中國經典文學，因其事件（matter）和文風（style）受到中國人的稱讚。然而因其本質為文學作品，深文奧義，超出了學習時間有限的學習者的接受範疇。故以一種講故事的方式將其改編為口語風格的文本，讓初學者易於理解。禧在明強調，編譯過的故事其語言風格消解了原文雅致趣味，但是代表了中國北方普通人日常說話交談的方式，希望學習者能夠通過反覆閱讀和練習，至少從其措辭中習得說話交談方式。

2. 文化層面：跨文化呈現

禧在明並未在書中談及自己彙編 13 則《聊齋誌異》的選篇標準和緣由，僅說到兩則西方故事的編譯是由於未能涉獵中國童話故事，故以自己記憶中的西方童話憶而改記之。就其整體故事篇目而言，目前學界研究觀點一致：認為入選故事原旨與基督教教義相通。（林彬暉，孫遜，2007；李海軍，2012、2019；朱振武，2017；楊方，2018）如《趙城虎》中老虎誤吃老婆子的兒子，後代替其養母，體現基督教義中的諒解；《瞳人語》中好色方棟的遭遇對應基督教「七宗罪」的「色慾」；《鳥語》和《罵鴨》中的故事原旨分別對應《聖經》「十誡」中的「不可貪心」「不可偷盜」。禧在明的外祖父麥都思（Walter Henry Medhurst，1796-1857）14 歲受洗入倫敦會，是英國著名漢學家、傳教士，其父奚禮爾（Charles Batten Hillier，1820-1856）出生於海軍事務長家庭並在嚴格紀律和虔誠福音氛圍中長大。禧在明作為英國倫敦國王學院（King's College）的第四任漢學教授，出於對該教職在宗教信仰方面的限定，可知其本人亦為虔誠的基督教徒，故以基督教教義的對應作為其故事選篇標準是存在一定合理性的。

　　禧在明對於入選的 13 則「聊齋」故事及 2 則西方童話並非是「如實」轉譯，而是充分發揮其主觀能動性根據其不同考量進行增述、改寫和刪減。通過對教材故事英譯文本、白話文本及《聊齋誌異》原文和中國譯者首次翻譯西方童話譯本（戴望舒，1928；殷佩斯，1933）對比研讀，筆者以禧在明的編譯策略分類，將故事中涉及到的顯性／隱形中西文化進行統計如下表：

表 2.《華英文義津逮》中西文化具體文本實例一覽

序號	策略	文化項目
1	增述	清明節踏青 （《瞳人語》）
2		芙蓉城 （《瞳人語》）
3		嫦娥 （《瞳人語》）
4		中國式踐行 （《嶗山道士》）
5		中國妻妾家庭 （《罵鴨》）
6		婚嫁習俗（彩禮錢／嫁娶流程／新婦歸寧） （《菱角》《細柳》《瞳人語》）
7		姓名名諱 （《王成》）
8		市場售賣形式 （《鴝鵒》）
9		擇吉日習俗 （《義犬》）
10		中國式團圓大結局 （《神豆傳》）
11		男女交往忌諱 （《菱角》《善惡報應傳》）
12		互利共贏觀念 （《菱角》）
13		利益均分觀念 （《王成》）
14		市場供求關係 （《善惡報應傳》）
15	改寫	低語境代替高語境 （《嶗山道士》《促織》《菱角》）
16		個人觀代替親緣觀 （《趙城虎》《王成》）
17		法治代替人治 （《趙城虎》）
18		修煉代替慕道 （《嶗山道士》）
19		人情代替人之大倫 （《菱角》）
20		人心代替人志 （《菱角》）
21		金耳挖子代替金釵 （《王成》）
22		穿衣鏡代替屋簷 （《鴝鵒》）
23		經營貿易觀代替人情社會觀 （《種梨》）
24		賭博代替嫖妓 （《細柳》）
25		苦難母女代替鴇母妓女 （《向杲》）
26	刪減	異史氏曰 （《瞳人語》《種梨》《嶗山道士》《細柳》《促織》《王成》《向杲》《罵鴨》）

　　表 2. 中的「文化項目」是指禧在明在教材文本中通過增述策略呈現的中國文化和西方觀念，及通過改寫和刪減策略呈現的他者（other）文化視野。以上列表中的 26 則案例是研究者收集的總計 33 則案例中的部分樣本。

　　從編譯策略來看，禧在明以原文文本為故事框架，增加了中國文化要素（1-10），這一部分顯性文化的呈現形式主要是以原文增述（1/2/4/5/6/8/9/10）為主，輔以詞條釋義（3/6/7）。此外，在對中國聊齋故事及西方童話進行編譯過程中，通過故事人物 / 故事講述人透露出編譯者所處時代 / 西方社會的價值觀念（11/12/13/14）。通過改寫策略，將中國隱性文化「他者化」（16-23），從自己文化立場出發對中國文化進行闡釋。通過刪減策略，將故事情節之外的「異史氏曰」刪減不論（26）。

　　從語言教學編譯目的出發，中國鮮活文化的引入有助於學習者在語言學習中了解和領略中國文化，在語言教學層面讓學習者產生了文化新鮮感。同時，編譯者通過母語文化價值觀的滲入，縮短了「聊齋故事」與目標讀者的文化 / 時代鴻溝，讓學習者避免直接對話難以理解的異質文化，保證故事內容的可接受性和可理解性。在 24/25 案例中，禧在明將故事文本中的妓女人物及其關涉情節進行大幅度刪改，甚至為故事重新設置飢荒社會背景（《向杲》）。其原因除了是對語言教材內容與教學效果的考量，儘可能地避免一些讓學習者和教師可能引發爭議的道德觀念問題外，背後還透露出編譯者和目標讀者所處維多利亞時代（Victorian era，1837-1901）對賣淫和妓女不齒的社會文化價值大背景。

　　禧在明在教材文本中通過增述、改寫和刪減策略來處理中西文化。以原樣呈現的方式處理中國顯性文化要素，以變式呈現來處理中國隱性文化。用自己所處時代和文化價值觀念來理解「聊齋故事」，並從人物設置、器物設置和結局設置方面將西方童話「中國化」。這一系列的文化操作體現了禧在明的跨文化能力，同時也通過《華英文義津逮》這部教材為學習者提供了恰如其分的跨文化呈現。

三、「故事教學」與跨文化意識的培養

1. 跨文化意識與文化語境

　　在第二語言學習過程中，語言和文化密不可分，第二語言習得的過程同時也是第二文化習得和適應的過程。（施家煒，2000）跨文化交際（intercultural communication），顧名思義是指不同文化的人之間進行的交際。具體來說其過程涉及不同的觀念、態度、心理和詮釋，包括敏銳感覺、科學理解、得體處理和

自覺文化整合。（畢繼萬，1998）第二語言學習離不開跨文化意識的培養，單一母語文化的交際規約和思維方式在跨文化交際中時常照搬無效，反而使得僅習得二語語言知識和規則的學習者不斷面臨交際中的誤解和責難。擁有一般的語用和交際能力難以順利完成跨文化交際，故跨文化交際能力的培養在二語學習者語言習得過程中顯得格外重要，而培養跨文化交際能力的關鍵是不斷增強跨文化意識。跨文化意識是 Hanvey 提出的概念，指理解和承認人類具有各自創造其獨特文化的基本能力，觀念和行為隨社會的不同而各異。他認為跨文化意識的培養有四個步驟：一是有尊重目的語社團生活方式的願望；二是參與目的語社團生活並獲得目的語社團的承認和信任；三是深入了解目的語社會文化和體會其感情；四是能夠移情並在必要時作出自我改變。（Hanvey，1979）畢繼萬指出跨文化交際的核心在於其亟需解決的文化語境（cultural context）問題，是不同文化背景的人，在交際中對同一語境中交際行為信號的差異性識別和干擾排除的能力，是如何處理文化差異和交際規約的碰撞衝突的問題，而這一問題其本質即在跨文化意識培養的成功與否。（畢繼萬，2005）

《現代漢語詞典》第七版中解釋「語境」為使用語言的環境，分為內部語境和外部語境。前者指一定言語片段和一定上下文之間的關係，後者指存在於言語片段之外的語言的社會環境。與外部語境類似，文化語境包括政治、歷史、哲學、民俗、宗教信仰和同時代作家作品等言語片段之外的非語言社會要素，這一概念最早由英國人類學家 Malinowski（1884-1942）提出。他認為人類是在特定文化背景中生存，該文化影響人類的思維、行為和交際等，在語言交際中，要準確理解彼此話語就必須要結合一定的社會文化背景知識，即文化語境。受文化語境的制約，各個言語社團在其長期社會發展與交往中形成了獨特且相對穩定的交際模式和語篇語義結構。（張德祿，劉汝山，2003，頁 8）順利完成交際目的的關鍵在於語境導向，由語境理解差異導致的文化衝突，使得二語教學中「語境導向」問題備受重視。針對跨文化交際中的語境，美國應用語言學家 Fries 認為語境是人們完整而非一般零碎的生活經歷，是一種獨特生活模式，以至於任何語言都不能與使用該語言族群實際生活相脫離。語境導向（contextual orientation）是人們交往和理解的關鍵，具體是指是幫助跨文化交際者了解第二語言社群的生活經驗，通過對在具體語境中語言使用的了解，真正理解該話語中的文化含義並將之恰當運用。要真正掌握二語就必須深入體悟二語文化，了解是學習文化背景知識的第一步，理解才是核心。因為兩種語言文化背景具有重大差異，故此在跨文化交際中語境導向尤顯重要。第二語言教學中，語境導向的基礎在於文化導入與真實語境的提供，而禧在明的故事教學則具備「語境導向」所需要素。

2. 故事教學、文化語境及跨文化交際

　　「故事」是指真實的或虛構的用作講述對象的事情，有連貫性，富吸引力，能感染人。故事教學是以故事為主要教學素材，在教學過程中以講故事為主要教學手段的一種教學方式。Cooper 提出故事教學（storytelling）作為一種語言教學法，認為學習者可以通過情節的吸引而潛在識記詞彙並提高語言能力。（Cooper，1989）Pelsoa 也肯定故事教學在語言學習中的作用，將其認為是學習語言強有力的「工具」。（Pelsoa，1991）Hendrickson 和 Wilson 分別從故事自身特性出發探索了其對語言學習的效用，從詞彙、語用、文化等各方面綜合提升學習者等語言能力。（Hendrickson, 1992; Wilson, 1997）隨著教學的長期探索和實踐，把故事文本和講述故事作為教學手段已經是一項較為成熟有效的教學模式（Abrahamson，1998），運用故事教學模式教學第二語言的優勢也日益顯現。因筆者現今未能翻查到關於禧在明利用該教材進行教學的教材實錄歷史資料，故關於其故事教學僅是停留於文本層面而非實際教學層面，「故事教學」也僅在「編教者——故事文本——學習者」層面討論，未能探討教師、學習者與故事教學三者互動關係。

　　從西方基督教聖經故事到中國莊子寓言故事，聽講故事不僅是一種娛樂手段，而且是人類最早的口頭交流方式之一，舊約以及許多歷史文化都是通過講故事而流傳。跨文化背景下的故事講述，意味著交流，有助於異質文化的理解和學習以及母語文化的反思與領悟。如上文所述，第二語言教學中語境導向的基礎在於文化導入和真實語境的提供，故事教學這一手段正好滿足「語境導向」所需質素。以禧在明聊齋故事文本為例，在禧在明中文教材中，聊齋故事文本作為漢語母語者所著且描述了近於編者時代的中國社會與中國人情性，能夠為二語學習者提供近於目的語社團文化及族群的文化體驗，為來華繼續學習的部分學習者提供一個文化緩衝空間。這一語言教學材料提供了真實的目的語族群生活經驗經歷，擴大了單純的語言課堂和一般文化課程的場域，給予學習者豐富的練習機會，去參與、感受、了解和理解具體語境中第二語言的使用，真正了解語言話語的文化含義，並在反覆閱讀後獲得跨文化意識的生成。

　　禧在明出於漢語言教學目的將故事文本納入教材中，希冀在其中搭建一座中西文化交互場域，幫助學習者通過跨文化意識的培養，擁有排除文化差異干擾的能力，面對異文化能夠做到尊重理解和適應並達成成功交際。作為教材的創編者，禧在明以其獨到的跨文化意識對故事文本進行再創作，以一種說書或講故事的敘述方式，進一步加深了教材與學習者的連結，將兩者變為被動說故事的「人」

和主動聽故事的人,從而建構出故事講述場域。使得異質文化社團的真實生活經驗得以以一種易於接受和理解的方式呈現,更適合跨文化者的漢語言學習。同時,他希望學習者可以借助該充裕「語境導向」的教材,通過反覆閱讀,洞察到漢語社會文化和族群性格,並通過中英語言轉譯的訓練和中國北方口語交際規約的體悟,在聽讀故事中逐步培養其跨文化意識。

參考文獻

畢繼萬（1998）：跨文化交際研究與第二語言教學，《語言教學與研究》，（01），10-24。

畢繼萬（2005）：第二語言教學的主要任務是培養跨文化交際能力，《中國外語》，（01），66-70。

陳琳（2015）：《基於語料庫的〈紅樓夢〉說書套語英譯研究》，上海，上海外語教育出版社。

戴望舒（1928）：《鵝媽媽的故事》，上海，開明書店。

胡壯麟，劉世生（2004）：《西方文體學辭典》，北京，清華大學出版社。

江莉（2010）：19——20世紀英國駐華使館翻譯學生的漢語學習，《國際漢語教育》，（03），86-92。

李海軍（2012）：作為海外漢語學習教材的《聊齋志異》，《湖南社會科學學報》，（04），212-214。

李海軍，蔣鳳美，吳迪龍（2019）：《〈聊齋志異〉英語譯介研究：1842-1948》，北京，科學出版社。

林彬暉，孫遜（2007）：西人所編漢語教材與中國古代小說——以英人禧在明《中文學習指南》為例，《文學遺產》，（04），102-111。

施家煒（2000）：跨文化交際意識與第二語言習得研究，《世界漢語教學》，（03），64-74。

楊方（2018）：《禧在明〈華英文義津逮〉對〈聊齋志異〉的改編》，廣州，中山大學。

殷佩斯（1933）：《小學生文庫》，上海，商務印書館。

張德祿，劉汝山（2003）：《語篇連貫與銜接理論的發展及應用》，上海，上海外語教育出版社。

朱振武（2017）：《〈聊齋志異〉的創作發生及其在英語世界的傳播》，上海，學林出版社。

Abrahamson, C. E. (1998). Storytelling as pedagogical tool in higher education. *Education, 118*(3), 440-451.

Hanvey, R. G. (1979). Cross-cultural awareness. In E. C. Smith & L. F. Luce (Eds.). *Toward internationalism readings in cross-cultural communication* (pp. 13-53). Newbury Publishers.

Hendrickson, J. M. (1992). *Storytelling for foreign language learners*. ERICC learing house. https://eric.ed.gov/?id=ED355824

Hillier, W. (1907). *The Chinese language and how to learn it: a manual for beginners*. K. Paul, Trench, Trübner.

Hillier, W. (1909). *The Chinese language and how to learn it*. Kelly & Walsh.

Hillier, W. (1913). *The Chinese language and how to learn it; a manual for beginners*. K. Paul, Trench, Trübner.

Hillier, W. (1914). *The Chinese language and how to learn it*. K. Paul, Trench, Trübner.

Horwitz, E. K. (1987). Surveying student beliefs about language learning. In A. L. Wenden & J. Rubin (Eds.). *Learner strategy in language learning* (pp. 119-129). Prentice-Hall.

Hosenfeld. C. (1978). Students' mini-theories of second language learning. *Association Bulletin*, 29(2), 31-40.

Lucarevschi, C. R. (2016). The role of storytelling on language learning: A literature review. *Working Papers of the Linguistics Circle of the University of Victoria*, 26(1), 23-44.

Pelsoa C. A. (1991). Culture in the elementary foreign language classroom. *Foreign Language Annals*, 24(4), 331-346.

Wilson, J. A. (1997). *A program to develop the listening and speaking skills of children in first grade classroom*. University of Virginia.

浅谈海峡两岸初级对外汉语教材编写的对比研究 —— 以《汉语初级强化教程·综合课本 I》和 《新版实用试听华语 I》为例

A Comparative Study on the Development of Elementary Chinese Teaching Materials as a Foreign Language of Cross Strait——Take the Example of 'Intensive Elementary Chinese Course–A Comprehensive book I' and 'Practical Audio–Visual Chinese–Book 1'

袁方 香港教育大学
YUAN, Fang The Education University of Hong Kong

摘要 Abstract

本文探讨的主题是关于海峡两岸对外汉语初级阶段综合教材的对比与分析。本文将选取两本教材，一本是内地的《汉语初级强化教程·综合课本 I》，另一本是台湾的《新版实用视听华语 I》，这两本教材都是初级阶段的综合教材，并且都是面向来华成人留学生的对外汉语教材，具有可比性。

本文首先从教材的整体结构、语音、生词、汉字、语法、练习等角度对这两本教材进行对比与分析，找出教材中的相同点与不同点。具体分析这些不同点，同时结合语料库和相关的电子资源，对这些差异性提出进一步的探讨。最后，对海峡两岸对外汉语初级阶段综合教材的编写提出相关的建议。

本文希望通过对海峡两岸对外汉语初级阶段综合教材的对比与分析，从不同的角度找出相同点与差异性，并深入探讨这些差异性产生的原因，对海峡两岸教材的编写提出相关的建议，希望能够对两岸对外汉语教材的编写提供帮助，为对外汉语教育事业贡献一点力量。

关键字：对外汉语 两岸 教材 对比

The topic explored in this paper is the comparison and analysis of the comprehensive textbooks for the elementary level of Chinese as a foreign language across the Strait. In this paper, two textbooks will be selected. One is the Mainland's "Intensive Elementary Chinese Course - A Comprehensive book I" and the other is Taiwan's "Practical Audio-Visual Chinese - Book 1". Both of these textbooks are comprehensive textbooks at the elementary level and they are both textbooks for adult international students so these two textbooks are comparable.

This paper first compares and analyzes the two textbooks from the perspectives of their overall structure, phonetics, vocabulary, Chinese characters, grammar, and exercises to identify the similarities and differences in the textbooks. These differences are specifically analyzed, and further exploration of these differences is proposed in conjunction with the corpus and related electronic resources. Finally, relevant suggestions are made for the development of comprehensive textbooks for the primary level of Chinese as a foreign language on both sides of the Strait.

This paper hopes to find out the similarities and differences from different perspectives by comparing and analyzing the comprehensive textbooks for the elementary level of Chinese as a foreign language across the Strait, and to explore the reasons for these differences in-depth, and to make relevant suggestions for the development of textbooks across the Strait, hoping to help the development of Chinese as a foreign language textbooks across the Strait and to contribute a little to the cause of Chinese as a foreign language education.

Keywords: Chinese as a foreign language, cross-strait, teaching materials, comparison

一、引言

随着海峡两岸日益频繁和深入的交流，两岸的对外汉语教育事业也在相互学习、共同进步，形成良性的竞争关系。通过对比和分析两岸的对外汉语教材，找出相同点和不同点，具体讨论这些差异性并提出相关的编写建议。希望通过教材的对比和分析，能够解决两岸对外汉语教材中的一些问题，帮助编写和制定相关的对外汉语教材，为对外汉语教学贡献一点力量。

二、文献回顾

随着对外汉语教育事业的蓬勃发展，在教材方面的研究越来越多，但是关于内地和台湾两岸教材的专题性研究相对来说较少，尤其是针对台湾对外汉语教材的研究，但已有学者开始进行了相关的探索。苗强（2012）在考察台湾地区对外汉语教材出版和发行的情况后指出，在面向成人学习者的教材中，普遍使用的正式出版的教材有《实用视听华语》和《远东生活华语》这两套教材，整体而言教材相对缺乏，一些内地和香港地区的对外汉语教材已经被参考和使用，但是由于地域、词汇等差异，这些被参考的教材教师们不会原样使用，只是选择有用的篇章即可。但是，台湾近年来开始大力发展对外汉语教育的数字化，蔡武和郑通涛（2017）指出台湾积极发展对外汉语教育的数字化并取得了一系列的成果，如果两岸能够加强合作、互学互鉴，利用好线下和在线不同的资源与平台，那么对外汉语教育数字化将会得到大力的发展。

在两岸教材的对比上，马臻朕（2015）分析了两岸两套教材中的语法点，发现选取的内地的教材比台湾的教材更重视语法的教学，而在语法教学的呈现手法上台湾的教材效果更好，更能让学生接受。通过对比分析教材中的共性与特性，作者也提出了相关的建议，例如，语法点的数量安排要适中、语法点的安排要符合学习者的规律、要解释语法形式与功能的关系等。田益（2020）从宏观方面对比分析了两岸教材中生词的排版、与词汇大纲的匹配度以及生词的复现率，也从微观的角度分析了生词的词量、词性、注释等相关方面，并从生词编写的角度提出了建议，例如提高与词汇大纲的复现率、提高复现率、正视注释的差异性等。沈婕（2017）通过分析新HSK词汇大纲与新《华语八千词》中的差异词汇，发现两岸汉语词表中差异词汇的类型主要有四类：单方特有词、同实异名词、同名异实词、同形异实词，并总结出了这些差异词汇的原因有七类，例如，社会制度和生活方式的差异、外来词的影响和回避同音字等。同时作者也提出希望能够缩小词汇差异，制定规范和统一的汉语词表。王多（2016）认为由于内地和台湾的繁简字体、拼音与注音符号等问题的存在，使得两岸在语音、词汇、语法等方面有不少的差异性，从而增加了对外汉语教学的难度，只有在这些方面建立统一的规范，才能有利于推进对外汉语教学的发展。谢依达·肖开提（2017）对比了两岸相关的教材，建议在编写教材时内地与台湾应该统一使用汉语拼音，并统一一个生字词的大纲。向锐（2011）在其学位论文中指出，建议制定语音教学大纲并改进教材中对语音教学的编排，加强语音教学的连贯性、系统性和整体性。

综上所述，这些研究从不同的角度进行了相关的对比和分析，关于差异性的问题大都倾向于采用统一的办法来解决，比如统一大纲、拼写方案、词表等，但是利用统一来解决差异性的问题是否是唯一的办法，是否可以保留差异性，是否可以有其他的解决办法呢？因此，本文将在对比和分析的基础上，在找出相同点和不同点同时，具体分析这些不同点，并对这些差异性及其背后的原因提出进一步的探讨。

三、研究方法

本文选取内地的一本教材《汉语初级强化教程·综合课本 I》和台湾的一本教材《新版实用视听华语 I》，主要采用对比分析和语料库的研究方法进行相关的探讨，发现问题并提出建议。

四、两套教材的对比分析

4.1 教材的整体结构

《汉语初级强化教程·综合课本 I》是内地的一本用简体字编写的初级阶段的综合教材，面向成人学习者。《新版实用视听华语 I》是台湾普遍使用的教材之一，用繁体字编写，也是一本针对成人学习者的初级阶段的综合教材。

表 4.1.1

教材	汉语初级强化教程·综合课本 I	新版实用视听华语 I
整体结构	现代汉语发音要领 一、声母的发音 二、韵母的发音 三、汉语普通话声韵母拼合表 第一课 你好！ 第二课 汉语难吗？ 第三课 今天星期几？ 第四课 这是什么？ 第五课 复习（一） 第六课 我们都喜欢汉语 第七课 你们班有多少个学生？ 第八课 请问，留学生食堂在哪儿？ 第九课 没有课的时候，你做什么？ 第十课 复习（二） 第十一课 一斤多少钱？ 第十二课 你的生日是什么时候？ 第十三课 你最近学习怎么样？ 第十四课 我们坐公共汽车去吧 第十五课 复习（三） 第十六课 晚上听听音乐，看看电视 第十七课 3 路车站在哪儿？ 第十八课 我不会画画儿 第十九课 我想买台计算机 第二十课 复习（四） 词语总表	Pronunciation Drills 1~6 Classroom phrases Learning Chinese based on parts and components 第一课 您贵姓？ 第二课 早，您好 第三课 我喜欢看电影 第四课 这支笔多少钱？ 第五课 我家有五个人 第六课 我想买一个新照相机 第七课 你的法文念得真好听 第八课 这是我们新买的电视机 第九课 你们学校在哪里？ 第十课 我到日本去了 第十一课 你几点钟下课？ 第十二课 我到国外去了八个多月 Index I 语法词频略语表 Index II 生词索引 Syntax practice

　　通过表 4.1.1，可以清晰的看出两套教材的整体结构。在《汉语初级强化教程·综合课本 I》这本教材中，首先向学习者提供了现代汉语发音的要领，从声母和韵母两个角度帮助学习者进行发音的学习。接着正式进入每一课的学习，并以四课为一个复习周期：第一课至第四课为新课的学习，第五课为第一个阶段的复习，以此类推。最后，教材向学习者提供了一份词语总表，方便学习者快速查阅每一个生词在教材的具体页数。《新版实用视听华语 I》这本教材同样是在一开始提供了语音的学习和练习，并在语音部分结束之后提供了一些汉字的结构和部件知识，接下来就进入了每一课的正式学习，在十二个课程全部学完以后就是语法词频略语表、生词索引和语法练习这三个部分了。

　　综合来看，两本教材的结构大致相似，先安排语音部分的学习，之后再正式进入到每一课的学习，最后给出相关的词表等。但是，《综合课本Ⅰ》一共有20课，而《视听华语Ⅰ》设置了12课，从课数上来说要少一些，并且《综合课本Ⅰ》设有四个阶段性的复习课，而《视听华语Ⅰ》的12个课程全部为新课的学习，并没有复习课的安排。就这一点而言，《综合课本Ⅰ》复习课的设置更符合学习的规律和学习者的需求，因为教材本身面向的就是初级阶段的学习者，阶段性的复习更有利于加强初学者对所学知识的掌握程度。

4.2　每一课的具体安排

　　首先通过表格来了解一下《综合课本Ⅰ》这本教材中每一课具体的结构设置。

表 4.2.1

课数	结构设置
1	课文＋生词＋语音＋注释＋汉字知识＋练习＋文化小贴士
2	课文＋生词＋语音＋注释＋汉字知识＋练习＋文化小贴士
3	课文＋生词＋语音＋注释＋汉字知识＋练习＋文化小贴士
4	课文＋生词＋语音＋注释＋汉字知识＋练习＋文化小贴士
5	课文＋生词＋注释＋练习＋文化小贴士
6	课文＋生词＋注释＋汉字知识＋语法＋重点词语＋练习＋文化小贴士
7	课文＋生词＋注释＋汉字知识＋语法＋练习＋文化小贴士
8	课文＋生词＋注释＋汉字知识＋语法＋重点词语＋练习＋文化小贴士
9	课文＋生词＋汉字知识＋语法＋重点词语＋练习＋文化小贴士
10	课文＋生词＋练习＋文化小贴士
11	课文＋生词＋注释＋汉字知识＋语法＋重点词语＋练习＋文化小贴士
12	课文＋生词＋注释＋汉字知识＋语法＋重点词语＋练习＋文化小贴士
13	课文＋生词＋注释＋汉字知识＋语法＋重点词语＋练习＋文化小贴士
14	课文＋生词＋注释＋汉字知识＋语法＋重点词语＋练习＋文化小贴士
15	课文＋生词＋练习＋文化小贴士
16	课文＋生词＋注释＋汉字知识＋语法＋重点词语＋练习＋文化小贴士
17	课文＋生词＋注释＋汉字知识＋语法＋重点词语＋练习＋文化小贴士
18	课文＋生词＋注释＋汉字知识＋语法＋重点词语＋练习＋文化小贴士
19	课文＋生词＋注释＋汉字知识＋语法＋练习＋文化小贴士
20	课文＋生词＋练习＋文化小贴士

通过表格可以清楚的看出《综合课本 I》这本教材每一课的具体安排。第
1 课至第 3 课，每一课都包含课文、生词、语音、注释、汉字知识、练习和文
化小贴士这七个部分。由于在前三课语音部分的知识已经全部学习完，因此
后面的新课去掉了语音部分，并新增加了语法和重点词语这两部分的学习内
容。在复习课部分，基本上采用课文、生词、练习和文化小贴士这四个部分
的内容。

表 4.2.2

课数	结构设置
1	Dialogue+Vocabulary+Syntax Practice+Application activities+Notes
2	Dialogue+Vocabulary+Syntax Practice+Application activities+Notes
3	Dialogue+Vocabulary+Syntax Practice+Application activities+Notes
4	Dialogue+Vocabulary+Numbers+Syntax Practice+Application activities+Notes
5	Dialogue+Vocabulary+Syntax Practice+Application activities+Notes
6	Dialogue+Vocabulary+Syntax Practice+Application activities+Notes
7	Dialogue+Vocabulary+Syntax Practice+Application activities+Notes
8	Dialogue+Vocabulary+Syntax Practice+Application activities
9	Dialogue+Narration+Vocabulary+Syntax Practice+Application activities+Notes
10	Dialogue+Narration+Vocabulary+Syntax Practice+Application activities+Notes
11	Dialogue+Narration+Vocabulary+Syntax Practice+Application activities+Notes
12	Dialogue+Narration+Vocabulary+Syntax Practice+Application activities+Notes

通过表 4.2.2 我们可以看出在《视听华语 I》这本教材中，第 1 课至第 8
课的结构设置基本为对话体课文、词汇、语法、练习和注释这五个部分。从
第 9 课开始每一课新增了一个短篇幅的记叙文，也就是说第 9 课至第 12 课每
一课有两篇课文。

总的来说，这两本教材每一课都有课文、生词、语法、练习和注释这几
个部分的内容。不同的是，《综合课本 I》有三个课程专门设置了语音部分的
学习，并且每一课都设有汉字知识与文化小贴士，而语音、汉字和文化这三
个部分的内容是《视听华语 I》这本教材中十二个新课里所没有的。首先是语

音部分，虽然两本教材在正式进入第一课之前都先给出了语音方面的知识点，但是这些知识点偏向于如何发音以及整体的语音规则，并没有详细的讲解和说明。因此，在开始正式的课程学习以后，《综合课本 I》在第 1 课至第 3 课再次设置了更加详细的语音部分的学习内容，这不仅能帮助初级阶段的学习者进行系统、详细的语音学习，更是帮助学习者巩固和夯实语音知识的基础。第二，在对外汉语的教学中，汉字一直都是一个难点，尤其对于非汉字圈的学习者来说汉字更是难掌握，但是汉字始终是汉语学习不可缺少的部分，不能因为汉字难学而规避汉字的教学。因此，在初级阶段的综合教材中，应该加入汉字的知识点，让学习者在一开始就建立对汉字的印象，树立汉字的观念。最后，文化的输出也是对外汉语教学的重要内容之一，在初级阶段的教材中，如果加入文化的内容，既可以帮助学习者了解中国的文化，也可以帮助学习者对汉语的学习，同时也增加了趣味性。

4.3 语音

《综合课本 I》采用的是汉语拼音。这本教材首先编写了现代汉语发音要领，接着在第 1 课至第 3 课中系统地编写了语音方面的知识，例如音节、声调、拼读等等，帮助学习者完整的学习了汉语拼音。

《视听华语 I》采用了注音符号、通用拼音和汉语拼音三种拼写方案来编写语音部分的学习内容。首先，教材用表格的形式呈现了这三种语音拼写方案以及相互之间的对应关系，接着用表格和图示的方式编写了声调部分的知识点，最后就是相关的练习，包括声调的练习、拼读、日常用语的发音等等。

总的来说，《综合课本 I》更注重语音知识点的全面讲解，但是缺少练习。《视听华语 I》更注重练习的部分，教材中这一部分的语音练习占用了约有 12 张纸左右的篇幅，但是在知识点的讲解部分不够详细和全面。一般来说，语音部分的知识点是学习者最先接触和学习的内容，因此，打牢基础很重要，作为初级阶段的对外汉语综合教材，语音部分的讲解和练习缺一不可。另外，《综合课本 I》只采用了汉语拼音一种语音拼写方案，而《视听华语 I》列出了注音符号、通用拼音和汉语拼音三种语音拼写方案，可以选择其中一种进行教学，因此，在呈现的内容上，《视听华语 I》更加全面、选择性更多，学生在正式学习了其中一种拼写方案以后，还可以根据自身的兴趣选择对另外的两种拼写方案进行相关的了解和学习，从更加全面和整体的角度掌握语音的拼写方案。

4.4 课文

在课文体裁上，《综合课本 I》包含了对话体、记叙文和书信三种体裁。对话体所占比例最高，每一课都含有对话体的课文，其次是记叙文，有十一个课程里面出现了记叙文体裁的课文，而书信体只出现了一次。另外，在《综合课本 I》中第 1 课至第 4 课为每一课有一篇课文，从第六课开始，每一课有两篇课文。《视听华语 I》每一课都有一篇对话体的课文，从第九课开始，除了每课一篇对话体的课文外，每一课还新增加了一篇记叙文体裁的课文。

在课文的话题上，两本教材选取内容是相似的，都是关于日常生活与学习生活，与学习者的生活密切相关，既帮助学习者快速掌握初级阶段的相关语言知识点，具有较高的实用性，又能提高学习者的学习兴趣，学起来不会觉得枯燥无味。

因此，两本教材在课文的体裁和话题上大致形似，但是在课文的呈现方式上却大有不同。《综合课本 I》中的课文都是用中文编写的，同时在每一个汉字的上方给出汉字对应的汉语拼音，既帮助了学习者更好的阅读和理解课文，又简单明了。《视听华语 I》先用中文编写一遍课文，并给出以英语为媒介语的翻译版，同时也给出了用注音符号、通用拼音和汉语拼音的方式编写的课文，供学生参考，也就是说，同一篇课文用不同的形式呈现出来，英语的翻译版可以帮助初级阶段的学生更准确的理解课文，三种拼写方案呈现的参考版无形之中帮助学生复习了所学的拼写方案，使得学生在学习新课的同时又巩固了之前所学的内容。

4.5 生词

在生词的数量上，两本教材中每一课的生词数量相差不大，一般在二十几个左右。在生词的难易程度上，两本教材也大致相似。

在生词的编排上，两本教材都给出了生词的词性、汉语拼音和英文释义，如下图所示：

图 4.5.1

14. 刻	m.(n.)	kè	quarter (of an hour)	甲
15. 早饭	n.	zǎofàn	breakfast	甲
16. 经常	adv.	jīngcháng	frequently, constantly	甲

图 4.5.2

2. 看 (kàn)　　　V: to watch, to read, to look at

你看誰？

Nǐ kàn shéi ?

Who are you looking at?

3. 電影 (diànyǐng)　　　N: movie

你喜歡看電影嗎？

Nǐ xǐhuān kàn diànyǐng ma ?

Do you like to watch movies?

　　图 4.5.1 为《综合课本Ⅰ》的生词编排，图 4.5.2 为《视听华语Ⅰ》的生词编排。通过图示可以清晰的看出《综合课本Ⅰ》在每一个生词的后面标注了对应的词汇等级（内地根据《汉语水平词汇与汉字等级大纲》把基础词汇分成了甲乙丙丁四个等级），方便学生了解词汇的等级，帮助学生有重难点的学习和掌握词汇。而《视听华语Ⅰ》在每一个生词的下面都给出了相关的例句，帮助学习者更好的理解生词的含义和用法。对于初级阶段的学习者来说，生词不仅仅要会认、会读，还要会用。

　　另外，在对比生词的时候，发现两本教材中出现了同实异名的现象，例如"法语和法文、照片和像片"。《综合课本Ⅰ》编写生词的时候选用"法语"和"照片"，而《视听华语Ⅰ》选用的是"法文"和"像片"来作为生词。针对这一现象，在国家语委现代汉语平衡语料库上对这四个生词进行了数据搜索和分析，发现在"法语"和"法文"这一组生词中，"法语"的使用频率为 0.0067，"法文"的使用频率为 0.0022，"法语"的使用频率明显高于"法文"。在"照片"和"像片"这一组生词中，"照片"的使用频率为 0.0543，而"像片"的使用频率只有 0.0029。为什么内地的教材选用了相对高频率使用的"法语"和"照片"作为生词让学习者学习，而台湾的教材却选择了使用频率相对较低的"法文"和"像片"呢？出现这一现象的原因是否与两岸使用词汇的频率、习惯、文化等差异性有关呢？

4.6 语法

《综合课本I》中每一课的语法内容都以讲解语法知识点为主，具体系统的讲解语法规则和使用情况，并给出相应的例子加以说明。《视听华语I》在编写语法时，基本以图示的形式展现语法结构，再用简单的文字加以说明，并给出相关的例子，紧接着用练习题的形式巩固学习者对于语法的掌握情况。由此可以看出，前者没有练习题，后者缺乏具体的讲解。

语法一直以来都是学习汉语的难点和重点，对于初级阶段的学习者来说，系统的进行知识讲解是十分有必要的，在学习者掌握了语法规则以后，再辅以大量的例句来帮助学习者更好的理解语法的具体使用情况，让学习者在具体的语境中体会语法的使用。同时，练习也是必不可少的一部分，尤其对于初级阶段的学习者来说，练习既可以帮助学习者复习和巩固已掌握的知识点，又能让学习者在练习中发现自己理解错误的知识点，从而加以改正。因此，若能结合两本教材对语法的编排，可能更有利于初学者对语法的学习和掌握。

4.7 练习

《综合课本I》中每一课的练习部分题型多、数量多，以第十四课为例，练习部分包括了朗读短语、替换练习、选词填空、改错、用所给的词完成对话、连词成句、用下列偏旁写出至少三个字、写一篇字数不少于100字的游玩经历和描写汉字这九个部分，从不同的角度帮助学习者检验、复习和巩固所学知识点。

与《综合课本I》不同的是，《视听华语I》不仅在教材上设有练习题，还为学习者专门编写了一本对应的练习册——"学生作业簿"，从多个角度为学习者编写练习题。

五、关于差异性的进一步的思考

通过对比和分析《综合课本I》和《视听华语I》这两本分别来自内地和台湾的教材以后，发现既有相同点，但同时也存在着更多的不同之处。在这些不同点之中，语音、汉字和词汇的差异性尤为突出，而造成这些差异性的原因正是需要我们去思考和探索的地方。

首先，两岸的语音拼写方案不统一。1958年内地开始推广汉语拼音，至今内地仍以汉语拼音为主，而台湾目前同时使用注音符号、通用拼音和汉语拼音三种拼写方案。拼写方案的不统一直接影响了教材的编写，内地的《综合课本 I》只采用了汉语拼音，而台湾的《视听华语 I》同时采用了注音符号、通用拼音和汉语拼音。三种拼写方案都有各自的优点，无论是哪一种拼写方案，目的都是让学习者在语音上会拼、会读，掌握好汉语的发音，因此，学习者能够掌握哪几种拼写方案并不是最重要的，只要学会了一种拼写方案就已经达到了目的。

第二，两岸繁简体字使用的不统一。内地主要使用的是简体字，而台湾使用的是繁体字，并且也没有统一的硬性标准来规定对外汉语教材必须使用哪一种字体，因此，内地的对外汉语教材以简体字为主，而台湾的对外汉语教材使用繁体字。对于来华留学生而言，一般使用的教材就是当地的教材，那么两岸的留学生学习的就是不同的字体，而繁简体字之间本身就存在着差异性，这些差异性是否会影响两岸留学生学习汉语的效果呢？就拿对比的两本教材来说，内地的《综合课本 I》详细的编写了关于汉字的知识点，每一课里面都有专门的汉字知识的板块，例如造字方法、结构、笔划、部件、书写等等相关的知识点，向学生提供系统的汉字知识。但是，台湾的《视听华语 I》却没有关于汉字部分的编写，这是否与繁简体字的使用有关呢？关于繁简体字一直争论不休，至今也没有统一的定论。对于两岸对外汉语教材的编写来说，也存在着不同的声音，比如繁简体字的统一、繁简体字的并行等，但无论是哪一种方案，教材的编写应当符合学习者的需求，从学习者的角度出发，才能够有利于学习者的学习效果。

第三，两岸词汇的差异性。在两本教材的词汇对比中，除了上文提到的生词之间出现"同实异名"的情况外，还有"同名异实"现象的存在，例如在台湾《视听华语 I》第 10 课的拓展词汇中，出现了"公车"一词。在台湾的萌典（台湾的一部数字化汉语词典）中明确标出"公车"一词为"同名异实"词，并给出了详细的解释说明：在台湾，公车指一种大众运输工具，行驶在固定路线上，沿途设站，有固定收发班次、时间，供乘客凭票或付现金搭乘，也作"公共汽车"；在内地，它是公家车、公务车的简称，政府机关或公司行号因处理公务之需要而配置的车子。由此看出，两岸词汇的差异性确实影响了两岸教材对于词汇部分的编写。海峡两岸的社会现实、语言政策、文化、风俗等等都存在着一定的差异，这些差异从不同的角度影响着词汇的含义、演变和使用，而这些词汇的差异性在丰富了汉语表达的同时，也为对外汉语教学带来了一些影响。因此，已有一些学者提出可以尝试建立通融词表来解决词汇差异性的问题，但无论此解决方案是否有效，或是采用其他的解决办法，都应该遵循两岸词汇的差异性，因为词汇的背后反映出的是两岸的经济、社会、文化、风俗等一系列的内容，要允许和保持差异性的存在，同时加强两岸词汇之间的吸收与借鉴，也希望两岸能够加强在对外汉语方面的合作，共同推进对外汉语教育事业的发展与进步。

六、编写建议

通过对比和分析这两本初级阶段的综合教材，对两岸这一类的教材编写有了一些建议和思考。

从整体来说，首先，这一类教材面对的是初级阶段的成人学习者，并且教材的性质属于综合类教材，那么整体结构和每一课的安排应该系统、全面，语音、课文、生词、汉字、语法、文化和练习这几个板块缺一不可。第二，针对繁简体字不统一、拼写方案使用的不统一以及词汇的不统一，两岸是否可以尝试拟定相关的对照表供教师和学生使用，在遵循一致性的同时，也要保持差异性的存在，正是这些不统一的差异性，学生才能更全面的了解中文和中国文化。因此，在编写教材时，是否可以制定相关的对照表，既能够解决一些不统一的问题，又可以向学生提供更多的学习上的选择。

从细节上来说，在课文的选取上，尽量选择与学习者生活和学习息息相关的话题与内容，采用对话体的形式给学生营造一种真实交际的语言环境，学习者既能活学活用，也不会觉得枯燥无味。在汉字方面，初级阶段的教材应该详细的从结构、笔画、来源等各个角度编写相关的内容，帮助学习者全面深入的理解汉字，尤其是对于来自非汉字圈的学习者来说，树立汉字的意识、了解汉字的来源才能更好的书写和使用汉字。在语法方面，语法一直以来都是汉语学习的难点，尤其对于初级学习者来说，语法的学习既困难又枯燥。因此，在语法的编写上，既要有详尽的讲解，也要有大量的例句展示，让学习者在具体的语境中理解和感受语法的规则和使用。在练习题的方面，可以单独编写配套的练习册，针对性更强。并且，练习题的形式可以多样，既避免学习者觉得枯燥乏味，也可以从不同的角度反复检查和巩固学习者对于知识点的掌握情况。

七、结语

通过对比内地的初级阶段对外汉语教材《汉语初级强化教程·综合课本Ⅰ》和台湾的初级阶段对外汉语教材《新版实用视听华语Ⅰ》，发现了两岸教材的一些共性与特性，尤其是在语音、汉字和词汇上有很大的差异性。针对两岸教材的差异性，提出了进一步的思考，希望两岸教材能够在语音的拼写方案、繁简体字和词汇的含义与使用上制定相关的对照表，在教材的编写上遵循一致性与差异性，从学生需求的角度出发，为学生的学习提供更多的选择，也帮助学生更全面的了解中国文化，最后，从整体和细节两个角度对教材的编写提出了一些看法。总的来说，希望两岸的对外汉语教育事业可以互相推进、互相融合，也希望本文可以为对外汉语教育事业的发展贡献出一点点的力量。

参考文献

蔡武、郑通涛（2017）：台湾对外汉语教育数字化经验及两岸合作展望，《现代台湾研究》，
（4），52-57。

马臻朕（2015）：《两岸对外汉语教材之教学语法的对比研究》，开封，河南大学硕士论文。

苗强（2012）：台湾地区对外汉语教材出版和发行情况考察，《出版发行研究》，（3），
70-74。

沈婕（2017）：《基于汉语国际推广的两岸汉语词表对比分析——以〈新汉语水平考试词
汇大纲〉与新〈华语八千词〉为例》，扬州，扬州大学硕士论文。

田益（2020）：《海峡两岸初级汉语教材生词研究——以〈发展汉语〉、〈新版实用视听华语〉
为例》，兰州，西北师范大学硕士论文。

王多（2016）：两岸"书同文"与对外汉语教学研究，《新丝路（下旬）》，（11），
194-197。

向锐（2011）：《海峡两岸初级对外汉语教材对比研究——以〈新实用汉语课本〉和〈新
版实用试听华语〉为例》，成都，四川师范大学硕士论文。

谢依达·肖开提（2017）：《两岸对外汉语教材对比——以〈新版实用视听华语1〉及〈汉
语教程〉（第一册）（上）为例》，乌鲁木齐，新疆师范大学硕士论文。

淺析網絡多媒體技術的應用對漢語教學中「智識」水平的促進作用

A Brief Analysis of the Application of Network Multimedia Technology to Promote the Level of 'Knowledge' in Chinese Teaching

連勇清　香港教育大學

LIAN, Yongqing　The Education University of Hong Kong

摘要 Abstract

隨著科技的發展，傳統的教學手段在一定程度上已經不能使教學效果與當代社會發展的需要相適應。使教學效果受到局限。而網絡多媒體技術在漢語教學領域的運用能夠在一定程度對此局限有所突破，其中，尤其值得注意的是，網絡多媒體技術與直觀性教學原則和多元智能理論有所聯繫，這一理論包含語言智能等方面，與漢語教學相關，對現代漢語教學具有促進作用。本文將以誇美紐斯的直觀性教學原則和加德納的多元智能理論的相關書籍、學術論文等資料為依據，運用比較、歸納等方法，初步分析網絡多媒體技術對直觀性教學原則和多元智能理論的體現，以及由此對漢語教學中「智識」水準的促進作用，意在透過一些初步的嘗試論證，為研究多媒體教學技術在漢語教學中的應用的研究者淺略提供一些或可作為探討的觀點，豐富研究的角度。

關鍵詞：網絡多媒體技術　漢語教學　多元智能理論　直觀性教學原則　智識

With the development of science and technology, traditional teaching methods to some extent have been unable to make the teaching effect adapt to the needs of the development of contemporary society. The teaching effect is limited. Multimedia and network technology to use in the field of Chinese teaching in a certain extent limited breakthrough, among them, especially noteworthy is that the network multimedia technology contact with intuitive teaching principles and the theory of multiple intelligences, intelligence, etc., this theory includes language related to Chinese language teaching, to the modern Chinese teaching has a promoting effect. This article will with comenius, intuitive teaching principles and Gardner's multiple intelligences theory on the basis of the related books, academic papers and other materials, using the method of comparison and induction, a preliminary analysis of network multimedia technology to the intuitive teaching principle and the embodiment of the theory of multiple intelligences, and the "knowledge" in the Chinese language teaching level, The purpose of this paper is to provide some viewpoints for the researchers who study the application of multimedia teaching technology in Chinese teaching and enrich the research perspective through some preliminary demonstration.

Keywords: network multimedia technology, Chinese language teaching, theory of multiple intelligences, intuitive teaching principles, intellectual

一、漢語教學中的「智識」

「智識」這一概念在東西方的教育理論中均有一些界定，並且兩者有通同之處。

在西方，「智識」是指「在知識積累基礎上形成的理解力和判斷力。用英國教育家紐曼的概括，即能夠『實事求是地對待事物，直截了當地切中要害，乾淨俐落地清理思緒，明辨詭辯的成分，揚棄無關緊要的東西』。」（徐平，2016）也如古希臘的柏拉圖就普遍性知識與專業知識之間的內在互動所指出的：「它們是一種可以讓我們知道相同事物的技藝，這類知識區隔於具體物的知識，但它們並不高高在上與現實無涉，它們與計量、測度等實用目的相關聯時就見出具體的、經驗性質的專門知識之價值。」（孫曉霞，2020）由此可見，「智識」是一種紐帶或聯結，能夠將從同一種類事物中抽象出的共同理論聯結該種類中具體知識、能力與經驗，也即「智識」是普遍性知識與具體性知識相互通的溝通結合點，能夠促進具體的知識、能力與經驗上升為更高層次的通識性的知識、能力等，即「智識」。

「在東方，『智』有『知』的融會貫通之意，『識』有辨別之意。只有融會貫通的『智』，方能達成卓越的『識』。柳宗元在《封建論》中說：『其智而明者，所伏必眾；告之以直而不改，必痛之而後畏。』這裏的『智而明』，就是既有智慧，又明事理。」（徐平，2016）

由此，可以看出，「智識」既是一種知識、能力等教學內容能夠形成高層次的通識性的知能智慧的聯結，又是一種本身已包含這種更高層次的通識性知能智慧。而漢語教育對此體現明顯，其中，漢語教學不僅能夠使學生接收到漢語中的知識與能力，亦可使學生體悟此二者中包含的情意，進而獲得一定程度的漢語文化「智慧」，初步汲取一定的「智識」。

二、網絡多媒體教學的特點與有利之處

隨著時代的發展，網絡多媒體在教育領域已經普及為一種常用的工具、媒介。網絡多媒體具有豐富的表現形式、較強的表現力、有利於知識的同化、交互性、共享性等特點。由此，不難看出，網絡多媒體具有直觀性的特點，並且這種直觀性具有吸引受眾注意力、豐富信息來源、拓展信息傳播形式等作用。

　　《走進讀圖時代的語文教學》一文指出：「由於電子傳媒技術的迅猛發展……使得人類從以印刷文字為中心的『讀文時代』開始轉向以影像為中心的『讀圖時代』。」「隨著讀圖時代的到來，人們對語文能力有了更加清晰的認識和理解：聽說讀寫能力並不是孤立的、被割裂的，而是融匯綜合、相互關聯的。」（倪文錦、榮維東、任桂平、韓艷梅，2012）針對漢語教學而言，由於網絡多媒體技術的輔助，不僅能促進漢語教學中的聽、說、讀、寫能力，也能在多種教學媒體的綜合作用下，使教師與學生雙方受益。

　　在課堂教學中，運用網絡多媒體技術進行教學是指運用計算機和網絡技術及課件、軟件進行直觀教學。它通過聲、光、電、動畫等多種媒介將所教學之事物的現狀、結構、過程、功能等動態而立體地呈現在學生面前，營造一種良好的學習情景。教師可以利用多媒體設備，用所教授課程內容對應的最適宜形式講解該內容，以求盡量使學生獲得理解與掌握；同時，由於漢語教學中存在有些教學內容較難只依靠教師口頭講解或板書表達，這時，如果藉助多媒體教學設備，如動態的山水景物圖、真實的實物圖片、人物的原聲採訪視頻等，既可突破教師用語言或板書表達的「費口舌」卻不一定能說清楚、「費力氣」卻不能逼真清晰的局限，又可節省課堂時間，但卻能夠使學生直觀形象地初步了解、掌握所學內容，事半功倍。

　　例如，在《多媒體輔助漢語教學案例集》中的「Kahoot 在詞語複習環節中的應用」案例中，Kahoot 作為一款在線的網絡多媒體專業教學軟件，實現了教學中師生雙方的全方位互動。

　　在使用該軟件進行漢語測試，結束後，老師針對學生的情況進行即時總結。常見的形式如下：

「師：『哪個（詞）不對？』

生：『第一個（詞）。』

師：『第一個（詞）。為什麼？』

生：『（這個詞中的）第四個字寫錯了。』

師：『你可以寫嗎？』（邀請學生到白板上寫出正確的漢字，然後對比正誤）

在測試全部結束後，老師可以根據錯題率、得分情況進行總結、點評」（劉志剛，2020）

在這樣的模式下，學生能夠獨立回答問題，之後會迅速得到教師的反饋、講解，整個過程用時短且連貫性強，學生容易在較高的注意集中度下連貫思考，既能夠掌握知識，也能夠在獲得點評後進一步檢視自己的不足背後的成因，由此增進「智識」。

又如，在此書中的「利用視頻、圖片輔助學習成語『立竿見影』」案例中，教師先用 PPT 展示立竿見影的示意圖，之後用 PPT 展示相關例句，這時，學生已經能夠理解立竿見影的含義及使用場景，接下來，教師播放「立竿見影」的講解視頻，第一遍播放完畢後，教師就視頻中學生不理解的地方進行解釋，之後，學生看第二遍視頻，之後，學生對視頻內容進行複述。

在此案例的「教學後記」中，教授此課的教師統計得到學生「可以看懂 80% 以上」，「看了視頻以後，印象深刻，更容易記住成語，在學習和生活中也會經常使用。」（劉志剛，2020）

在這一案例中，於教師而言，在網絡多媒體的應用下，可以化僅僅使用語言「講課」為「圖文並茂」地講解，能夠促進自身對這一成語形象化的進一步深入理解，也在講解時避免了多餘的不必要解釋，可以使教師以教增學，豐富己見；於學生而言，成語的學習，網絡多媒體的應用，使原本需要將較為抽象的語言信息轉換成形象的腦中圖像的過程並未被省去，而是在 PPT 的先行鋪墊作用下，在已有的理論理解基礎上，由抽象逐步過渡到形象的過程，減少了思維的轉換跨度，有利於學生思維的銜接，並且由於最終落腳到學生複述成語講解視頻的內容，使學生在理解性的輸入後，進行自主輸出，這樣，在整個過程中，能夠使學生對漢語教學內容的掌握程度有效提高，學以致用，促進「智識」發展。

此外，在學生的自主學習中，網絡多媒體也日漸成為學生獲得更多資料、及時了解資訊的途徑。在課外學習中，學生可以針對疑難問題在互聯網上查找相關資料，促進思考；也可以在互聯網上參加一些相關在線課程，彌補自主學習的不足等等，這些方式與途徑在增進學生對漢語教育的學科知識與能力的同時，也可以在過程中潛移默化地鍛煉出學生對自身所提出的學科知識問題進行一些思考，在這一過程中，學生可以促進對自身元認知意識、對知識的再次理解能力等均會有所提升，這也會促進漢語中的「智識」水平的提高，這亦是對漢語課堂教學的有益補充。

因此，無論課堂教學還是課外學習，教師和學生的「智識」發展均可受益於網絡多媒體技術的應用而得到增進。

三、多媒體的「直觀性」對漢語教學中「智識」的促進

在教育史上，17 世紀的捷克教育家誇美紐斯（1592-1670 A.D.）首次從「感覺實在論」出發對直觀教學進行論證。在論證中，誇美紐斯認為，「人的認識始於感官，『一切知識都是從感官的感知開始的』，通過感官獲得的外部經驗是進行科學教學的基礎。」（張斌賢、王晨，2008）他倡導教學應該「將所要學習的知識以具體形象的方式印在兒童的感官中，這樣才有助於理解和鞏固知識。」（張斌賢、王晨，2008）烏申斯基（1824-1871 A.D.）也就直觀性教學原則指出：「一般來說，兒童是依靠形式、顏色、聲音和感覺來進行思維的。」（曹孚，1979）

直觀性教學原則能夠將原本不易理解的抽象知識以具體形象的、感性的知識形式展示出來，有助於提高學生的學習興趣與主動性；也可以直觀展現事物與事物之間的形象化了的相互關係、事物的動態發展過程、一些事物的內部結構等，益於學生在面對直觀的觀察對象或分析對象時，能夠逐漸掌握觀察或分析事物的能力與方法。

漢語教材的內容，雖然明顯含有自然美、社會美、藝術美、道德美、人生美等品德情意特性，這些內容都含有可以體悟的「智識」，但如果僅以傳統教學手段予以傳授，則其中的「智識」的內在涵義可能不能夠被學生較好地吸收，難以起到通過漢語教學促進學生的智識水平的作用。

因為「智識」需要學生融於其中，盡心感受，充分吸納教學內容中「隱藏」著的更多訊息並能夠較為「近距離」地感悟，才可能由「悟」而從僅僅知道了「知識」上升至升華成「智識」，在這一過程中，「感受」是關鍵的一個階段，而傳統教學形式僅以教師口頭或板書展現為主，少有其他形式的展現方式，不能使得學生將教師所講授課程中的知識、能力、品德、情意等「有機」地「融」為自身的知能體系中，也就不能進而轉化為自身的「智識」。

並且，由於小學生、中學生的接受主動性、接受能力等相對更高年齡的學生來說程度更為有限。因此，在漢語教學中，需要對傳統教學形式進行改進，以適應吸引學生的課堂注意、增加學生的學習主動性的需要，而網絡多媒體技術因為上文提到的其自身特點，能夠使得漢語教學的課堂有效吸引學生的注意力，進而帶動學生不斷主動跟隨課堂進度學習，融於教師所需要教授的內容之中，增進學生對漢語學習內容的感受程度，最終使學生可以自然地以適合漢語知識與能力的學習方式進行學習，進而有利於學生對課程內容的有效掌握、較深程度地掌握。

　　所以，應用網絡多媒體技術能夠起到促進漢語教學整體水平的作用。例如，林小蘋在《多媒體與語文教學》一書中，記錄了一個實驗案例，對比了使用傳統教學方式和利用播放電視教材向一個班的學生教授《漢字知識》所取得的不同效果。此實驗選擇同一班級同一教學內容進行課堂觀察比較。

　　採用傳統的講授式教學法，學生的注意力只有 88% 左右，而出現的注意力不集中現象有以下幾方面：(1) 埋頭抄筆記不聽課堂講授；(2) 搞小動作；(3) 交頭接耳，相互議論；(4) 提問毫無反應；(5) 回答問題準確率低 (6) 東張西望。

　　而在使用電視教材教授同樣的內容時，由於整體教學時長得到壓縮、知識密度較高等原因，學生注意力集中程度得到了明顯提高。在使用電視多媒體教學時，首先，節約了教學時間，課堂時間有原來的 45 分鐘減少為 18 分鐘；其次，只是密度得到提高，學生注意力高度集中，根據課堂觀察記錄，學生的注意率達到了 98% 以上，在期末考試中，學校採用該市統一命題試卷，對卷中的形聲字部分，在抽取的 118 份樣本中，卷面準確率達到了 92%。

　　在這個電視教材的教學中，因為內容形象直觀、動態的畫面，易於學生快速融入其中，高效接受，據《多媒體與語文教學》一書介紹，「在教材的重點和難點處，我們選擇的畫面努力做到生動活潑，為學生喜聞樂見……同時，適當插入通俗易懂的提示性旁白，起到畫龍點睛的作用。例如『漢字知識』中『象形字』和『會意字』的概念，是教學的難點。於是，我們選擇的畫面，從人的側面形象入手，隨即介紹『人』字的發展演變過程。使學生能夠從生動的畫面中領會出『用描畫實物形狀的方法造出來的字叫象形字』的概念。在介紹會意字時，我們選擇『人在樹旁或樹下休息』的畫面，來說明『由幾個具體的形體合起來，表示一個抽象的字』的概念。」（林小蘋，1997）

　　又如，「『形聲字的構成及其特點』，既是本書的節點，也是教學中的一個難點。為了便於學生掌握和理解，我們選擇『包』字與不同偏旁組合的字幕與畫面有機結合的構圖。構圖中既有整體畫面，又有局部特征；既有活動字幕，又有細節描寫。學生對這樣的畫面興趣十分濃。」（林小蘋，1997）

　　再如，為了豐富教材內容，電視教材加入了漢字的演變歷史方面的內容，「我們將漢字的形體演變，從『甲骨文』到『草書』、『行書』……使學生對漢字的知識有了整體的認識。短短 18 分鐘的電視片中，學生既認識中華民族淵遠流長的漢字歷史，又掌握了漢字構造與形聲字的知識，達到了編制的預期目的。」（林小蘋，1997）

由以上可以看出，網絡多媒體技術的應用於漢語教學，不僅容易引起學生的興趣，增進他們的學習主動性，而且能夠直觀地「近距離」展現教學內容，特別是傳統教學方式不容易甚至不能夠展示的細節內容、立體內容、動態變化內容等，由此，可使學生更加充分地了解細節、動態變化等，獲得更為充足徹底的感知，在此基礎上，能夠進一步將原本不易細細品悟、動態想象感知的學習內容比較直接、準確、詳細地形象化認知，這樣就為將課堂所學知識逐漸提升為智識做了一定的基礎與促進。

四、語言智能對漢語教學中智識的促進

美國著名心理學家、教育學家霍華德‧加德納（1943）於 1983 年在其著作《智力結構：多元智能理論》中提出了「多元智能理論」，該理論對人類的八種智能做了簡要界定，這八種智能包括語言智能，這種智能是指「用言語思維、用語言表達和欣賞語言深層內涵的能力。」（沈志隆，2018），在《重構多元智能》一書中，加德納又將語言智能的定義又發展為「語言智能涉及對口頭語言和書面語言的敏感性，涉及學習語言的能力和運用語言實現一定目標的能力。」（北京教育學院多元智能工作室，2005）

在這兩個定義中，加德納都強調了人對語言的處理能力。漢語教學能夠提高這種能力。漢語教學在傳遞給學生語言及其所承載的內容的同時，也在訓練著學生的對語言的處理能力，包括理解能力、欣賞能力等，在增強了這些能力之後，學生便可以運用這些能力更好地將所學得的知識與情意逐漸上升為智識，而網絡多媒體可以通過多種感官的協同作用，增強學生感受到的信息的深入程度，進而增強學生對知識情意感受的強烈程度，使學生更容易將這些內容吸收、上升為智識，因此，網絡多媒體技術能夠促進漢語教學中的智識水平的提升，使學生不僅具備較為豐富的知識，還能具有一定程度的智識。

這正如加德納所指出：「只有當一個人能夠以多種方式來展示所接觸到的核心內容時，這才說明他（她）充分理解了核心概念」，「有必要用多種方式來闡述、展現該主題。不但可以解釋清楚該主題的複雜內容，還可以滿足全體學生的需要。」，「多元方式能夠明顯地啟發學生多種智能、技能和興趣，這是非常理想的做法。」（北京教育學院多元智能工作室，2005）

例如，在《多媒體與語文教學》書中，「上《荔枝蜜》一課時，課件設計時，抓住作者對蜜蜂的感情變化線索，先以平面連環圖示再現作者小時候上樹掐海棠

花不小心讓蜜蜂蜇的經過，讓學生理解、感受作者『不喜歡蜜蜂』的情感疙瘩；接著以『參觀養蜂大廈』的錄像播放，讓學生認識小蜜蜂的生活特徵；最後以色彩鮮艷，寓意深刻的蜜蜂採花釀蜜圖，農民勤勞插秧圖，配以重點文段呈現，讓學生品味小蜜蜂的無私奉獻精神。課堂教學設計時，引導學生在把握課文整體內容的基礎上，在語氣語調、節奏輕重等方面點撥學生目接口誦，使學生體味小蜜蜂的崇高精神氣質。尤其是對『我不禁一顫！多麼可愛的小生靈』的課文重點段，用畫面、文字、背景音樂集合而成震撼心靈的特殊情境氛圍，使學生的內心真正受到『顫動』，自覺地隨同作者一同進行著對人、事、物的體驗、思索和感悟，化為融合著自己靈魂個性的精神血脈，滲入心田，釋放活力。」（林小蘋，1997）

從中可以看出，運用多媒體教學手段，在視覺、聽覺的作用下，學生直觀地、仿佛身臨其境地進入了課文中的場景，在「用畫面、文字、背景音樂集合而成震撼心靈的特殊情境氛圍」裏，融入了課文的語言中，能夠感同身受課文中的情感，最終將語言承載的情意化為自己品格的一部分。這其中，學生必須首先能夠充分感受語言的情意，藉助多媒體所營造的課堂環境，深入感知、欣賞課文語言的情感流動變化，之後才能運用語言智能來融課文語言內蘊的情意內化為自己內心品質，使知識逐漸升華為智識。

又如，在此書中，教師教授《天上的街市》一文時，「藉助多媒體計算機，既再現天上人間渾然一體的畫面，又呈現作者全詩富有鮮明節奏和韻律的語言詩段。」讓學生能夠通過多媒體的時空造境，在逼真的環境中，充分吸收詩歌的意境美感，「引起心理的共鳴，領悟美妙和諧的意境。」（林小蘋，1997）

可見，多媒體技術對教學環境的氛圍營造，能夠利於學生充分感知課文內含的情感，引起情感共鳴，使自身與課文情蘊相融通，進而更好地發揮自身的語言智能，逐漸將課文內蘊升華為自身智識的一部分，最終達到融「知」為「智」的學習成效。多媒體教學通過增強學生語言智能的發揮，進而促進漢語教學中智識水平的提升。

五、本文有待進一步探究之處

本文主要闡述了網絡多媒體教學對學生的智識的促進作用，但較少涉及在多媒體教學條件下，教師的智識水平得到了哪些促進，但根據一些資料，可以肯定，在進行網絡多媒體教學的過程中，教師也會受益於這種創新的教學手段，對教學法等與教師教學相關的能力作出反思，使教學水平與智識水平得到互動提高。

例如，何志恆的《翻轉角色：一個語文教育電子課堂的自主學習探究》一文中，就將四位語文科教師進行了角色翻轉——使教師以「學生參與者」身份進行電子課堂（e-learning，也是網絡多媒體教學）準備，並進行了訪問。

在「研究發現及討論」環節中，一些問題能夠有助於進一步探究網絡多媒體教學對教師自身的促進作用。

例如，第一個問題，「參與製作電子課堂對學習有幫助嗎？」，一位受訪準教師指出：「我覺得我製作電子課堂後，我也能學到一些東西。因為電子課堂需要對觀眾具啟發性，所以我們想的問題也要具啟發性，並針對他們的疑難，從而提出解決方法，舉例子幫助他們發掘下去。在構思的過程中也對自己有幫助，令我知道製作電子課堂時，如果能把具體的重點問題提出來，可以令很多人有興趣看或再用，那是製作的核心。」（何志恆，2020）

還有一位受訪準教師認為在製作電子課堂可以重新審視自身對教學的認知，「這次給我機會反思我到底學習了什麼？在學習過程中，我到底有甚麼未能掌握呢？同學會有甚麼學習難點呢？」（何志恆，2020）

從中不難看出，受訪教師在進行網絡多媒體教學的過程中，能夠發現自身對一些知識層面以上的認知方面的缺乏，進而可以檢視原有教學中存在的不足，各種認知方面的豐富能夠形成聚合動力，促進漢語教學中「智識」水平的增益，我認為以上此種網絡多媒體教學對教師的「智識」的提升作用值得進一步探究，以此進一步完善漢語教學。

六、一種對多媒體教學的「直觀性」的嘗試性延展

除了前文提到的直觀性教學原則以外，我認為可以就漢語教學的「直觀性」再做一些嘗試性延展，使其不僅限於「教學原則」範圍內，從而在師生的生活範圍內更廣泛地探討網絡多媒體技術對漢語教學中「智識」水平的促進作用。

《走進讀圖時代的語文教學》一文指出了網絡多媒體技術的應用為漢語教學帶來的變化，主要涉及五個方面：教學環境、教學方式、教學過程、教學媒體、師生角色。其中，對這裏所要延展的「直觀性」體現得最為明顯的是師生角色中的學生角色變化方面。

在師生角色的變化方面，文中指出「學生角色的轉變——從被動的知識容器和知識受體轉變為主動建構的知識主宰、教學活動的積極參與者。學生……不是

被動地接受知識，而是以平等、開放的心態與教師互動、交往，在和諧、民主、平等的師生關係中，形成積極、豐富的人生態度和情感體驗，豐富的知識和解決問題的能力。」（何志恆，2020）網絡多媒體技術應用下的漢語教學具有個別化、交互式、開放性的特點，因此，在師生關係中，網絡多媒體教學對學生角色的變化能夠讓學生處於師生融洽相處的教學環境中，因此，在這樣的環境下，學生身心輕鬆、自然愉悅，內心的舒適狀態可以使學生更能夠活躍思想、引起更高程度的智能活動，進而促進學生在學習中產生智識。

對於教師角色的轉變而言，教師「從傳遞知識的權威轉變為學生學習的組織者、協調者、設計者、開發者……學生的合作夥伴。還有學者認為，『教師自己也應該是一個學習者』」（何志恆，2020）在進行網絡多媒體教學中，教師可以與學生「教學相長」而這也符合《普通高中語文課程標準（2017年版）》指出：「教師要注意引導學生在自主學習的基礎上，學會傾聽和分享、溝通和協調，掌握探究學習的方法，提高實踐和創新能力。」（邱桐，2018）並且，在整個教學過程中，教師不僅會利用網絡多媒體技術進行課堂授課，也會將其用於備課、佈置作業、課外輔導等環節，這樣，教師又會在網絡多媒體的幫助下獲得教師專業成長，教師在利用網絡多媒體查找相關資料、獲得網絡中關於教育教學的相關資訊等，都可能促進教師的智識水平，而教師的智識水平獲得提高後，其授課內容的質量、授課情感的恰當投入等，都會促進學生智識水平的提高。

七、結語

從傳統教學到網絡多媒體教學的變化，可以有效促進學生的語文「智識」。

傳統教學易使學生的學習成果水準僅僅停留在只掌握與解題相關的知識、思路，而不能由此進一步使學生的認知水準達到由「知」生「智」的程度，將知識與能力及情感態度不僅應用於解題、應試，還可遷移、化用到日常生活及日後的工作生涯中。

通過網路多媒體技術的情境教學，學生在課堂上受到多種感官的資訊接收，既「看」又「聽」，「看」靜態與動態的文字、圖畫、影像資料等教學資源，「聽」有聲的文字、傾注了朗誦者感情的語句文章、配合著影響畫面的聲音等資訊，同一資訊被以不同的方式傳遞給同一學生。

在這種既「看」又「聽」的作用下，學生的感官在「看」與「聽」的自我聯動中綜合調動、吸收，能夠比較有效地加強對同一資訊的單次印象深度、牢固程度，使得教師所講的知識及其中包蘊的情感與態度、思路、方法、技巧及其他經驗被學生在初期接觸時即能得到有效理解。

隨著教學的逐步深入，逐漸使得學生對漢語學科知識與能力及情感的理解與掌握進一步上升為「融匯」、「融合」地汲取與化用，進而能夠不僅對所接受的漢語教學知、能、情、德等在漢語學科的範圍內理解，也能夠溝通學科以外的其他方面。

網絡多媒體技術在當今語文教學中應用較多，是直觀性教學原則和多元智能理論運用於語文教學中比較明顯的體現，既能促進語文教學模式與內容兩方面的優化，又能有利於教師教學觀念的進一步完善，對漢語教學中的「智識」水準的促進較為有利，進而能夠加強並加深學生的語文整體素養。

參考文獻

北京教育學院多元智慧工作室（2005）：《多元智能理論與實踐的中西交匯》，北京，北京出版社。

曹孚（1979）：《外國教育史》，北京，人民教育出版社。

何志恆（2020）：翻轉角色：一個語文教育電子課堂的自主學習探究，輯於：《語文教育與思想文化》（頁 151-164），香港：中華書局。

霍華德·加德納著，李寶榮譯（2005）：學校教育改革系列——霍華德·加德納在香港，輯於：《多元智能理論與實踐的中西交匯》（頁 48-58），北京：北京出版社。

林小蘋（1997）：《多媒體與語文教學》，珠海，珠海出版社。

劉志剛（2020）：《多媒體輔助漢語教學案例集》，北京，北京語言大學出版社。

倪文錦、榮維東、任桂平、韓艷梅（2012）：走進讀圖時代的語文教學，輯於：《語文學科教育前沿》（頁 267-285），北京：高等教育出版社。

邱桐（2018）：《多元智能理論在中學語文教學中的運用》，檢自：https://www.doc88.com/p-0018455558360.html?r=1，檢索日期：2021.8.8

沈志隆（2018）：《多元智能理論之父加德納》，太原，山西人民出版社。

孫曉霞（2020）：《古代西方藝術概念中的智識傳統》，檢自：http://www.cssn.cn/ysx/ysx_ysxll/202011/t20201119_5219191.shtml，檢索日期：2021.8.6

徐平（2016）：《大學應強化「智識教育」》，檢自：http://www.cssn.cn/jyx/jyx_jyqy/201612/t20161222_3354258.shtml，檢索日期：2021.8.6

張斌賢、王晨（2008）：《外國教育史》，北京，教育科學出版社。

国际汉语教育硕士全球素养培养的调查思考
——以中央民族大学课程设置为例

Investigation and Reflection on Global Competence Cultivation of MTCSOL——Taking the Curriculum of Minzu University of China as an Example

董乐颖 中央民族大学

DONG, Leying Minzu University of China

摘要 Abstract

随着全球化进程的推进，"全球素养"成为教育研究的热点议题。汉语国际教育专业学生的全球素养培养十分必要。中央民族大学国际教育学院在汉教硕士全球素养培养方面成效显著，因此本文以该校为案例，通过设计汉语国际教育硕士全球素养评价量表的方式，对该校汉教硕士课程对全球素养的培养情况开展调查，期待本研究对汉教硕士全球素养的培养提供一些思考和启示。

关键词：全球素养 汉语国际教育硕士 课程设置 量表设计

With the development of globalization, 'Global Competence' has become a hot topic in education research. It is necessary to cultivate global competence for the Master of Teaching Chinese to Speakers of Other Languages (MTCSOL). The cultivation of Master's global competence in College of International Education in Minzu University of China is significant. Therefore, this paper takes the university as an example, and investigates the cultivation of global competence in the curriculum of MTCSOL by designing the corresponding evaluation scale. It is expected that this study will provide some reflections and enlightenment on the cultivation of global competence for MTCSOL.

Keywords: global competence, MTCSOL, curriculum provision, scale design

一、选题意义

（一）选题缘起

1、全球素养在人才培养中备受关注

随着全球化进程的加快，各国之间联系更为密切，人类在从全球化获益的同时，也遭遇了很多全球性问题。这些问题对人才、教师和教育都提出了新的要求，全球素养成为教师与学生必须具备的重要能力与品质。

近年来，全球素养作为一个全新的研究视角成为了教育研究的热门话题。2010 年发布的《国家中长期教育改革和发展规划纲要（2010 年~2020 年）》中提出，"为适应国家经济社会对外开放的要求，培养大批具有国际视野、通晓国际规则、能够参与国际事务和国际竞争的国际化人才"。2020 年 6 月印发的《教育部等八部门关于加快和扩大新时代教育对外开放的意见》着眼加快推进我国教育现代化和培养更具全球竞争力的人才，要求高校加快培养具有全球视野的高层次国际化人才。由此可见，培育具备全球素养的中国公民，对于中国在全球中迅速崛起和实现民族复兴，对于中国向世界讲述好"中国故事"、发出"中国好声音"，尤为重要。

2、汉语国际教育硕士全球素养培养意义重大

汉语国际教育作为一项跨学科的、与国际接轨的专业，对硕士生全球素养的培养较其他专业更加严格和细致。2007 年，全国汉语国际教育硕士专业学位教育指导委员会发布了《汉语国际教育硕士专业学位研究生指导性培养方案》。该方案指出，本专业的培养目标为"培养具有熟练的汉语作为第二语言教学技能和良好的跨文化交际能力，适应汉语国际推广工作，胜任多种教学任务的高层次、应用型、复合型专门人才。"该目标强调的"跨文化交际能力与汉语国际推广"鲜明地体现了本专业的国际化特征，与全球素养的内涵与要素十分贴合，因此全球素养的培养对于汉教硕士来说意义重大。

3、中央民族大学汉语国际教育硕士全球素养培养成效显著

中央民族大学国际教育学院于 2009 年开始招收汉语国际教育专业硕士，采用"1+2+X"的培养模式进行培养（田艳，2012）。其中的"1"为一学年的在校学习；"2"为利用两个暑假开展的全英语专业授课、汉语专业学习以及教学实习；"X"为半年到两年的海外学习或实习。由此可见，学院十分注重将课堂教学理论与国际汉语教学实践相结合，关注学生知识、技能、态度和价值观等多维度、全方位的培养。

多年的教学成果和学生毕业情况调查显示，该学院学生的海外就读率和就业率较高，且具有较好的口碑。因此，对该学院汉教硕士全球素养培养的研究，不仅具有典型性和代表性，而且对其他学校汉语国际教育硕士生的培养以及专业本身的建设具有重要的借鉴意义。

4、研究现状

目前，针对全球素养的研究多基于经济合作与发展组织（OECD）提出的《PISA 全球素养框架》，**研究内容**主要是对全球素养的概念、框架和评估的阐释，**研究视角**多较为宏观和中观，即从学校和学生培养层面出发提出教育思考与启示，对于全球素养在具体学科或专业领域的探讨较少。**案例分析**是其主要的研究方式之一，内容主要为普遍教育领域全球素养的研究，研究对象主要为以学校为单元的中小学学生或教师全球素养的研究，关于具体的教育政策、课程设置和教材等的研究较少。

针对汉语国际教育硕士培养的研究，目前集中在培养模式、培养方案以及现存的问题方面。目前学界针对与全球素养相关的国际理解教育和跨文化交际能力进行了一些研究，但尚未见到关于汉语国际教育硕士全球素养的培养情况、案例分析、评估工具等的直接研究。

（二）研究意义

1、为汉教硕士全球素养评估体系的建立提供参考

通过建立汉教硕士全球素养培养的评估维度和评估工具，为汉教硕士全球素养的评估提供参考和借鉴，从而进一步完善对汉教硕士的整体评估维度，使对学生的评价更加科学、有效，并为后续培养方案和课程设置的完善提供依据。

2、为培养具有全球素养的汉教硕士人才提供思路

以中央民族大学国际教育学院为个案，从课程设置的角度对汉教硕士的全球素养进行评估。更好地了解汉教硕士全球素养的培养现状，指出其优点与不足。为该专业硕士课程设置和全球素养的培养提出专业性建议，为汉教硕士人才培养机制的完善提供启示，从而为同行业的发展提供经验和借鉴。

二、全球素养的内涵及构成

"Global Competence"一词目前尚没有统一的译法，中国大陆的学者或译为"全球素养"，或译为"全球胜任力"，中国台湾的学者多译为"国际力"、中国香港的学者多译为"全球竞争力"（熊万曦，2017）。本文采取"全球素养"这一译法。

关于全球素养的研究自 20 世纪 80 年代就已在美国出现，并且随着社会的开放以及国际联系的增强而逐渐增多。学界对于全球素养的内涵众说纷纭。不同领域的专家根据不同的需求、经验以及个人和专业利益来定义它。

美国的学者 Hunter 第一次使全球素养有了较为明确的定义和维度分类。

Hunter（2006）采用了定性和定量的双重描述性研究方法，通过德尔斐法，与来自跨国企业的代表、跨国公司的人力资源管理人员、高级国际教育工作者、联合国和大使馆官员、跨文化专家等进行了广泛讨论，确定了全球素养一词的定义**"有开放的心态，积极寻求理解文化规范和他人的期望，利用获得的知识在环境之外互动、交流和有效工作"**。他还据此建立了全球素养结构模型（见图 1）。该模型体现了态度、知识和技能三要素由内而外的嵌套关系。在关系模式中，态度和价值观处于核心，它影响着全球知识的积累和跨文化技能的形成。

图 1 Hunter 全球素养结构模型（2006）

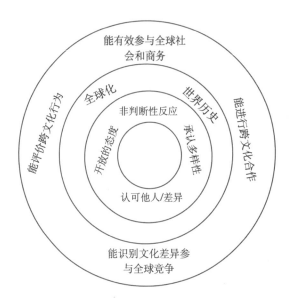

到此，学者们对于全球素养的内涵要素达成了基本的认同，主要包括为知识、技能、态度、价值观等四个维度的基本内容，以 OECD（2020）提出的"PISA 全球素养框架"的内涵为代表（如图 2）。OECD 全球素养内涵的基本逻辑为：研究一个全球性的问题需要具备关于该特定问题的知识，需要将对该问题的了解转化为更深层次的技能，以及需要具备从多重文化角度对该问题进行反思的态度和价值观（黄奕宇，2020）。

图 2 OECD 提出的 PISA 全球素养内涵图（2020）

不过，仍有一些学者对全球素养的内涵提出了不同的看法。被后人称为
"全球素养倡议之父"的 Richard Lambert 在 1996 年的国际教育交流会议上
提出，全球素养应包括知识、移情、认可、外语能力及任务表现等五个主要
部分。刘扬和孔繁盛（2018）整合国外不同的观点，针对大学生这一研究对象，
提出了全球素养不仅包括知识、技能、态度三个维度，而且包括"国际经验"，
这与 Richard Lambert 提出的"任务表现"以及 Hunter（2006）提出的技能
维度中的"跨文化合作等技能和经历"具有一致性。以上学者的观点丰富了
全球素养评估的维度设置，对我们后续评估工具的建立有宝贵的借鉴意义。

基于文献，本研究将全球素养的内涵界定为个人能以全球公民的身份，持
尊重、开放、包容和理解的态度，运用全球性知识，利用已有的国际交流经验，
在全球化时代中有效进行跨文化生存和交际的能力。这一内涵共包括知识与
理解、技能与运用、态度与价值观三个维度。

三、研究内容

（一）研究对象

本文旨在以 M 大学国际教育学院汉语国际教育专业硕士为整体案例，对
汉语国际教育硕士全球素养的培养进行探究。由于课程设置是最能体现教育
理念与教学目标的内容，因此我们以它为切入点对该专业全球素养的培养情
况进行研究。

根据笔者 2020 年——2021 年学习期间的观察，结合全球素养的内涵，笔
者将 M 大学的课程分为三大类：文化与跨文化类、语言与教学类、研究方法
与其他类，共 468 课时。（由于教学实习课每位同学的情况各不相同，公共
课中的"中国特色社会主义理论"与"实践研究和马克思主义与社会科学方
法论"和本专业相关性较小，故在此不做研究。）表 1 为中央民族大学国际
教育学院全球素养相关课程及分类。

表 1　中央民族大学国际教育学院全球素养相关课程及分类

课程分类	具体	课时
文化与跨文化传播类课程	中华文化与文化传播	36
	美国教育概况	18
	中华才艺训练与展示	36
	中美跨文化交际	18
	对外汉语专业英语	18
语言与教学类课程	汉语作为第二语言教学	72
	美国高级中文教学	18
	第二语言习得研究	36
	课程设计与教材分析	18
	教学技能训练	36
	教学测试与评估	18
	汉英对比与偏误分析	18
研究方法与其他类课程	国际汉语教学前沿讲座	18
	国际汉语教学法及案例分析	36
	国际汉语教学研究方法专题	36
	教学观察与分析	18
	硕士研究生论文写作指导	18

（二）研究工具

1、相关量表

指标评价是目前使用最广泛的全球素养评估方式，关于全球素养评估的相关研究也以此为主，研究的重点是维度的设置和量表的设计。目前学者们对于全球素养指标体系一级维度的设置比较统一，二级维度则各有不同。我们整理了相关的研究作为本次量表的参考。

表 2　不同学者的全球素养维度设置

学者	一级维度	二级维度
Li（2013）	态度	对国际和跨文化机会持开放态度
		对容忍文化模糊和接受文化差异
	技能	运用知识、不同的文化框架和视角来批判性地思考和解决问题
		与来自其他文化背景的人交流和联系
		利用其他文化的知识来扩展自己获取信息、经验和理解的途径
	知识	在全球和比较的背景下理解他人的文化
		了解关于其他文化的基本事实
		了解全球性问题、过程、趋势和系统
OECD 发布的《PISA 全球素养框架》（2020）	知识	关于全球性问题的知识
		跨文化知识
	技能	信息推理
		跨文化交际
		观点识别
		冲突管理和冲突解决能力
		社会适应力
	态度	开放的态度
		尊重文化差异的态度
		全球意识
	价值观	重视人的尊严
		重视文化多样性
Yang Liu, Yue Yin, Ruilin Wu 等人设计的针对研究生全球素养的评估量表（2020）	知识和理解	世界知识（对其他国家的语言、文化、历史和地理有基本的了解）
		理解全球化（了解全球化及其发展趋势和影响）
		国际学术知识（了解国际前沿研究问题、理论和方法。）
	技能	工具使用（能够用外语进行交流，并能使用信息技术和其他工具）
		跨文化交际（能与不同文化背景的人交流、学习和工作）
		跨文化学术交际（能与不同文化背景的学者交流）
	态度和价值观	互动意图：寻求跨文化体验、学习和研究
		开放的态度：以开放的心态去理解、尊重和欣赏自己文化之外的人
		价值观：认同自己的文化，认识到自己的世界观并不是普世的

2、量表设计

笔者以中央民族大学汉语国际教育专业课程设置的特点为基础，主要参考以上国内外各学者不同的全球素养维度划分，设计了汉语国际教育硕士课程全球素养体现评估量表。

在量表设计和完善的过程中，笔者采用专家意见征询法，在二级维度设置时征询了 5 轮 12 人次意见。主要专家包括汉语国际教育专业的五位学科专家、三位熟手型教师和一位经验型教师。该量表从知识与理解、技能与运用、态度与价值观三个维度进行评估，每个维度下设三个二级维度。下面对各二级维度的名称及内涵做出解释。

表 3　汉教硕士全球素养各维度名称及内涵

一级维度	二级维度	二级维度内涵
知识与理解	本国与对象国知识	对中国及其他国家的语言、文化等有基本的了解。
	跨文化知识	了解跨文化的知识和理论，拥有跨文化交际经验。
	全球性知识	理解全球化及全球性问题的基本知识，包括专业相关的国际学术知识。
技能与运用	工具运用能力	能够运用外语进行交流，并且能使用信息技术手段和其他工具获取和处理信息。
	跨文化交际能力	能够与来自不同文化背景的人交流、学习和工作。
	批判思维能力	运用不同的知识、文化框架和视角来批判性地思考和解决问题。
态度与价值观	平等尊重	认同文化平等，尊重不同文化，尊重个人尊严。
	互动意图	开放的心态，积极寻求跨文化体验、学习和研究。
	全球视野与国际担当	个体作为世界公民，具有国际意识和胸怀，对地球和其他国家负有责任和担当。

四、中央民族大学汉语国际教育硕士课程全球素养考察与分析

笔者通过课堂观察与反思，用汉教硕士课程全球素养体现评估量表对三类课程进行了评估与分析，具体结果如下。

（一）知识与理解维度课程体现

三类课程在全球素养知识与理解维度上均有涉及。其中，最为突出的是文化与跨文化传播类课程，其次是语言与教学类课程。方法与研究类课程在这一维度涉及最少。

1、文化与跨文化传播类课程

此类课程对知识与理解三个二级维度均有体现，其中，本国与对象国知识和跨文化知识涉及较多，全球性知识体现较少。

本国知识方面，中华文化与文化传播课和中华才艺训练与展示课体现较多。中华文化传播课上，教师在授课过程中为学生们讲授了许多中华文化的宏观知识和微观案例。中华才艺训练课上，学生学习了书法、国画、太极剑等中国传统文化才艺，了解了其基本知识和发展概况。**对象国知识方面**，美国教育概况和中美跨文化交际课体现较多。美国教育概况课上，教师详细讲解了美国教育的背景、法律基础、理论基础和当前的教育实践，帮助学生获得对美国教育的全面认识。中美跨文化交际课中，教师也从政治、经济、历史、地理等方面全面概述了美国及美国文化的特点。

跨文化知识方面，中华文化与文化传播课及中美跨文化交际课体现较多。中华文化与文化传播课上，教师开展了"文化传播要素及关联研究"专题，讲述了关于跨文化传播的理论知识，如文化传播的界定及要素、文化的语言传播与非语言传播、文化需求评估、受众分析等等。中美跨文化交际课中，学生阅读并小组汇报的书籍 *Say Anything to Anyone, Anywhere* 也包含了丰富的跨文化交际知识。

全球性知识维度仅在中华文化与文化传播课的案例展示时有所涉及。老师在"全球热点问题"的专题中结合世界背景，与同学们讨论了一些中国当前面临的一些热点问题。如民主与专政的关系、现代文明素质、人权问题、战争与和平、环境问题等等。

2、语言与教学类课程

此类课程以国际中文教育为主题，注重对教师汉语知识、语言教学知识及教学技能的培养，因此，在知识维度中，教学类课程对本国和对象国语言学知识体现较多，涉及一定的跨文化传播知识，其他维度体现较少。

本国语言学知识方面，以汉语作为第二语言教学课为代表，四位教师分别讲授了汉语语音、词汇、语法、汉字的特点，帮助学生在更了解汉语语言本体知识的前提下开展语言教学。**对象国语言学知识方面**，美国高级中文教学课分析了美国的外语教学尤其是汉语教学概况，包括美国高级中文教学的学习目标、考试方式、学习策略、高级汉语的语体问题等。此汉英对比与偏误分析课也包含了很多中英语言学知识，如英汉句法对比分析、中英文的主要句式和对比等。

跨文化知识方面，语言与教学类课程提供了较为丰富的跨文化教学经验。汉语作为第二语言教学课上，教师会以自己的亲身教学经验或其他教学视频作为案例进行分析，学生也需要在课上进行教学试讲，虽然处于虚拟的教学环境，但由于其他同学模拟外国学生营造真实的教学环境，因此学生也在一定程度积累了其跨文化教学经验。

全球性知识方面，此类课程几乎没有体现，部分教学理论类课程包含了一些国际学术知识，即汉语国际教育专业相关的国际前沿研究问题、理论和方法。如第二语言习得课上，教师讲解了二语习得领域主要的理论和研究成果，以及二语习得的主要研究方法等。

3、研究方法与其他类课程

研究方法与其他类课程主要涉及学术研究的理论、问题、方法等，因此在知识与理解维度中只涉及部分**本国语言学知识**，如某些专题讲座里提到的合成复合词的类型、汉字词汇加工的特点、汉语语体研究等，并在进行语言对比时略微涉及一些对应的外语知识，如拼音文字的词汇加工、英语书面语体特点、不同语言的社会学维度和实践性维度等。

全球性知识在此类课程中主要体现在国际学术知识方面。国际汉语教学前沿讲座、国际汉语教学研究方法专题课以及硕士研究生论文写作指导课上，不同的教师对各自钻研的领域涉及的国际前沿理论和研究方法都有所解析。

（二）技能与运用维度课程体现

三类课程中，文化与跨文化传播类课程和语言与教学类课程在技能与运用维度中体现较为突出，主要体现在工具使用能力和跨文化交际能力方面，批判思维能力较少。研究方法与其他类课程在这一维度涉及不多。

1、文化与跨文化传播类课程

外语使用能力方面，对外汉语专业英语课、中美跨文化交际课和美国教育概况课都用英文教授，因此有助于提高学生的英语能力。对外汉语专业英语课旨在使学生学会用英语教授中国语言和文化、发展英语技能及熟悉英语学术语境。教师会讲授对外汉语相关的专业英语知识，学生需要阅读英文文献并且进行小组汇报和展示。其他两门课程均由美国冯蒙特大学的老师 H 教授。课上，学生需要用英语回答问题、参与讨论，还需要在课下用学术文献速读法阅读英文著作，并进行课堂小组汇报，中美跨文化交际课上，学生还要学习英文应用文的写作。以上种种练习和作业，有利于学生培养英语思维，提高英语综合运用能力。此类课程对**学术工具使用能力和信息技术使用能力**体现较少。但在对外汉语专业英语课中，教师介绍了第二语言相关的科技与教学，分析了未来国际中文科技教学可能的研究趋势，如人工智能、自然语言处理和数据挖掘等，有利于学生关注对于信息技术工具的使用。

跨文化交际能力方面，中华文化与文化传播课的教学目标之一就是提升传播中华的能力，教师通过中外跨文化交际的案例分析与同学们共同讨论和分享跨文化交际时的注意事项等。中美跨文化交际课也旨在为学生提供跨文化交往的知识和技能，提高学生的跨文化适应能力。此外，对外汉语专业英语课上，D 老师教授了 APA 格式（American Psychological Association）的相关使用规则，有利于学生熟悉英语学术语境、提高国际学术交流能力。

批判思维能力方面，中华文化与文化传播课将"引导学生用双重视角思考文化，更深地认识自己，更好地理解他者"作为教学目标之一，教师会引导学生使用批判思维分析中华文化、进行文化对比。中美跨文化交际课上，H 教师在讲述美国人的文化与生活方式时，从历史、地理等客观角度进行了分析，引导学生进行客观的中外文化对比，并尝试用美国思维看待其行为方式与价值观，减少文化偏见和刻板印象。

2、语言与教学类课程

此类课程主要有利于培养学生的**外语使用能力**。汉语作为第二语言教学、第二语言习得研究（F 老师教授部分）、美国高级中文教学和汉英对比与偏误分析均使用外语教学，学生也均使用英语回答问题、完成作业及考试。第二语言习得课和教学测试与评估课对**学术工具使用技能**有所涉及。第二语言习得课上，F 教师介绍了实证主义研究的方法，教授了数据收集和数据分析的方法，包括语料库的使用、描述性统计方法、推断性统计方法等，教师还对 SPSS 的使用进行了专题教学。

跨文化交际能力方面，部分课程有利于提高学生的国际传播能力。汉语作为第二语言教学课在引导学生对不同国家汉语者的学习特点进行分析的基础上，寻找针对性的教学办法，有利于提高学生对汉语的国际传播能力。教学技能训练课的教学实践也对学生国际传播能力的提升有很大帮助。**沟通能力**较少涉及。

批判思维能力方面，只有多元思维和知识迁移能力在美国高级中文课上略有体现。E 教师引导学生用美国人的思维思考其中文教学存在的困难和突破点，进而采取适用于美国人的教学方式，依据其学习特点选择教学内容。

3、研究方法与其他类课程

此类课程对技能与运用的维度涉及较少，只有个别讲座略有涉及。如某讲座对国际汉语教学数据库设计与建库进行了介绍，讲座《国际汉语教学研究中的调查方法》，教师介绍了检索文献的网站及方法，这些都有助于学生了解和使用相关**学术工具**，提高**信息技术运用能力**。

（三）态度与价值观维度课程体现

态度与价值观维度在文化与跨文化传播类课程及语言与教学类课中体现较多。二级维度中，平等尊重态度和互动意图体现较多，全球视野与国际担当体现较少。

1、文化与跨文化传播类课程

平等尊重态度方面，由于中华文化与文化传播课和中美跨文化交际课都属于跨文化传播类课程，涉及中外文化对比与分析，而平等尊重是文化对比最基本的前提，因此两门课都有较多体现。以中华文化与文化传播课为例，其教学目标包含"学生能够更深地认识自己，更好地理解他者"，教师通过案例分析和文化对比有意识提高学生的文化敏感性、引导学生用双重视角思考文化，从认知、情感和行为层面分析对异文化应有的态度，有利于促进文化认同。美国教育概况课则对自我认同、尊重差异和尊重个体尊严有较多体现。教师通过探讨中美教育制度的差异，引导学生思考不同教育制度的优缺点，有助于学生在提升自我认同的同时也尊重别国文化。此外，教师还分析了美国教育制度中对学生个人权益的种种保障，有利于提高学生尊重个体的意识。

互动意图方面，此类课程都在一定程度上促成了学生的开放心态和跨文化交流意愿。以中美跨文化交际课为例，教师在分析中美跨文化交际的相关知识和技能、传授学生跨文化交际技巧的过程中，潜移默化地提高了学生的文化传播自信，增强了跨文化交流意愿，包括跨文化学术交流意愿。

全球视野方面，中华文化与文化传播课上，教师在讲解与中国相关的全球性问题时，打开了学生思考问题的角度，使其全球视野得以扩展。**国际担当方面**，中华文化与文化传播课上，教师在"文化系统解析"专题中，详细讲解了"文化需求评估"及"受众分析"的方法，有助于学生了解世界各国对中华文化的需求，从而提高其国际担当，提高其传播中华文化的使命感和责任感。

2、语言与教学类课程

由于教学类课程偏重于教学理论与教学实践的教学，因此关于态度与价值观维度的直接体现较少。但教学也是人际交流的科学，因此平等尊重和互动意图均有所体现。

平等尊重维度中，尊重差异和尊重个体尊严体现较多。在汉语作为第二语言教学课、第二语言习得研究课、课程设计与教材分析课以及教学技能训练课上，教师都通过直接或间接的方式表达了尊重文化差异和个体差异的态度。以课程设计与教材分析课的"学习者分析与教学设计"为例，教师对学习者不同的个体因素、学习风格和学习策略进行了分析，要求学生根据不同类型的学习者确定不同的教学要求和教学方法，充分体现了对个体尊严的尊重。

互动意图方面，在汉语教学相关的课上，教师传授教学方法和教学技巧的同时，都会潜移默化地引导学生保持开放包容的心态，积极主动地推动跨文化交际。

　　全球视野与国际担当在此类课程中涉及较少，但通过教学实践类课程的学习，学生普遍会更加愿意用自身专业知识和技能为中外文化的交流做贡献。从汉语的国际传播角度来看，学生的国际担当均有所提升，只不过影响较为隐性。

　　3、研究方法与其他类课程

　　由于此类课程多以讲座形式呈现，且由多位教师教授，因此对于态度与价值观方面的关注较少，但不少讲座和课程也有所涉及。在教学观察与分析课和国际汉语教学法及案例分析课上，学生会在观摩教师教学和学习相关教学法的过程中潜移默化地形成对不同文化和来自不同文化的个人的**平等尊重态度**；在《国际中文教育研究的新动态、新领域、新方法》中，学生走向国际、参与更高级别的学术交流的意愿受到激励，**互动意图**增强；在讲座《论汉语的外语角色》中，学生对推进汉语承担新的外语角色有了更高的自信，其传播汉语与中华文化的**全球视野与国际担当**有所提升。

五、思考与建议

　　由上述分析可见，中央民族大学汉语国际教育专业硕士课程对于全球素养各个维度均有所体现。其中，知识与理解维度中的本国与对象国知识和跨文化知识体现较多，全球性知识体现较少；技能与运用维度中的工具运用能力和跨文化交际能力体现较多，批判思维体现较少；态度与价值观维度中的平等尊重态度和互动意图体现较多，**全球视野与国际担当**体现较少。据此，笔者特提出以下两点思考与建议。

　　1、汉语国际教育课程设置的完善

　　以中央民族大学为例，笔者认为其课程设置应该从知识与理解、技能与运用、和态度与价值观三个维度进行完善。首先，增加全球性知识的选修课程供学生丰富全球性知识、拓展视野、打开思维，同时利用课外的活动、比赛等形式激励学生主动获取全球性知识（窦营山，施扬慧，2021）。其次，利用线上实习或模拟课堂的形式增强学生的国际汉语教学能力，在教学技能训练的过程中关注学生冲突解决能力的培养；此外，将课程与当前的国内外形势相结合，注重培养学生的国际担当和作为中华文化传播者的使命感，培养学生作为世界公民的责任感（林晓凡，2020）；最后，采用线上线下多种形势和多元的课程提高学生的对外汉语教学经验和国际交流经验。

2、汉语国际教育专业全球素养培养

汉语国际教育专业应充分重视学生的全球素养培养。首先，以全球素养为导向设计汉教硕士培养方案，将全球素养各维度的要求融入到硕士的培养和评估中，提高学生的综合素质。其次，充分考虑硕士学生和职前教师的双重身份，既要提高汉教硕士作为学生和世界公民所必要的知识、技能，培养其全球意识，增强其国际经验，又要培养学生作为职前对外汉语教师所必须的教学能力和跨文化交际能力（洪岗，2019）等素质。将两方面的培养结合起来，相互促进。最后，创新培养路径，建设国际型专业。以中央民族大学为例，目前的"1+2+X"的培养方案具有重要的实践意义和良好的教学效果，但面对当前的疫情形势以及社会对学生全球素养能力的高要求，学院应该进一步探索和发展出与时俱进的培养路径，进一步将学科与国际接轨，努力建设国际型专业。

参考文献

窦訾山，施扬慧（2021）：美国社会科教材中的全球素养教育与启示——以 MGH 版小学三年级教材为例，《课程教学研究》，（1），82-88。

洪岗（2019）：基于人类命运共同体理念的外语院校人才全球素养培养，《外语教学》，40（4），50-55。

黄奕宇（2020）：《PISA 全球素养框架》解读：内涵、要素与测试结构，《传播与版权》，（7），149-150，159。

林晓凡（2020）：人类命运共同体视域下中国学生全球素养的提升路径，《创新教育研究》，8（1），73-77。

刘扬，孔繁盛（2018）：大学生全球素养：结构、影响因素及评价，《现代教育管理》，（1），67-71。

田艳（2012）：基于英国 MTESOL 课程体系对汉语国际教育硕士课程设置的思考，《世界汉语教学》，26（2），276-288。

熊万曦（2017）：PISA 2018 全球素养的内涵及实践意义，《教师教育研究》，（29），89-95。

Hunter, B., White, G. P., & Godbey, G. (2006). What does it mean to be globally competent? *Journal of Studies in International Education, 10*(3), 267-285.

Lambert, R. D. (1996). Parsing the concept of global competence. *New York: Council on International Educational Exchange, 119.*

Li, Y. (2013). Cultivating Student Global Competence: A Pilot Experimental Study. *Decision Sciences Journal of Innovative Education, 11*(1), 125-143.

Liu Y., Yin Y., & Wu R. L. (2020). Measuring graduate students' global competence: Instrument development and an empirical study with a Chinese sample. *Studies in Educational Evaluation,* (67).

教育叙事研究与日本专家型汉语教师发展
——以大阪大学古川裕教授为例

Educational Narrative Research and the Development of Expert Chinese Language Teachers in Japan: A Case Study of Professor Furukawa Yutaka of Osaka University

李光曦　大阪大学

LI, Guangxi　Osaka University

摘要 Abstract

教师研究在经历多年的发展后出现了一种研究视角的转变。新一代的汉语教师发展理论崇尚教师的自我探究和自主发展，指向的都是以教师为本体的问题意识。区别于教师研究中针对教师的知识结构、教学能力、个人素质、培训模式等等的以提高教学能力为重心，注重教学行为本身的研究主题；以教师为本体的研究的内容更多的集中在教师本人的认知、教学信念、教育观、个人发展史等。本文将从教师成长史的角度出发，通过教育叙事研究，以对大阪大学古川裕教授的采访内容为中心，描述教师在语言学习及教育实践中所遇到的、想到的、经历的、发生的各种人生事件，发掘揭示隐含在这些故事、时间、经历背后的教育思想、教育理念。通过纵向、动态的叙事研究，本文不仅描绘了这位教师的成长和发展的轨迹，更从个人的视角描绘了一部分汉语教学的历史，同时展现了某个特定年代汉语教学独有的特点和面貌。

关键词：教师研究　教育叙事研究　教师发展　life-story

After years of development, teacher research has undergone the research perspective change. The new generations of Chinese teachers' development theories advocate teachers' self-exploration and independent development, and point to the problem consciousness of teachers as the noumenon. Different from the teacher research, which is focus on raising teaching ability up, by improving teachers' knowledge structure, teaching ability, personal quality and training mode, and so on, it pays more attention to the research topic of teaching behavior itself; The content of the teacher-centered research focuses more on teachers' self-cognition, teaching belief, educational outlook, personal development history, etc. This article starts from the perspective of teachers' growth, through the education narrative research, concentrating on the interview content of the professor Furukawa Yutaka, from Osaka University, and describes all kinds of life events that teachers encountered in language learning and education practice, uncovered and revealed the education thought and idea hidden in these stories, times, and experiences. Through longitudinal and dynamic narrative research, this paper not only describes the growth and development of this teacher, but also describes a part of Chinese teaching history from his personal perspective, and shows the unique characteristics and features of Chinese teaching in a particular era.

Keywords: teacher research, educational narrative research, teacher development, life-story

1. 引言

　　"三教"问题一直是对外汉语研究的重心之一，其中教师研究近年来已然成为新的研究热点，引起了很多研究者的重视。吴勇毅（2015，页 04）指出，现如今关于国际汉语教师 / 对外汉语教师的研究大致可以分为两类，一类是"应然"的，另一类是"实然"的。前者大致是指对国际汉语教师 / 对外汉语教师应该具备哪些条件（知识、能力、素养等）、应该成为什么样的人的探讨，强调的是应该做什么、怎么做；而后者是以"教师为本体"的研究，关注的是教师自己具有什么样的教学理念，实际上具有什么 / 哪些知识，他们的教学行为是如何表现出来的，他们自身是怎么成长或发展起来的（过程），他们的认知是如何建构的，他们的教学为什么会成功或失败等。针对这两种教师研究的方向，吴勇毅（2015，页 04）提出了两个问题意识。第一，"应然"和"实然"两种教师研究的关系性的问题。即目前汉语教师标准的制定或课程培训的设置都以"应然"为依据，但"实然"是"应然"的基础，如果"实然"不明确，那么"应然"也不成立。第二，从"应然"到"实然"的研究视角切换，或者说教师研究趋势的问题。即新一代的汉语教师发展理论应当更崇尚教师的自我探究和自主发展，同时汉语教师本人应该更加积极主动地对自己发问：（1）我是谁？（2）我（在）干什么？（3）我是 / 应该怎样建构自我（的）？（4）我是 / 要 / 将如何实现自我发展（的）？

　　无独有偶，古川裕（2021）同样提出了新的"三教问题"。区别于"教师""教材""教学法"问题，新的"三教（jiāo）问题"指的是"教什么""怎么教""为什么教"。其中"教什么"是教学内容，"怎么教"是教学方法，"为什么教"是外语教育的意义所在。针对最后一个"为什么教"，古川裕（2021，页 09）阐述道："我们'为什么教'汉语，我认为这是需要外语教学界共同研究的一道难题。比如说您在中国为什么教外国学生汉语呢，像白乐桑老师，他们在欧美为什么教当地人汉语，我自己也是，一个日本人为什么在日本教日本学生汉语，这些问题我想还没有一个现成的、唯一正确的答案，需要我们所有从事国际中文教学的人一起来探讨研究。"

　　从上述内容可看出，虽然先行研究中所使用的概念名词不同，但不管是"实然"还是"为什么教"，指向的都是以教师为本体的问题意识。区别于教师研究中针对教师的知识结构、教学能力、个人素质、培训模式等等的以提高教学能力为重心，注重教学行为本身的研究主题；以教师为本体的研究的内容更多的集中在教师本人的认知、教学信念、教育观、个人发展史等。这一问题意识脱离了一种将教师视作完成教学任务的工具，是将教师本人视作拥有主体性的人，并将其放置在成长变化视角下的一种尝试。同时，这一问题意识也强调了教师本人的自省，即教师本人对于现在自我所处位置，这一位置与自己过去的联系，以及这一位置对自我的形成的意义。这里我们需要思考的是，这一研究视角的转换意味着什么？针对于教师本人的研究，特别是教师专业化发展（从新手教师到熟手教师到专家型教师），教师个人知识及教育观的变化发展等个人史方向的研究还少之又少，这些研究又能给我们带来什么样的启示？本文试图通过叙事研究的手法，从一位对外汉语专家型教师的个人史出发，尝试针对上述问题进行探讨。

2. 先行研究

孙德坤（2008）通过系统性地总结至今为止教师认知与教师发展研究的历史，指出在第二语言教学界，1970 年代的研究焦点在于学生，第二语言习得理论主要探讨学生语言学习和习得的过程。而 1980 年代语言课堂的重要性被重新认识的同时，作为课堂教学的决策者的教师的认知过程，即他们的所知、所信、所想势必要予以探究。教师认知研究基于一种认识，即教师是教学课堂活动中的最终决策者或者主导者，而教师的决策有意无意地受到多方面的影响，包括他们当学生时候的经历、教师职业培训或教育、当前流行的教学思潮、对教与学的看法、所处的教学环境等等。因此教师的认知及其教学活动是一个极其复杂，多样的过程。

吴勇毅（2015，页 04-05）提出以教师为本体的研究内容大致包括（1）汉语教师认知研究，即探讨汉语教师的认知来源，认知建构过程和模式，影响认知的因素及其与职业发展的关系等；（2）汉语教师的知识，尤其是（个人）实践性知识的研究，即汉语教师的知识由哪几部分构成，这些知识如何在教育实践过程中形成，又会对教学产生什么样的作用；（3）汉语教师成长（史）研究，即教师本人的成长与发展轨迹；（4）汉语教师（教学）能力与教学（课堂）行为研究；（5）汉语教师观念/信念、动机、焦虑、认知风格、自我效能感与发展需求等研究；（6）新手、熟手乃至专家型教师的对比研究。吴勇毅（2017，页 16）同时指出，这些研究内容涉及教师现状（横向、静态）和教师发展（纵向、动态）两个方面，包括教师心理、情感和行为三个主要领域。

孙德金（2010）在《教育叙事研究与对外汉语教师发展——〈北京语言大学对外汉语教学名师访谈录〉编后》一文中指出，在所谓对外汉语教学"三教"问题上，存在着如何认识教师、教材、教法三者在整个教育活动和过程中的地位和作用的问题。对教学模式、教学法和教材等方面的关注与"热议"，背后确乎存在着一种认识，即对外汉语教学质量与效率上不去主要是因为教法落后，教学模式陈旧，教材不适应要求。但对外汉语教学是一种外语教育，是教师和学生之间的一种互动的教育活动，对整个教育过程产生直接影响的根本要素是人，是教师。如果要对近60多年的对外汉语教学之路进行理论化的表述的时候，教师的"经验"也是科学的一种，同样需要我们进行探究。针对前辈教师的教育叙事研究无论在精神、思想、方法还是在具体的教学技巧等方面都会产生重要的现实指导作用。同时，教师叙事研究追求真实性、过程性和情境性，强调重返或还原"教育现场"。教师叙事研究不是为了叙事而叙事，它重视事件背后蕴藏的意义、价值、思想和理念等等。

太田裕子（2010）在《日语教师的概念世界形成——在澳大利亚从事儿童教学的教师的人生故事》一书中指出，一般的教师研究往往停留在课堂，研究重点为探究教师是如何对学生进行语言教学。在这一研究的视点下，日语教师被定位为语言政策、教学理论及教师培训的被动的"接受方"，是在研究当中"被阐述的群体"，缺少主体性。书中同时提出，如果将教师视为"主体"而非"客体"，通过自己阐述自己的经历与故事，而非"被阐述"，那么日语教师就可以被视为一个在不断实践和学习的过程当中发展的，有能动性的存在。而这一过程也同样意味着教师自身"概念世界"的形成。针对日语教师的"概念世界"形成的内容主要有八个方面，分别是对语言学习、语言教育、日语教师职业、日语教师自身、文化与异文化、语言、日语教育实践现状、学习者的概念形成。通过对三位日语教师的叙事研究，指出日语教师的概念世界的形成是一个极为复杂而丰富的过程，语言教育政策、语言教育理论、日语教育发展、澳大利亚当地的社会文化、政治经济情况、都在直接或间接的构建日语教师的成长经验。这一对于教师个人史的探究强调了教师的主体性，指出教师通过自我反省与自我阐释形成属于自己的"概念世界"，并对教学本身以及学生进行新的思考。

我们可以发现，上述以教师为本体的研究指出了以下几个新的认识。第一，以教师为本体的研究的范围并不只限于课堂以及课堂教学，也并不将教学是否成功当做衡量教师能力水平或个人素质的标杆，而是从教师本人的经历和认知出发，以发展和流动的视角看待教师作为个人的成长与发展。第二，强调教师的主体性和能动性。至今为止对于教师的研究往往将教师视作知识的传输者，针对教学法和教材的研究也往往无视教师本身的复杂性。而以教师为主体的研究更注重教师所拥有的语言知识、语言学习、教育观、信念等是如何形成，如何通过课堂实践展现出来，如何传达给学生。第三，强调社会大环境、学校小环境、语言政策、语言环境、教师培训以及自身语言学习经历等外部因素对教师的影响。相比"教师应该如何"，这类强调外部因素对教师的影响将视点放在"教师为何如此"。通过这一讨论和教师本人反思的过程，可以探讨教师思想形成的根源，以及各种外部因素和教师思想的关系性。

从上述先行研究的总结可看出，和以往的教师研究相比，以教师为本体的研究呈现了一种新的研究视角和思考过程。因此，本文将从教师成长史的角度出发，通过教育叙事研究，以对大阪大学古川裕教授的采访内容为中心，描述教师在语言学习及教育实践中所遇到的、想到的、经历的、发生的各种事件，发掘揭示隐含在这些故事、时间、经历背后的教育思想、教育理念。

3. 理论构架和研究方法

以专家型教师为对象的对汉语教师发展史的研究，目的在于通过探寻教师本人的成长和发展历程，从而对教师自我的身份认知、语言观、教育观等做出阐述。为了达成这一研究目的，理论部分通常使用质的研究当中叙事研究这一方法论。朱光明和陈向明（2008）指出，叙事研究作为一种接近人类经验的研究方式，强调人类经验的理解性特征，强调研究要对教育情境、经验（体验）、人际关系等进行描述，并对这些经验描述做出解释性的分析。叙述研究中的故事是一种经验的组合和重构，希望通过故事建立起经验的连续性。

孙德坤（2015，页09-10）指出叙事探究有以下主要特征。首先，叙事探究的出发点和焦点是叙事者的个体经验。由于故事是人类整理和表达他们经验的最普遍的方式，它不仅帮助我们记忆过去，同时帮助我们反思现在，面向未来，因此以叙事的方式来研究人类的经验是最自然的和最人性化的。其次，叙事探究的核心是理解与诠释——解读故事，赋予经验以意义。这是因为叙事者选择讲述什么、如何讲述反映了叙事者的观点，受到所处的社会、文化及其历史习俗的影响，叙事者通过讲述来展现他们对事物的认识，并在这个讲述的过程中赋予经验以意义。第三，叙事含有丰富的社会情景信息，叙事探究因而可以对事物取得整体理解。任何故事或经验都是发生在特定的时间和场合的，诸多因素互相交织，难以剥离开来。叙事的优点在于能将这些复杂性完整地呈现出来，从而为听众（读者）更深入、更全面地解读所叙之事提供了丰富的信息和广阔的空间。第四，叙事探究呈现叙事者的情感流露。最后，叙事探究是一个多元、开放、不断重构的过程。在叙事过程中听者不是置身事外，而是参与其间与叙事者共同重建叙事者的经验。在这个讲述再讲述、解读再解读的过程中，原先的故事和后续的故事被赋予新的意义，引发新的思考。综上所述，叙事研究作为质的研究的一种，通过详细的、长期的描述和分析个人的人生体验和人生故事，由当事人主体的印象、感觉、感情、记忆、思想而形成。

三代纯平（2015）提出，在日语教育领域的叙事研究，特别是使用"Life-story"这一研究方法的研究的目的在于重新审视逐渐多样化的日语教育环境当中学习者和教师的经验，并通过主观或者相互影响的主观性的概念对这些经验进行构建和解构。"Life-story"这一研究方法的目的在于倾听学习者与教师的"声音"，分析这一声音的含义，寻找并巩固这一"声音"在日语教育学界的定位。因此，本文研究方法采用"Life-story"这一研究方法。这一研究方法由樱井厚（2012，页06）定义为探索说话人的经历和对事物的看法，主要的目的是通过让说话人自己阐述自己的人生或者生活故事，从故事当中观察说话人对于社会和自己的关系的认识、身份认知的现状与其发展过程。

本次采访共计3次，共195分钟。采访结束后，由笔者将录音转换为文字进行文本分析。首先根据文本内容将每一段人生故事进行分节，之后将每段人生故事的叙述内容进行总结，并着重于分析教师是如何阐述人生故事，如何讲述人生故事，又是如何赋予人生故事含义，这些人生故事又与教师的教育思想、教育理念有何联系。本文具体从教师的个人经历出发，以教师在大阪外国语大学的学习经历和在北京大学留学的经历为中心，通过对大阪外国语大学当年的学校氛围、学生构成、汉语专业内容的叙述，讨论"学习中文"在当时所代表的含义。同时通过对教师在北京大学留学经历的阐述，从日本留学生的角度展现1980年代北京的面貌，并对当时任职于北京大学的朱德熙先生的课堂做出追忆性的叙述。

4. 研究结果

通过时间顺序对采访数据进行总结，我们可以发现教师的汉语学习的人生故事可以大致分为三个部分，分别是大学时代的汉语学习经历，去中国探访的经历以及在北京留学的经历。而这些经历当中所包含的人生故事及教师赋予其的意义，都与时代发展，中日两国关系及对外汉语教育的发展有着密不可分的关系。本文通过对访谈文本进行编码，提取出【汉语学习与时代背景】【教师个人发展及教育观】两个关键概念，接下来将通过引用具体的文本内容，对这两个关键概念进行具体分析。

4.1 汉语学习与时代背景

图 1　汉语学习与时代背景

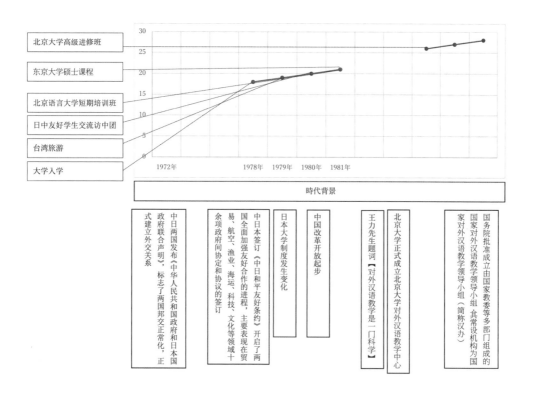

如果将教师的人生故事按照时间排序，并将其与中日关系、中国发展及对外汉语教育发展的时代背景进行比对，我们可以发现教师的汉语学习经历与这些时代背景有着及其密切的关系。对于这一关系，教师在采访当中也如此提及。

现在回想起来，我入学的 1978 年是一个很特殊的时间点。因为就在 1978 年 8 月，中国和日本政府签订了《中日和平友好条约》。当时还是大一学生的我完全没有意识到这件事情意味着什么，但是现在回想的话，我可以说是<u>在最幸运的时间进入大学开始学汉语</u>。（中略）对于那之前的中文系学生来说，毕业之后的道路是看不见出口的，况且那个时候连去中国这件事情都不能自由决定。因此在 78 年《中日和平友好条约》签订之后，才给我们打开了各种道路，我也是<u>在最好的时代</u>开始了汉语的学习。<u>国际间的，或者说特别是中日之间的经济和政治之间的交流关系很大的影响了这四十年的历史进程，身在漩涡当中的时候很难能想到这些变化意味着什么，而我也是在很久之后才意识到这些事情。</u>

1970 年代的时候，我们从来没有直接获得过有关中国的信息。换句话说，那是一个不能直接知道中国信息的时代，不管是好的还是坏的。这样想其实很有意思，<u>我们虽然在学习这个国家的语言，却不知道这个国家的事情。</u>那个时候常用"铁幕"这个词来形容冷战时代的国家关系，<u>对于我们来说，和中国的关系可以用"竹帘"来形容。竹帘并不像铁幕一样屏蔽对方的一切，而是有一种朦朦胧胧，似见非见的感觉。我们知道中国就在竹帘的另一面，但中国究竟是什么样子，谁也看不清楚。</u>

教师在访谈过程中，将 78 年《中日和平友好条约》签订这一事件对自己的汉语学习影响进行了阐述，并将其描述为"最幸运的时间""最好的时代"。并且，教师也在回顾这一时代的时候，明确了国际关系对于历史进程以及个人经历的深刻影响。在中日确立外交关系，给学习中文的学生们"打开了各种道路"的同时，来自于中国的信息仍然处于"竹帘"之后。通过对特定时代的个人学习经历的追溯，我们可以发现，站在某个特定时代的角度，教师的个人学习经历可以折射出一部分时代的印记，而这样特殊的时代背景又会反向影响教师对汉语及汉语学习本身的认识。我们需要认识到，"学习汉语"在不同时代背景下代表着完全不同的含义。与现在信息高度流通的时代不同，<u>"我们虽然在学习这个国家的语言，却不知道这个国家的事情"</u>，这样的时代背景下的汉语学习，与现在我们所认知的"语言学习"的概念有着完全不同的意义。而教师在回顾这些经历的时候所产生的进行的自我反思，也恰恰构成了教师对于职业自我认知的一部分。除此之外，在中国留学时期恰逢改革开放的前期，这一特殊的时代背景也同样构成了教师汉语学习经历中的一部分。

正值改革开放的前期，大家都开始将眼光投向外部的世界，外国留学生那个时候还非常少见，当然我们留学生对中国学生也抱有同样的好奇心。

那个时候的人也很善良，年轻人对所有事情都有一种贪婪的态度，对世界充满好奇。大学校内有很多跟中国学生交流的机会，大家都非常积极主动，看到他们的时候，会切身感受到他们学习的热情，自己也会燃起学习的动力。那个时候的人都没有什么钱，也不像现在有那么多物质的东西，那个时代就算是有钱也没有那么丰富的物资。但可能正是因为那样，大家都过得很"清贫"，人们的眼睛都很干净。

朱德熙先生当时一周开设一节面对硕士和博士生的课程。那个教室虽然不小，但是一到上课的时候，整个教室座无虚席，甚至还有站着听课的人，教室的窗户也都是开着的，窗边和走廊里都挤满了来听朱德熙先生课的人。看到这样的景象，我也切身感受到了学生们的求学之心。

我们可以很清晰地看出在改革开放前期的中国，中国学生对于世界的看法以及态度体现在方方面面，而这一态度也同样影响了作为日本留学生的教师。正如前文所述，"学习汉语"在不同时代背景下代表着完全不同的含义，而"留学"在不同时代背景下也代表着完全不同的含义。我们在讨论教师个人发展这一命题的时候，不管是汉语学习还是留学经历，都需要明确其时代背景，才能正确把握这些人生故事对于教师个人发展的具体意义，明白它们是如何构成教师的教育观和学习观。

4.2 教师个人发展及教育观

教师在阐述自己留学经历对于教育观的影响的时候进行了如下叙述。

因为留学的过程和经历都是我实际体验过的事情，所以我可以有一定信心将自己的知识传达给学生了。（中略）从这个角度来看，我们这一代人是很幸运的，因为在我们之前的日本老师很少有机会实际去中国。因此通过留学，我可以在教学的时候运用到很多超语言的知识，同时这也让我在传达汉语知识给学生的时候获得了一定的自信。

通过留学，我获得了一种新的思维方式，即理解自己所看到的东西并不是全部。中国是一个非常广阔的国家，简单来说什么都是有可能的。中国并不限于你去中国所看到的、所听到的东西。所以如果觉得自己看到的就是全部的中国的话，会很容易陷入一种思维陷阱。<u>正因为我去过中国留学，才能感觉到自己没看到的东西何其之多，才会开始觉得武断地给一件事物下判断是非常危险的事情。</u>

我们可以从这一叙述中看出，正因为在人员信息无法完全自由流动，"中国留学"这一行为具有特殊性的前提下，在中国实际体验到的、经历过的"超语言的知识"才会格外珍贵。教师在认识到超语言知识的重要性的同时，也同样在采访中强调"中国并不限于你去中国所看到的、所听到的东西"。从学生时代时不能自主接触到关于中国的信息，到通过留学用自己的双眼对中国进行观察，再到认识到<u>"自己没看到的东西何其之多"</u>，这一对于中国认识的变化过程也同样是教师对异文化理解的过程，也同样体现在实际教学当中。除了留学经历之外，老一辈教师的教学风格和理念也同样对教师的教育观产生了及其重要的影响。如教师对大阪外国语大学的老师的教学风格作出了如下叙述。

不管是哪位老师，<u>从基础的阶段开始都对发音的要求特别严格</u>。当然这也是汉语的特性，如果不跨过发音这一关的话就没有办法前进。从这一点来看，我很感谢老师们对发音的严格要求。我大学一年级的时候每天要坐一个半小时的电车来位于大阪市的校区上学。那个时候我会利用坐电车的时间听汉语教科书的磁带，一直听到厌烦的程度。现在回想起来，真的是养成了一个很好的习惯，因为那是一个<u>可以长时间接触到汉语语音的机会。发音这件事情，我觉得最终还是在于模仿</u>。因此那个时候每天上下学都在电车里不间断地听汉语的磁带，虽然只是很被动地一直在听，但现在回想的话，还是觉得是很重要的事情。<u>现在的学生能自由地接触到很多汉语的信息，因此我也希望现在的学生可以利用这些资源，给自己创造一个充分接触汉语的环境。</u>

从上述叙述中可以看出，老一辈教师的教学风格和理念，即<u>"从基础的阶段开始都对发音的要求特别严格"</u>，也影响到了教师本人对于汉语发音的认识以及语言学习观。老一辈教师针对发音的教学理念在于"模仿"和"练习"，而教师在上下学都在电车里不间断地听汉语磁带这一行为也可以视为对这一教学理念的贯彻。同时，老一辈教师的教学风格和理念也同样被教师所继承，并对下一代的学生也提出了同样的要求。除教学风格和理念之外，教师也同样被朱德熙先生对语言学这一学科的认识所影响。

朱德熙先生是以前三名的身份考入西南联合大学的理科系学生，在抗日战争的时候因为日本的侵略遭受了很多的苦难。但是面对作为日本学生的我，朱先生从没有提到过这些事情。<u>在课堂上的时候，朱先生一直抱着将语言学家视作科学家，将语言学视为科学的态度进行教学，这种严谨客观的态度也让我始终记忆犹新。</u>

朱先生对一个当时二十七八岁从异国来到中国求学的学生十分用心照顾，正因为有朱德熙先生，我才能在留学生涯当中第一次在学会上发表文章。当时中国语言学会的成立大会在广州召开，朱先生特别在课上告诉我这一消息，鼓励我去学会发表论文。我还记得当时拼命完成论文之后，从北京站坐绿皮火车到广州顺利参加了学会，在学会上发表的那篇论文有幸登在了《中国语文》1989年第一期上，就成为了我第一次发表的论文。

我们可以看出，朱德熙先生对于教师教育观的影响主要体现在两个方面。第一是对于语言学及语言学家的认识，第二是对于个人学术发展的影响。"将语言学家视作科学家，将语言学视为科学的态度"，这一观点不仅体现在教师对于语言学这一学科的认识，也在后续的教学实践当中传递给了学生。而站在教师个人发展的角度，我们可以发现教师对于汉语教学，汉语学习观念与自己的学习经历密不可分，并且受到自己老师的极大影响。

5. 结论

本文通过教育叙事研究的视角，阐述了大阪大学古川裕教授进入大阪外国语大学之后的汉语学习经历，去中国探访的经历以及中国留学的经历。通过教师本人阐述自己的人生故事，并对人生故事赋予含义，可以发现这些人生故事当中的经历、情感、体验和感悟都与当时的中国，与汉语教育的发展，与语言学习的认知，与其他汉语教师的教学实践有着千丝万缕的联系。通过教师的人生故事，我们可以发现教师对于汉语教学，汉语学习观念与自己的学习经历密不可分，并且受到自己老师的极大影响。老一辈教师的教学风格和理念通过教学活动传递给学生，而学生也在这一过程当中潜移默化地将这些知识内化为自己的学习理念和语言观。同时，我们也可以发现，教师的认知与外部因素（国家政策、语言政策、国际关系变化等）有着密切的关系，教师个人的发展也同样受到所处环境（宏观或微观）的极大影响。

　　通过针对一名专业型汉语教师的纵向、动态的叙事研究，本文不仅描绘了这位教师的成长和发展的轨迹，更从个人的视角描绘了一部分汉语教学的历史，同时展现了某个特定年代汉语教学独有的特点和面貌。回到本文开头所提出的问题，我们在思考教师如何建构自我，如何实现自我发展这一课题的时候，这一思考的过程既包含了对于过去人生经历的自我阐述，也包含了对于现在自己所拥有的教育思想的形成过程，更是隐含了对于教师自我未来发展的思考。孙德金（2010，页391）也指出，这类教育叙事研究不仅能够为我们展现历史，更能帮我们启示未来，深刻体会作为人的教育一部分的外语教育的人文性，自觉学习和运用包括叙事研究在内的相关方法，促进教师的自我发展。罗红（2005）也同样指出，教育叙事研究并不追求普遍性，而是通过对教师个人经历的描述，描绘出教师的自我发展和自我认知变化的过程，并在这一过程当中揭示教师在不断地学习和实践的过程中进行自我反思和追问，从而实现教师主体自觉、主动、能动、可持续的发展。

参考文献

古川裕（2021）：在《国际中文教育中文水平等级标准》新书发布会暨国际学术研讨会上的致辞，《国际汉语教学研究》，（2），08-09。

罗红（2005）：个人实践理论与叙事研究：解释学视野中的教师专业化发展，《广西师范大学学报》（哲社版），41（2），100-105。

孙德金（2010）：教育叙事研究与对外汉语教师发展——《北京语言大学对外汉语教学名师访谈录》编后，《世界汉语教学》，（3），383-393。

孙德坤（2008）：教师认知研究与教师发展，《世界汉语教学》，（3），74-86。

孙德坤（2015）：教师知识、叙事探究与教师发展，《国际汉语教学研究》，（3），8-11。

吴勇毅（2015）：关于教师与教师发展研究，《国际汉语教学研究》，（3），4-8。

吴勇毅（2017）：如何研究汉语教师及其发展，《国际汉语教学研究》，（3），15-19。

朱光明，陈向明（2008）：教育叙述探究与现象学研究之比较——以康纳利的叙述探究与范梅南的现象学研究为例，《北京大学教育评论》，6（1），70-78。

三代纯平（2015）：《日语教育学领域当中的Life-story研究——倾听，书写人生故事》，东京，くろしお出版。

太田裕子（2010）：《日语教师的概念世界形成——在澳大利亚进行儿童教学的教师的人生故事》，东京，ココ出版。

桜井厚（2012）：《Life-story理论》，东京，弘文堂。

附录（访谈原文）

笔者：当年的大阪外国语大学是一所什么样的大学？

教师：大阪外国语大学是一个拥有非常独特氛围的学校。现在的学校制度和四十年前的学校制度稍有不同。那个时候国立大学分为所谓"一期校"和"二期校"两个分类，进入一期校的学生很扬眉吐气，而二期校则是一期校落榜后可以再次参加入学考试报考的学校。因此进入大阪外国语大学的学生当中，将大阪外国语大学作为第一志愿入学的学生极少，大部分的学生都并不想屈就自己，但又不想将时间花在复读上，这才因为各种原因成为了大阪外国语大学的学生。在我入学的后一年，也就是1979年，大学制度再次发生变化，刚才所说的"一期校"和"二期校"的划分从此消失了，所有的国立大学都站在了同一水平线上。也是同一年，面向高三学生的共同考试也开始实行，从那之后进入大阪外国语大学的学生的气质就又不同了。我们那一届的学生是大学改革之后进入大学的一代，再往上数几代的话，那个年代的前辈们正好经历了大学改革，还有《美日共同合作与安全条约》签订之后的反美帝国主义运动。而到我们入学的时候，学生运动已经过了轰轰烈烈、燃烧一切的时期，只留下了一堆灰烬，我们就是在这样的环境下入学的。

现在回想起来，我入学的1978年是一个很特殊的时间点。因为就在1978年8月，中国和日本政府签订了《中日和平友好条约》。当时还是大一学生的我完全没有意识到这件事情意味着什么，但是现在回想的话，我可以说是在最幸运的时间进入大学开始学汉语。在1978年《中日和平友好条约》签订的六年前，1972年中日邦交正常化。在两国邦交正常化的那段时间里，中日之间的友好氛围也非常浓厚，《中日和平友好条约》签订之后更是进一步加深了这种趋势。这种趋势也很大程度上影响了中文系学生毕业以后就业的情况，我的同级生们就业的时候就拥有很大的自由度。在那之前，周围的人听了中文系毕业的反应常常是"为什么要专门去外国语大学学习中文？"。对于那之前的中文系学生来说，毕业之后的道路是看不见出口的，况且那个时候连去中国这件事情都不能自由决定。因此在1978年《中日和平友好条约》签订之后，才给我们打开了各种道路，我也是在最好的时代开始了汉语的学习。国际间的，或者说特别是中日之间的经济和政治之间的交流关系很大的影响了这四十年的历史进程，身在漩涡当中的时候很难能想到这些变化意味着什么，而我也是在很久之后才意识到这些事情。

　　笔者：您进入大阪外国语大学时，都受到了哪些老师的指导？每位老师分别担当了什么样的课程？具体上课的内容是什么？

　　教师：当时大阪外国语大学的中文系的课程时间比现在的要多，从周一到周六都有课，一周至少有六节汉语专业课。我们当年入学的时间是1978年，那个时候终于可以拿到日本发行的汉语教科书，比我们大几届或者是更早的前辈们都只能使用中国出版的教科书。但就算是1978年出版的汉语教材，都还残留着文化大革命的气息，在课本当中也会出现人民公社之类的话题。

　　现在回想起来，老师们对我们学生的要求都非常严格，当时甚至留级的人都不在少数。其中，特别是大河内康宪教授是我最为崇敬的一位老师。在进入大学之前，我根本不知道有什么样汉语老师。因此在这种意义上，我在大学期间能得到大河内老师的指导，或者说可以得到值得学生崇敬的老师的指导，是非常幸福的一件事情。大河内老师给人的感觉非常严肃，不会说多余的话，给人感觉始终站在学术的第一线，是字面意义的"大学老师"。不管是小学、初中还是高中，我都没有遇到过像大河内这样的教师。那个时候大河内老师一个星期有两节课，在上课之前教室里总是会乱哄哄的，但只要大河内老师走近，大家听到走廊当中老师走路声音的时候，所有人马上开始紧张起来，教室里马上变得寂静无声。只要听到老师咳嗽的声音，大家就会马上紧张地拿出教科书来开始准备上课。不管是哪位老师，从基础的阶段开始都对发音的要求特别严格。当然这也是汉语的特性，如果不跨过发音这一关的话就没有办法前进。从这一点来看，我很感谢老师们对发音的严格要求。我大学一年级的时候每天要坐一个半小时的电车来位于大阪市的校区上学。那个时候我会利用坐电车的时间听汉语教科书的磁带，一直听到厌烦的程度。现在回想起来，真的是养成了一个很好的习惯，因为那是一个可以长时间接触到汉语语音的机会。发音这件事情，我觉得最终还是在于模仿。因此那个时候每天上下学都在电车里不间断地听汉语的磁带，虽然只是很被动的一直在听，但现在回想的话，还是觉得是很重要的事情。现在的学生能自由地接触到很多汉语的信息，因此我也希望现在的学生可以利用这些资源，给自己创造一个充分接触汉语的环境。

　　除了日本老师之外，中文系当时只有两个中国老师。一位是满洲旗人的后代金毓本老师，还有一位是彭泽周老师。这两位老师都是在很早的时候就来到了日本，算是老华侨。这两位老师也是我们当时能接触到的唯二的中国老师。金老师的课给我留下了很深的印象，因为金老师上课的时候只教我们汉语的单词，从发梢到指尖，极其细致。也多亏金老师这种信息量很大的课堂内容，我的词汇量也增加了很多。金老师在新中国成立之前就离开了中国，因此 70 年代的中国是什么样，金老师也不知道。另一位彭老师是研究共产党历史的老师，知道很多有关中国共产党的知识，会在课堂上讲述鸦片战争之后中国的历史或者中日关系之类的话题，但是当时中国的最新情况，彭老师也无从得知。1970 年代的时候，我们从来没有直接获得过有关中国的信息。换句话说，那是一个不能直接知道中国信息的时代，不管是好的还是坏的。这样想其实很有意思，我们虽然在学习这个国家的语言，却不知道这个国家的事情。那个时候常用"铁幕"这个词来形容冷战时代的国家关系，对于我们来说，和中国的关系可以用"竹帘"来形容。竹帘并不像铁幕一样屏蔽对方的一切，而是有一种朦朦胧胧，似见非见的感觉。我们知道中国就在竹帘的另一面，但中国究竟是什么样子，谁也看不清楚。

笔者：您是通过什么样的渠道去中国的？彼时这一行为意味着什么？

教师：我在学生时代的时候就非常想尽早去说汉语的地方，因为在教室里，在课堂上练习使用的汉语总是有一种虚假的感觉。比起虚拟的环境，我更想去真实的环境里体验汉语。我应该是 78 年入学的同学当中第一个去中国的人。1979 年 3 月，大学一年级最后的寒假，我和我的朋友一起去了台湾旅行。那个时候的台湾还处在光复台湾之后国民党的支配下，到处都受到"戒严令"的限制。就算是那样，我也终于有机会真正使用自己学过的汉语和对方进行对话，这是我第一次跨洋经历。

进入大二以后，大阪日中友好协会组织了第一次日中友好学生交流访中团，开始了第一期募集。知道了这件事情之后，我抑制不住自己想去的渴望，恳求父母给我支付了参加访中团所需要的费用。1979 年 8 月，访中团用了半个月的时间造访了上海、天津、济南和北京四个地方。不管是老师还是学生都获得了非常难得的体验，回到日本之后，大家也积极地用文章和照片分享旅途当中的回忆。而且在旅行的过程当中，我度过了我的二十岁生日。在中国大陆迎来自己二十岁生日这件事情对于我来说，是非常重要且有意义的一件事。我还记得当时在济南，住宿的地方的店主给我做了一碗长寿面，用洗脸盆一样大的碗装着类似于方便面一样的面条。现在想想味道似乎差强人意，但是回想起来却是非常美好的记忆。

后来到了大学三年级的暑假，我终于来到了憧憬已久的北京，在北京语言学院，现在是北京语言大学，开始了我为期一个月的在短训班的学习，因此北京语言大学也是我的母校之一。在那一个月的时间里，来自日本各地的学生、年轻的老师都聚集在一起进行学习。到大四的时候，我周围的同学都开始找工作，只有我下定决心，决定要将汉语作为我一生的事业，所以完全没有考虑找工作的事情，而是一门心思开始考虑升学。那个时候日本经济非常景气，周围的朋友们也一个接一个地找到了让人羡慕的好工作，而我则选择了不同的去报考东京大学文学院中文系继续深造。

笔者：在留学期间您在北大接受了什么样的课程？朱德熙先生的课对您有着什么样的启发？

教师：我在东京大学取得硕士学位的时候，终于迎来了去中国长期留学的机会。从 1986 年 9 月到 1988 年 7 月，我作为"高级进修生"在北京大学开始了我长达两年的留学生活。所谓"高级进修生"指的是已经获得硕士学位或者以上的人，为了在中国的大学老师的指导下进行更深一步研究的人。在北京大学的时候，我很幸运地得到了朱德熙先生的指导。那个时候我也受到了陆俭明老师和马真老师的很多照顾。我们留学生当时都住在北大的勺园，中国的老师会常来我们的宿舍看望我们，也会经常邀请我们去自己家里做客。这些事情在日本是很难体验到的，我也是通过留学体验到了新的师生关系。正值改革开放的前期，大家都开始将眼光投向外部的世界，外国留学生那个时候还非常少见，当然我们留学生对中国学生也抱有同样的好奇心。

朱德熙先生当时一周开设一节面对硕士和博士生的课程。那个教室虽然不小，但是一到上课的时候，整个教室座无虚席，甚至还有站着听课的人，教室的窗户也都是开着的，窗边和走廊里都挤满了来听朱德熙先生的课的人。看到这样的景象，我也切身感受到了学生们的求学之心。那个时候能听到朱德熙先生上课是很难得的事情，所以不仅仅是北大自己的学生，还有很多从附近大学或者研究所的老师来专程听讲。如今想想，当年在教室里听课的人有很多还活跃在研究领域的第一线，看到他们的时候，就有一种"老战友"的感情。当时的课堂内容基本是朱德熙先生给我们讲解他自己最近在写的论文内容，那个时候的课堂也基本都是以老师的讲解为主，学生们就将老师说的话都一字一句，事无巨细地都记录在本子上。

朱德熙先生本人给人的感觉是很典型的中国知识分子的形象。朱德熙先生的人生经历我也是事后才了解到，堪称是波澜万丈的人生。朱德熙先生是以前三名的身份考入西南联合大学的理科系学生，在抗日战争的时候因为日本的侵略遭受了很多的苦难。但是面对作为日本学生的我，朱先生从没有提到过这些事情。在课堂上的时候，朱先生一直抱着将语言学家视作科学家，将语言学视为科学的态度进行教学，这种严谨客观的态度也让我始终记忆犹新。周围的人对朱德熙先生尊敬的心情我也非常感同身受，大家在称呼朱德熙先生的时候，没有一个人会称呼"朱老师"，而都会称呼"朱先生"。我认为"先生"和"老师"之间是存在区别的，包括对吕叔湘先生的称呼也是一样的，我从没有听过别人称呼他"吕老师"。作为外国留学生可以在博士阶段得到朱德熙先生的指导，成为他门下的弟子之一，是非常光荣的事情。留学阶段的指导教师是朱德熙先生这件事情，在我的职业生涯当中也占有举足轻重的分量。如果现在让我对朱先生说些什么的话，那我只有感谢。朱先生对一个当时二十七八岁从异国来到中国求学的学生十分用心照顾，正因为有朱德熙先生，我才能在留学生涯当中第一次在学会上发表文章。当时中国语言学会的成立大会在广州召开，朱先生特别在课上告诉我这一消息，鼓励我去学会发表论文。我还记得当时拼命完成论文之后，从北京站坐绿皮火车到广州顺利参加了学会，在学会上发表的那篇论文有幸登在了《中国语文》1989年第一期上，就成为了我第一次发表的论文。因此，朱德熙先生对我来说是人生的恩人，我的人生受到了太多来自朱先生的"学恩"。我也想在这里对朱德熙先生的恩情致上最高的感谢。

笔者：除了学习之外，在北大结识的中国朋友等对您的汉语学习有着什么样的影响？

教师：那时在中国结识的好友们，不管是当地的中国学生，一起留学的日本学生，还是一起在北京大学的宿舍里生活过的室友，有很多人到现在都还保持着联系。这些朋友是我留学时代最大的收获之一，他们不仅扩大了我的眼界，还拓宽了我的交流圈子。我们当时除了上课之外，也经常去北京市内玩儿。大学的课程基本中午就结束了，下午我们就会坐公共汽车前往北京市内去买书，吃好吃的饭店，或者在马路上边走边吃。虽然那个时候没有什么钱，但是还是有很多快乐的回忆。北大那个时候还位于北京市的周边，中关村这个地方在当年还是"农村"。到了北京市内的王府井或者琉璃厂买完很多书之后，偶尔会奢侈一下，打出租车回学校。但是就算想打出租车，出租车司机都不一定愿意载我们回去。因为在出租车司机看来中关村实在是太远了，回程的时候拉不到客人，当时北大就位于这样的地理位置。如今我研究室内三分之一的书都是留学时购买的，那个时候书籍不仅便宜，而且80年代后很多书目开始复刊，我也趁机买了很多很多书。那个时候对于喜欢买书看书的人，真的是一个幸福的时代。

我记得那个时候北京的天空很蓝很高，高到吓人。那个时候的人也很善良，年轻人对所有事情都有一种贪婪的态度，对世界充满好奇。大学校内有很多跟中国学生交流的机会，大家都非常积极主动，看到他们的时候，会切身感受到他们学习的热情，自己也会燃起学习的动力。那个时候的人都没有什么钱，也不像现在有那么多物质的东西，那个时代就算是有钱也没有那么丰富的物资。但可能正是因为那样，大家都过得很"清贫"，人们的眼睛都很干净。那时候大家都昂首挺胸，有一种"明天一定会更好"的感觉，就像是那首"明天会更好"的歌里唱的那样。

笔者：您的学习经历体验对教汉语有怎样的启发和影响？

教师：首先第一点，因为留学的过程和经历都是我实际体验过的事情，所以我可以有一定信心将自己的知识传达给学生了。我当时很喜欢刘心武这个作家，他的小说不仅语言简单易懂，且小说中出现了很多以北京为话题的内容，非常易读。比如在上小说阅读课的时候，正因为我拥有在北京留学的基础，我在课堂上不仅可以用自己的语言将小说的内容传达给学生，更可以对小说当中没有写到的内容进行补充。从这个角度来看，我们这一代人是很幸运的，因为在我们之前的日本老师很少有机会实际去中国。因此通过留学，我可以在教学的时候运用到很多超语言的知识，同时这也让我在传达汉语知识给学生的时候获得了一定的自信。

第二点是通过留学，我获得了一种新的思维方式，即理解自己所看到的东西并不是全部。中国是一个非常广阔的国家，简单来说什么都是有可能的。中国并不限于你去中国所看到的、所听到的东西。所以如果觉得自己看到的就是全部的中国的话，会很容易陷入一种思维陷阱。正因为我去过中国留学，才能感觉到自己没看到的东西何其之多，才会开始觉得武断地给一件事物下判断是非常危险的事情。我也遇到过那种可以轻易断言说"中国就是这样的！"评论家，我总觉得这样的言论未免太过自大。同样是关于中国的问题，去中国不同的地方，问中国不同年代的人的话，一定不会得到相同的答案。自己实际体验过的事情固然重要，意识到自己没有体验过的事情有多少，慎重考虑没有体验过的事情意味着什么，才不会陷入固执己见、自以为是的陷阱。

最后一点是通过留学我掌握了一定的汉语语感。一天24小时都沉浸在、生活在自己正在学习的语言当中不管对于正在教这门语言还是在学习这门语言的人来说，都是最重要的锻炼之一。我从那时到现在都一直有听汉语的习惯，不管是播放中文歌还是播放中文广播，亦或开着中文电视台，我都尽量让自己空余的时间充斥着汉语的语音。我总觉得安静的时间如果不利用的话是一件很浪费的事情，其实也不用特别努力倾听正在播放的汉语语音，只要背景音里面有关于中国的东西就可以，这也是我自留学以来养成的一个习惯。说一个题外话，中日之间交流频繁的时候，我几乎每个月都会去一次中国参加学会或者进行演讲。不过由于日常还是沉浸在日语环境中的时间比较长，对汉语的语感总会变得迟钝。因此我去到中国，将自己置身于汉语当中的时候，常常会有落差感。为了消除这种落差感，我养成了一个很好的习惯，即一到达中国的宾馆，我就先打开电视。只要一打开电视，电视就会单方面的对我输出汉语，我的大脑也会自动从日语的世界转换到汉语的世界，这样过了半天或者一天之后，当我站上教室的舞台，也就是讲台的时候，就可以不通过日语的中介直接用汉语开始我的演讲。我不能像按开关一样那么迅速地进行语言的切换，所以会通过这种方法一点一点增加汉语的成分，不断压缩日语的空间。不这样有意识地逼迫自己增加汉语的输入的话，我站在讲台上的时候就不会那么有自信。

活动理论视角下国际学校新手中文教师的跨文化适应

The Cross-cultural Competence of Chinese Teachers in International Schools from an Activity Theory Perspective

沈佳晨 华东师范大学

SHEN, Jiachen East China Normal University

摘要 Abstract

在全球化的背景下，教育的全球化成为不可避免的趋势，以不同文化为背景的教育理念之间的碰撞与融合也成为可能。然而，教育理念的碰撞在使得优秀教育策略更为普及的同时，也对从事国际学校教学工作的教师们提出了跨文化能力的要求。本文以上海一国际学校 A 校课堂中的案例为分析对象，探讨新手中文教师在面对国际化的教学要求时所面临的跨文化挑战。本文从活动理论的视角出发，提出这种挑战的背后是不同文化的教育理念下课堂各角色权力分配的差异，而正是这种差异可能造成新手教师跨文化适应的困难。因此，本文认为教育理念之间的接触不仅存在于教学策略与技术层面，更存在于深层次的文化层面。在互相学习互相借鉴的同时，也应当对教育理念背后的文化因素加以分析与注意。同时，本文提出，在实际的课堂实践中，应当对于双方的教育理念取其精华去其糟粕，既保留西方以学生为主体的教育理念，又能保留尊师的道德传统，建立和谐的师生关系。

关键词：国际学校 儒家文化 活动理论 跨文化能力

In the context of globalization, the globalization of education has become an inevitable trend, and the collision and integration of educational philosophies with different cultural backgrounds has also become possible. However, this trend not only makes excellent educational strategies more popular, but also puts forward the requirements of cross-cultural competence for teachers engaged in teaching in international schools. This article uses a case in the classroom of an international school A in Shanghai as the object of analysis to explore the cross-cultural challenges faced by Chinese teachers in the international teaching environment. From the perspective of activity theory, this article proposes that behind this challenge is the difference in the power distribution of the roles in the classroom under different educational philosophies of different cultural backgrounds, and it is this difference that may cause difficulties for novice teachers in cross-cultural adaptation. Therefore, this article believes that the contact between educational philosophies not only exists at the level of teaching strategy and technology, but also exists at the deeper cultural level. While learning from each other, we should also analyze and pay attention to the cultural factors behind the educational concept. At the same time, this article proposes that we should learn from the positive elements of both sides. While focusing on the learning of the students, the attitude of respecting teachers should be encouraged, so that a proper relationship can be established between teachers and students.

Keywords: international school, Confucian culture, activity theory, cross-cultural competence

一、引言

在迅速全球化的背景下，人们在地区与国家之间的流动也变得越来越频繁。由于工作安排或生活计划的变动，许多人需要离开出生地并前往具有不同文化背景的另一个地区进行学习和生活。这种人口的流动也使得教育所面临的情况更加复杂且多样化：传统教育中，人们往往在较为稳定的文化观念中成长并得到培养。从学校作为教育机构，到教师作为实施者，再到学生作为受教育主体，无不处在一个较为相似的环境中，共享较为一致的价值观。在这样的情况下，不同主体之间的顺畅沟通也成为可能。对于教学内容及教学方法，各方也更容易达成共识，从而得以在相对稳定的环境中推进教育。

但当人口流动变得更加频繁的时候，我们会发现想要寻求一个一致的、稳定的文化环境变成了越来越困难的事情。在一个中国的国际学校中，我们很容易就能找到一个来自美国的小孩，与其它来自韩国、日本、比利时的小朋友一起学习，而在来中国之前她可能还在英国读了小学。当人们的居住地不再是固定不变的，教育也不再能以某一固定的文化为自己的阵地，而是因此变得更加灵活和多变。学习者成为了旅行者，在不同的文化中切换并在其中接受教育并不断进行适应；而教育者需要成为学习者，在不同文化教育理念的碰撞与融合之中进行学习，并寻找教育新的可能。

国际学校就在这样的全球化热潮下应运而生。顾名思义，国际学校就是在某个国家所建立的、吸纳海外教学理念的学校。通过完全仿照海外国家的教育制度或者部分吸纳海外教育制度的优点，国际学校得以为外籍家长提供适合外籍孩子发展的学习环境，同时也为本土想要让孩子接触更加国际化的教育环境的家长提供了机会。国际学校又可以按照其招收学生与办学形式的不同分为外籍人员子女学校、公立学校国际部和民办双语学校等（钱志龙，2018）。在国际化大都市上海，就有很多这样的国际学校。根据陈臻的统计，目前上海市范围内开设小学与中学学段课程的有 25 所国际学校，其中 8 所是公立学校的国际部门，如上海中学国际部、进才中学国际部等。另外 17 所则是企业性质的国际学校，这些国际学校有自己的运作系统，具有一定的独立性，且有各自的国别背景。而这种背景也在很大程度上影响了他们的课程设置和办学风格（陈臻，2020）。

在这些具有外国国别背景的国际学校所提供的课程中，汉语是其中一个特殊部分。不仅因为汉语被作为本土语言进行普遍教授，还因为在那些只接受非中国国籍学生的国际学校中，中文教师通常是唯一具有中国国籍、来自中国的教师。为了满足学校国际化的办学风格和家长的需求，国际学校聘请来自世界各地的老师，从而为来自不同文化背景的儿童提供国际化的环境。具有海外背景的老师往往更被这些国际学校所青睐，因为这些老师对他们的教育系统更加熟悉。但是，语言教学却是其中的例外，往往需要以汉语为母语的教师。这些中国教师带着来自中国经验的教育经历与教育理念进入国际学校的课堂，使得中国传统的教育理念与海外的教育理念在这样一个国际学校的环境中发生了碰撞。这种碰撞不仅是浅层的教育制度、教育方式的碰撞，更体现出两种不同文化之间的巨大鸿沟。在促进两者交流并共同进步的同时，也使得新手教师在这样的环境中面临着一些冲突。

针对国际学校与文化的问题，已有许多学者进行了研究。汪晓玢以上海的两所国际学校为例，通过多种质性研究方法对国际学校的教师管理文化问题进行了研究，在指出国际学校中有教师参与度、学校制度建设及不同国籍教师之间产生冲突等方面的问题的同时，还指出应当着重考虑不同文化背景对于教师合作的影响。文章还用跨文化管理理论中的冰河模型对于国际学校的跨文化模式进行了解释，认为文化之间的差异是导致浅层各种矛盾的真正原因（汪晓玢，2020）。马丽则对菲律宾南威尔国际学校汉语课堂中的课堂管理进行了研究，指出来自不同文化背景的教师对于课堂纪律的理解与标准都大相径庭，因此造成了许多的问题和误解（马丽，2020）。

基于以上所述的研究，本文将着眼于新手中国教师在国际学校这一具有国际教学理念的环境下所经历的心理冲突，并聚焦于教学中的师生关系这一层面。教师在教育学生的过程中是否存在一种认知的冲突？这种冲突是如何形成的？其背后的文化因素是什么？教师如何处理此类冲突？本文将从社会文化理论的活动理论视角对于国际学校中文教师的跨文化适应情况进行探讨，并试图指出如何在这种冲突中寻求两种文化的融合和进步。

二、国际学校中文教师的跨文化冲突

A校是中国历史最悠久的非营利性国际学校之一，在上海有浦东和浦西两个校区，共计有2700多名学生就读于此。在2019年，笔者有幸获得了去A校实习的机会，在项目的四个月期间，笔者主要负责协助中学部的一名中文老师K教学，同时也单独负责部分授课任务。在帮助老师K组织课程和准备教学资料的同时，笔者积极观察上课期间老师的教学和班级管理策略，学习教师如何根据学生的不同表现做出不同处理。在课间休息期间，笔者还与老师一起讨论学生的表现，并询问她如何看待和处理学生的问题行为。

在一次中学的中文课中，笔者负责组织一堂初级汉语课程，学习内容为与人物有关的词汇，如"头发"、"眼睛"等基础词汇。该教学班级人数很少，仅有三名学生，分别来自比利时和美国。课程的开展形式并非传统的教师讲授模式，而是由笔者与老师各单独负责与一位学生一对一教学，另一位学生自行做练习，之后交换。笔者负责与一位来自比利时的学生借助教具进行词汇练习：教具为一张印有许多人物图片的纸，一方选中教具所展现的某个人物图片但不告诉对方，另一方针对人物形象进行提问并试图猜中是哪幅图片。通过双方多轮次的问答来收集信息，在猜中后互换提问与回答的角色。这个活动产生了问答双方之间的信息差，使得学生主动地希望运用语言来提问和获取信息，来解决这个具体的问题。笔者负责的学生表现并不是很好，在过程中不太积极，经常发呆或者看着别的地方。笔者认为此种行为的产生是由于学生的注意力涣散，因此笔者往往会出言提醒，要求学生再一次专注于课堂的活动，并努力在整个过程中都始终保持学生对于活动的投入以及笔者对于该学生状态的掌控。

课程结束后，笔者与教师K进行了针对这一节课的情况的探讨。K是A校浦东校区唯一拥有美国国籍的中文老师，并且她也是一名拥有多年教育经验的教师。当笔者对她说起学生在课堂上的问题行为时，她并没有就该学生的学习能力或态度进行评价，而是更多地将学生的生活和心理状况与他在课堂中的表现进行关联。她对笔者说这名学生的家庭存在一些问题，且平时与其它同学的相处也并不顺利，这可能是他在课堂上表现不太好的原因。在平时，课堂时间之外，她也经常与学生进行关于生活与学习状态的谈话，了解他们的精神状况，并在他们的课堂表现和心理问题之间建立联系。在她的课堂中以及在与她关于学生行为的分析中，处处体现着西方建构主义中以学生为中心、体现学生在课堂中的主体性的理念。尽管课程所要达到的教学目标仍在教师的掌控中，但课程的教学形式和内容更多地会根据学生的兴趣和需求进行调整，学生对于学习的内容是有自主的选择权的。

这种教学方式、内容和环境根据学生的需求进行改变的情况在A校内比比皆是。在小学部另一位外国老师的课上，一个小女孩在上课的过程中一直摆弄着手中和身边堆放的毛绒玩具，而上课的老师及周围的同学不以为奇。

老师按照正常的教学流程进行授课，也不会出言制止让女孩集中注意在课堂内容上，而一旁的学生有时还会拿起女孩身边的一个毛绒玩具一起玩。这种行为并没有被老师视作一种特殊行为，也并不认为这是一种对课堂秩序的破坏。针对笔者的疑问，授课老师事后解释说这位小女孩具有一定的精神障碍，玩具的帮助可以使女孩更好地适应班级环境，并减少紧张感。老师将这种玩玩具的行为视作一种可以改善她的学习的辅助工具，而不认为是一种对于教师在课堂中所拥有的权威的忽视。

这些案例及在国际学校的所见所闻都令笔者这个新手教师受到了很大的冲击。但在感受到冲击的同时，笔者也在询问自己一些问题：为何这种在国际学校非常普遍的、外籍教师都习以为常的行为却会被新手中国教师视作一种冲击？是什么造成了新手中国教师在这一适应过程中可能面临的问题？

三、活动理论视角下的冲突解读

此种冲突在于，当笔者对国际学校的教学进行观察时，其课堂中体现的教师对于学生问题行为的处理与笔者的观念很不相同。在此种冲突中，存在笔者作为个体所拥有的在个人成长过程中形成的较为稳定的个人认知因素，以及课堂作为一个社会情境所带有的社会文化因素。要分析这种冲突，我们首先需要对如何看待课堂这种同时存在个人认知因素与社会文化因素的场所进行一些讨论。

传统的理论对于人的心理结构以及社会环境持一种二元论的看法，认为这两者有其各自的分工并以不同的运行机制互相独立。个体通过其内在的思维与心理结构对事物进行认知，而社会环境则是个体的思维运作发生的背景，两者互不相干。而维果斯基却并不同意这种将人与社会分割的做法，他首先在他的社会文化理论中提出了"中介"的概念，认为人作为个体并不独立于社会体系活动，而是与其密切相关的。一些人工创造的实体性的或象征性的工具作为中介，使得外部的文化与社会与个人的内部发生联系。通过这种联系的发生，社会环境中的因素得以进入到个体内部的认知结构中，产生"内化"，从而使得社会文化因素与个人认知因素发生交互。他还从心理结构层面对人的行为进行分析，认为人的行为可以分为由生物本能驱使的低级行为，以及涉及到人的意识与认识活动的高级行为，而后者正是与社会结构密切相关、互相影响的（郗佼，2020）。

在维果斯基理论的基础上，恩格斯托姆提出了活动理论模型，将"活动"作为分析事件的逻辑起点，并以此为剖析人类行为的单元。他提出，所有活动都由六个要素组成：主体、客体、共同体、工具、规则、劳动分工。其中主体是活动的主要构成部分，活动由主体根据其所要达成的认知目的计划构成；客体是主体操作的对象，可由主体转化为认知结果；共同体是具有某一共同目标的主体群体；分工则是共同体内成员的横向任务分配及纵向的权利与地位分配（Engeström，1999）。

以活动理论的视角分析课堂，我们尤其注意到分工所提出的成员的任务分配及权力地位关系可以移植入课堂中并借助这一视角对课堂这一活动进行分析。在课堂中，存在教师与学生两种主体，而两者共同组成课堂环境下的共同体。在实际教学中，角色的不同导致了其权力分配的不同。角色所具有的权力决定了在课堂这一活动中教师与学生之间的互动方式，以及其能够处置的事件类型和在课堂中能够采取的行为方式。这种分配的方式在不同的情况下是可以产生变化的：Lantolf 和 Genung 就指出，这种不同角色的权力分配是经过某种协商后决定的，且这种协商不仅与直接参与到该社会共同体的角色有关，还与那些更加隐秘而不可见的因素有关（Lantolf & Genung，2002）。

这种隐秘而不可见、却会影响课堂中角色权力分配的因素就包括教学理念及文化。在中国传统的教育体系中，"尊师"作为儒家文化的核心价值观之一始终被人们所尊崇。这种价值观是如此有力量，以至于这不仅是一种教育领域的要求，更深深地植根于人们的文化基因之中，是一种道德层面的要求。《论语·子张》篇中，子贡在他人诋毁自己的老师孔子时如此说道："无以为也！仲尼不可毁也。他人之贤者，丘陵也，犹可逾也；仲尼，日月也，无得而逾焉。"这其中固然有子贡对于孔子渊博学问的个人崇拜，同时也体现出了子贡作为学生对于老师的尊重与尊敬。除此以外，中国古代的书院祭祀文化也传递了儒家文化尊师的道德传统。通过在特定的时间以一种可视化的仪式对过往的"先贤"进行祭拜，对于知识的崇拜通过这种现实的实践一遍遍地被加深，同时对于老师的尊重也在这种具象化的仪式中被建立与巩固（郭艳琳，2020）。从中不难看出，中国传统文化不仅规定了教师教书育人的职责，同时还赋予了教师道德层面的优越。教师因为这种社会的道德要求而自然拥有了某种身份上的优越性，因此也在课堂中占据主导；而学生由于受到教化认同需要"尊师"，因此在课堂中也自然将教师视为必须听从的权威。在这种道德的制约下，教学这一活动就不再单纯地以教授知识、习得技能为唯一的目的，还成为了人们实践道德行为的一个途径。因此，在中国传统的教育理念中，课堂的分工是教师拥有绝对的权威，而学生必须服从的状态。教师有权决定课程的内容和教学的方式，同时也有权主导上课的进程，更能够对学生的不恰当行为进行规约。然而，我们同时也需要强调的是，这种权力的分配并不意味着课堂单纯成为了教师实践权力的场所。教育仍然以学生的学习为主要目的，教学的最终目标是学生全方位的成长。但教师在课堂中有绝对的主导权，体现为一种地位的优势。

　　西方的教育理念则与此不同，更多体现为一种以学习者为中心、教学活动主要根据学习者进行调整的状态。建构主义认识论，作为教育领域一种主流的认知理论，就从不同方面体现出对于学生主体性的强调（吴维宁，2004）。建构主义将知识视为一种非确定性的看法，而没有所谓的正确答案。每一个个体对于存在于世界上的事物都依靠自己的认知结构对其进行加工和处理，因此也建立起对于世界的不同的认知，而这些都属于知识的范畴。也因此，教师虽然在教育中似乎扮演着主动的角色，但由于知识没有绝对正确，所以也不存在绝对权威，教师并不是知识的绝对来源。学习的过程是学习者凭借自己的认知主动建构知识的过程，而非被动接受教师灌输的过程。教师与学生的关系是平等的，学习发生在平等的双方互相探讨交流的过程中，而教师应当在这一过程中起到引导的作用，让学生在探索中丰富自己的知识储备。

　　除了作为教育理念基础的认识论以外，西方教育理念对于学生的重视还体现在对于学生的身心关怀上。这就不得不提到全纳教育的兴起了。正如案例中所描述的那样，在国际学校中，有外国背景的教师倾向于将学生的问题行为归咎于他们的心理问题。这种在中国传统教育中很少发生的归因，可以追溯到全纳教育这一概念。全纳教育作为教育领域中的一系列想法与行动，认为应当平等地看待所有儿童，无论这些儿童可能有什么样的身体机能或者心理上的障碍。在人权运动和觉醒的启蒙下，这一理念反对排斥或歧视特定的学生群体，强调应当为正常儿童和有特殊教育需求的儿童提供相同的学习环境，满足不同学生的不同需求。全纳教育还同时强调，应当帮助所有儿童充分成长以适应未来社会，并实现他们的人生价值（Booth, 2011）。

　　全纳教育的理念于 1994 年由联合国教科文组织在于萨拉曼卡召开的世界特殊教育大会中首次提出，并通过了《萨拉曼卡宣言》。这一关注全体儿童受教育权力的理念随后在英国和美国被接受并迅速发展。英国全纳教育的实施深受执政党意见的影响，经历了两个发展阶段（Yang & Yuan, 2017）。第一阶段是融合教育。与全纳教育理念类似，它要求除了重度残疾的学生以外，其余有障碍的学生需与正常孩子在同一所学校学习。这一措施虽然希望保护儿童的受教育权，但在实践过程中也暴露出不少问题。机构和教师都没有相关能力，也没有做好接受具有特殊教育需要的儿童的准备。但是，随着这一理念在教育实践中的逐步推进，社会对这一理念的认知度越来越高，并更加积极地参与进来，为教育提供支持。美国的情况与英国类似，起初只是要求允许残疾儿童重新被主流接受，但当这些有特殊需要的学生与普通孩子处于相同的环境中时，单一的课程设计和实施方式很难满足所有孩子的需求。正因如此，普通教育被要求更加积极地参与到对于这些孩子的接纳中来，要求设计新课程并提供更具体的支持（Dai, 2018）。

在案例中，我们可以看出全纳教育在其中的影子。它首先体现在教师对学生问题行为的反应方面。当 A 校的教师发现学生课堂表现不好时，他们几乎不会责骂学生态度不好或能力差。相反，教师将他们的行为归因于心理层面，试图在其他方面找到学生表现欠佳的原因。这种思维方式是由全纳教育推动的，由于其提出了应对需要特殊教育支持的孩子给予足够的支持，教师自然会关心孩子的身心健康。教师必须做好充分准备，以满足不同孩子的需求。即使有些孩子有一定程度的学习障碍，教师也应该有意识和能力在与普通孩子相同的环境中对待他们。而在 A 校，这个过程不仅依靠教师的实践，还少不了学校中其它部门的支持。校内有心理学专业人士提供即时支持，给出相应的解决方案，帮助可能没有相关知识背景的教师处理。全纳教育理念是由学校作为机构、教师作为实施者来完成和实现的。

而在其中，教育对学习者的重视也得到了进一步的体现。这不仅使得教学活动以学习者学习知识与技能的目的为中心，同时关注到在心理和社会文化层面教育对于学习者的重视，也使得教师与学生作为两个主体的权力和地位分配产生区别。在这种理念下，教师往往以一种服务者的形象出现在课堂中，为学生能够更好的学习提供知识上的和生活上的帮助和指导。而课堂中的主要活动——学习——被视为一种更需要学生本人主导的活动，课堂中的学习活动应当根据学生的需求进行适当的调整和组织。以学习者为中心，不仅意味着教学活动的设计需要根据学生的学习习惯和学习需求进行，同时也意味着课堂中学生占据着更加重要的地位。

四、总结

在全球化的背景下，越来越多的来自不同文化背景的元素得以交流并碰撞产生火花。世界语境下的不同教育理念也得以在国际学校这一特殊的环境中得到融合以及实践。在这一过程中，我们发现有更多元化的教育策略与理念呈现在教育者的面前，同时也发现许多因此而产生的一些冲突和矛盾。通过活动理论对国际学校的新手中文教师所面对的情况进行分析，我们发现中文教师所面对的挑战不只是对于不同的教学策略和课程安排的适应，更重要的是在这些表层的现象背后，文化因素不同所导致的差别，以及对于课堂中教师与学生作为不同主体的分工，即教师与学生的权力与地位分配的适应。作为成长于中国传统教育体系的个体，中文教师对于课堂中教师和学生的角色及其关系有一种形成于中国传统儒家文化下的预设。教师被认为是课堂的主导者，是学生们需要尊重的对象，也是具有更高地位的一方。而在西方教育理念中，建构主义强调学生对与知识的自然探索和主动构建，全纳教育又要求教师更多地对学生进行身心的关怀。在这种情况下，教师以引导者、服务者的形象出现，在课堂中学生占据更高地位。中文教师，尤其是新手中文教师，在进入国际教学环境时如何完成这种观念的更新与转换，是适应国际学校环境非常重要的一个环节。由此我们可以发现，在国际化的现代社会，教育的国际化不仅意味着教学方法的国际化，更重要的是各种文化下教育理念的碰撞与融合发展。这种冲突有时并不以一种表层可见的形式产生，而是以更加隐秘的、在社会文化层面的形式进行。如何处理和应对这种文化层面的冲突，如何使这些不同的理念在冲突中取长补短得到发展，是我们要考虑的问题。

然而同时我们需要提出，当两种不同的观点发生碰撞的时候，并不存在绝对正确或错误的一方。反观中西两方的教学理念，我们从中可以发现其中各有可借鉴学习和改进的部分。西方的教育理念以学生为中心，强调以学生为课堂的中心，固然是一种值得学习的教学态度。然而教师在教育当中的主体性和主导性却不该因此就被淡化或忽视：强调教师对于课堂的主导，能够加强教师对于课堂的管理能力，更有益于处理课堂中发生的一些问题行为。而在学生的观念中树立"尊师"，不仅是培养一种正确的道德价值，同时也能正确建立教师与学生的社会关系。如何协调教师与学生在课堂中的权力分配与互动关系，是需要进一步在实践中关注和解决的问题。

参考文献

陈臻（2020）：《上海地区国际学校汉语教材使用情况调查》，上海，上海外国语大学硕士论文。

郭艳琳和陆俊（2020）：古代书院祭祀文化中的中国尊师传统，《思想政治课教学》，01，8-11。

马丽（2020）：多元文化背景下菲律宾南威尔国际学校高中汉语课堂管理研究，西安，西北大学硕士论文。

钱志龙（2018）：《国际教育的门里门外》，南京，南京师范大学出版社。

汪晓玢（2020）：《国际学校教师管理文化问题研究——以上海市 X 校和 W 校为例》，上海，华东师范大学硕士论文。

吴维宁（2004）：《新课程学生学业评价的理论与实践》，广东，广东教育出版社。

郗伭（2020）：社会文化理论与二语习得研究——理论、方法与实践，《外语界》，02，90-96。

Booth, T. (2011). The name of the rose: Inclusive values into action in teacher education. *Prospects*, 41, 303-318.

Dai, S. (2018). The development of inclusive education in the United States and its enlightenment. *Journal of Yanbian University (Social Science), 51*(03), 126-132.

Engeström, Y., & Miettinen R., & Punamäki R. (1999). *Perspectives on activity theory*. Cambridge University Press.

Lantolf, J. P. & Genung, P. B. (2002). "I'd rather switch than fight:" An activity-theoretic study of power, success, and failure in a foreign language classroom. In C. Candlin & S. Sarangi(Eds.), *Language Acquisition and Language Socialization* (pp. 175-196). Continuum.

Yang, M. & Yuan, L. (2017). 'Inclusive' or 'Special'—— the controversy on inclusive education in Britain. *International and Comparative Education, 03*, 82-88.

中華傳統文學作品在 IBPYP 課程中的教學設計——以國學入門經典《三字經》為例

The Cultivation of Teaching Chinese Traditional Literature in IBPYP——A course design of The Three-Character Classic

徐淨徑　香港教育大學

XU, Jingjing　The Education University of Hong Kong

摘要 Abstract

近年來，已有研究表明 IB 的十大培養目標在中國儒家教育思想裏可以找到很多共通之處。若能在 IB 課程中融入中國文學作品的教學，一方面可以培養國際學生認識、反思中華文化和跨文化理解；另一方面，也有利於漢語和中國文化的國際傳播。本文以中華傳統文學作品的入門經典《三字經》為例，選用香港教育大學「三字經與現代社會」網上實驗教材中第七單元「尚賢勉學」篇中的第三課《囊螢映雪》作為教學文本，探討在 IBPYP 的中文閱讀課堂上，採用戲劇教學法中「定格」的教學形式，對中國傳統文學文本進行表演和有效的學與教，探討如何在 IB 課堂上有效融入中國傳統文學，激發國際學生學習中國古文的興趣。

關鍵詞：IBPYP 中國傳統文學 戲劇教學法 《三字經》

In recent years, it is discovered that the ten IB (International Baccalaureate) Learner Profile attributes share a lot in common with the philosophy in the *Analects of Confucius* by studies. How to teach the Chinese traditional literatures into the IB curriculum? This is a noteworthy issue in teaching Chinese as an international language. On one hand, it can cultivate international school students to understand Chinese culture and promote their intercultural communicative competence. On the other hand, it is also conducive to Chinese learning and the international spread of Chinese culture. This article takes the Three Character Classic, an introductory classic of Chinese traditional literary works, as an example and selects the third lesson 'Nang Ying Ying Xue' from the seventh unit 'Shang Xian Mian Xue' in the online experimental textbook 'The Three Character Classic and Modern Society' from the Education University of Hong Kong to explore the use of the 'Still Image' teaching method of drama in education that was designed into the Chinese reading class of IBPYP to analyse how to effectively integrate Chinese traditions into the IB class and stimulate the students' interest in learning ancient Chinese prose.

Keywords: IBPYP, Chinese traditional literature, drama in education, the Three Character Classic

1. 前言

當人類從工業時代轉入了信息時代，教育也從傳統教育邁向未來教育，而現在我們恰逢教育改革的轉型期。近年來，IB 課程（國際文憑課程 International Baccalaureate programme）備受青睞，它吸收了各國教育改革的精華，並不斷自我更新。作為國際公認的、領先的課程體系，IB 課程提供嚴謹的教學框架，從而支持我們進行深度探究。有研究表明，在全球「漢語熱」的大環境下，國際漢語教學也採用了 IB 課程的教學理念（施仲謀，2019）。然而，IB 教育理念源於現代西方文化，有論述認為中西方在教育體制、教育文化等方面存在總體差異 (Youju et al., 2014；Wickman, 2019；Liu, X., 2021)，如西方教育文化在皮亞傑建構主義思想的指導下，強調個人主義和個性發展；而中國傳統文化在孔子儒家教育思想的影響下，更注重集體主義與中庸之道。那麼，在國際漢語教學中，中國傳統文學作品的教學可否與 IB 的教學理念有效結合呢？有研究表明，IB 課程的十大培養目標在中國古代孔子的儒家教育思想裏可以找到很多共通之處，同時該研究也指出：在 IB 教學中，如何汲取中國儒家傳統教育思想的長處和優點，還需教師們在教學實踐中不斷探索（施仲謀，2019）。

筆者認為，在日趨全球化的現代社會，在 IB 課程中融入中國國學經典著作的教學很有必要，一方面可以培養國際學生認識、反思中華文化和跨文化理解；另一方面，也有利於漢語和中國傳統文化的國際傳播。中華傳統文學作品能否設計在 IBPYP 的課程中，筆者從三個方面進行了思考，選擇了中華文化的入門典籍《三字經》作為該教學設計藍本。

首先，從教學理念上講，我們深知 IB 教學追求全人教育，而《三字經》以「人之初，性本善」起篇，將歷史文化知識、傳統倫理思想以及識字教育等融為一體，對於初學的兒童而言，等於熟記了許多常識、國學及歷史故事，還可以將學習到的內容作為做人處世的參考，有利於全人教育。所以，《三字經》與 IB 課程的教學理念是一致的。

其次，在教學內容方面，中國古代經典著作眾多，而《三字經》從教學對象和教學內容來看，均符合漢語二語 IBPYP 課程中 6-12 歲的兒童。早在中國的宋朝時期，《三字經》就已作為兒童的啟蒙教材，相當於現代社會的小學教科書，它句式靈活，編排巧妙，通俗易懂，正是小學生最佳的學習材料。

最後，為了幫助漢語二語學生學習中國古文時難學和枯燥的問題，選擇適合的教學方法十分關鍵。而戲劇教學法，作為 IB 課程體系下一種常用的教學方法，能夠刺激學生的多感官學習（聽、說、讀、寫、演示），教學過程伴隨趣味性，還能激發想像、提升思維（何洵怡，2011；司徒俊樂，2017），有利於提高學習興趣和促進學習成效。

2. 文獻綜述

本文擬採用戲劇教學法，結合 IB 語言課程教學大綱中的最新要求，進行 IBPYP 中文閱讀課的教學設計，用於探討 IBPYP 學生對中國傳統文學作品進行表演和有效的學與教。

IBDP 語言 A 文學指南（2021 年首次）評估中，談到了許多對文本的切入方式，比如表演是文學與表演藝術課程中一個明確的組成部分，而且在所有三門課程中都包含學生進行文本創造、文本分析、對文本做出深層回應，並根據文本進行表演等元素。在這裏我們看到了「交流」的概念，「交流」不僅包含師生之間的交流、學生之間的交流，還有我們與文本之間的交流方式，這些對我們進行各種文學形式的教學研究提供了一個焦點。不論古今中外的文學、非文學或是視覺、表演文本，IB 教學都提倡幫助學生在信仰或價值體系中構建意義，以及如何在個人或集體中產生觀點並進行討論。所以，對所學習的文本進行批判性思考，做出多層次回應，撰寫文章或進行表演，都可以幫助學生提高語文能力。

IB 語言 B 教學大綱 2020 版（2018 年實施、2020 年首考）指出，語言技能是語言 B 學習的核心目標，而跨文化理解和交際能力的培養是核心內容。首先，語言和文化密不可分，語言學習往往受到背後文化體系的制約和影響（羅常培，1950），而作為表意文字的漢字本身就蘊含豐富的文化內涵，所以漢語言技能的學習從文字本身出發，就兼顧了中國文化意義的傳承。其次，著名學者 Fantini（2018）提出了 ICC（Intercultural Communicative Competence）模型，我們得知跨文化交際能力包括跨文化意識、文化態度、互動技能和文化知識四個方面，而跨文化交際能力的培養不是文化知識的簡單灌輸，其中的四個方面是環環相扣、逐層提升的關係。最後，對於國際學校的二語學習者來講，學習中國傳統文化知識勢必在理解和處理跨文化事件時增加判斷依據，可以說只有在熟悉中國傳統文化的基礎上探索和接受不同文化的差異，學生才能增強跨文化理解和交際的能力。

戲劇教學法（Drama-in-Education）是在 20 世紀初期，由英國著名的戲劇教育學者 Heathcote 提出。戲劇教學法是指運用戲劇技巧進行教學的方式

（Bolton, 2007），教學目標不是「表演」，而是通過即興演出、角色扮演、分角色朗讀課文、戲劇遊戲、情景對話、課本劇排演、模仿等表演形式促進學生學習（Heathcote, 1984）。很多學者都對戲劇教學法進行過研究，通過戲劇教學法，可以建立學生對文本的深層回應，深入挖掘文本細節和隱藏信息（張曉華，2004）；戲劇教學法是通過運用劇場技巧，促進學生在互動關係中發揮想像，獲得美感經驗（Heggstad, 2019）；戲劇教學法有助於學生代入角色，體會文本中的人物情感、培養同理心、表達觀點、表現創意及思考生命和價值觀等（何洵怡，2011）。還有學者指出，二語學生透過戲劇教學法能更有效從他人觀點思考，也就是更好地建立學生的共情能力（謝錫金和羅嘉怡，2014）。

綜上所述，中華傳統文學作品的教與學在 IB 課程中運用戲劇教學法，作為教學方式並非大型表演展開，可以將其化整為零，從而融入到日常課程中，引導學生進行批判性思考、做出多層次回應，與文學教學本身作一個密切的結合。戲劇教學法「直觀」的特點可以從一定程度上解決初級語文能力的學生，特別是二語學生學習中國古文時難學和沒興趣學的問題，這種教學法應用於中國傳統文學作品的教學，能夠調度二語學生的學習動機，促進教學效能。

3. 課程設計與分析

3.1 教學文本

本文選用香港教育大學「三字經與現代社會」網上實驗教材中第七單元「尚賢勉學」篇中的第三課《囊螢映雪》作為教學文本，計劃用一個課節 60 分鐘的時間進行教學設計。這部教材由香港教育大學花了兩年的時間研發和製作，由香港中華書局出版社出版，現已免費開放網上實驗教材，已在香港 28 所本地小學進行了實驗教學及評估，但在國際學校進行教學實踐的報道不多見。選取該教學材料中的文本，主要有以下四個方面的原因。

第一，這是一部有聲書，可以培養學生的朗讀興趣，對提高文化感悟和語文能力至關重要，也可以體現 IBDP 語言 A 文學指南評估中我們與文本之間「交流」的概念。文字型的文本學生接觸很多，怎麼樣讓學生感受非文字文本傳遞信息的樂趣和美感，也是我們在教學中需要帶給學生的，可以幫助他們超越對文本的淺嘗輒止，讓他們深入到文學作品本身。

　　第二，概念驅動是 IB 課程中的精髓，將不同學科的核心價值融入其中，設計真實問題情境可以調動學生參與度，實現跨學科教學。比如，這一課的內容體現跨學科理念，與學生的生活經驗有很多相關之處，其中涵蓋了生物學知識：螢火蟲發光的原理；物理知識：光的反射作用；歷史常識：不同時期的古代人讀書的方式；語言學知識：文言文等，需要調動學生所學知識進行情境化應用，在不同的情境中遷移、應用知識，還有助於提高同學們的協作能力，樹立集體意識等。

　　第三，該教材集中於探討中華文化的入門典籍《三字經》——與學生所處的二十一世紀社會到底有什麼關係？引導我們不僅是欣賞國學，而是把文學分析的技巧、鑒賞的能力融入到教學中，讓學生學文學、學中文的過程更有樂趣。比如，我們可以根據「大家來想想」這個部分裏，借鑒「大家想一想」中的問題，給學生提出討論話題：古代人和現代人閱讀習慣和方式有什麼差異，從而引導學生反思，在學習古人勤學探究精神的同時，是否應科學合理安排閱讀時間，保護我們的視力健康。

　　第四，故事性強，適合 PYP 學生代入思考故事情境及人物心理。在國際漢語的課堂上，如果我們只是用淺嘗輒止的方式閱讀文本，比如停留在講述故事內容或文言文翻譯上，可能會錯失對古典文學作品的欣賞，怎樣運用戲劇教學的方式去引導學生超越對文本簡單的解讀，深入文本本身去欣賞中國古文的呈現方式呢？下面具體談談教學環節。

3.2 教學環節

3.2.1 教學範疇：閱讀

3.2.2 教學對象：香港某國際學校中文為二語的 PYP-5 年級學生，中文屬初級水平。

3.2.3 教學目標：解讀《囊螢映雪》的古文內容，讓學生體會文本中車胤、孫康、朱買臣和李密四位人物的情感，並代入思考不同時期的古人學習知識的方式，討論現代社會閱讀的習慣和方式。教學導入部分如表 1 所示：

表 1 教學導入

時長	內容／活動	教學理念
5 分鐘	教學引入： 用四張圖片介紹車胤、孫康、朱買臣和李密四位人物，頭腦風暴提問：圖片中的人物在做什麼，激活學生心理詞彙。	二語初級學生詞匯量有限，可能會影響他們對文本理解，教師要以圖片、肢體語言激發學生的想像力和學習興趣。
10 分鐘	解讀文本： 1.如：像什麼一樣。 囊：用袋子裝。 螢：螢火蟲。 故事一：車胤把裝著螢火蟲的袋子作為光源來讀書。 2.映：反射的光線。 雪：白雪。 故事二：孫康借積雪的反射光來讀書的故事。 3.輟：停止。 負：背負。 薪：柴薪。 故事三：朱買臣一邊背柴，一邊讀書的故事。 4.挂角：掛在牛角上。 5.苦卓：艱難困苦。 故事四：李密把書掛在牛角上學習的故事。	跨學科學習： 生物學知識：螢火蟲照明原理。 物理知識：光的反射原理。 歷史知識：不同時期的古代人不同的讀書方式。 語言學知識：漢語文言文。

3.2.4 教學方法

戲劇教學法形式多樣，比如定格、角色提問、獨白、朗讀劇場以及其它延伸活動。本文擬採用戲劇教學法中的「定格」法，配合延伸活動角色提問、獨白。

「定格」（Still Image）是指教師將課文內容告訴學生，要求學生像拍照一樣的以一個固定動作呈現他們對文本的理解，再配合延伸活動角色提問、獨白等，最後給予學生反饋。這種教學活動有利於提升學生的高階思維能力和對文本角色的共情能力，且易於操作，教學難度小，還能節省課堂時間。

《囊螢映雪》這課中有四個故事情境，我們可以將故事情境作為「定格」的內容，要求學生給不同的身份、角色作出對應的動作，讓他們把對文本的理解用動作呈現出來，學生可以自己挑選角色，也可以表演出自己原創的部分。教師通過他們挑選的角色，其實也能看出同學們有沒有回應到文本，這也是需要學生對文本有深刻理解的。教師以「角色提問」的形式，引導學生輸出這個人物當下的心理狀態，用戲劇的姿態、語言，去展示他對人物的理解，讓學生更好的、更深刻地代入到文本中思考，從而幫助教師深挖文本中的隱藏信息，這也是我們在語文教學中要注重的部分。比如：教師就可以拿著麥克風，或者拿一支筆假裝麥克風遞給學生提問——你是誰？你在做什麼？為什麼你會做這個動作？你正在想什麼？為什麼你會這樣想？你的心情怎樣，為什麼？等等。

在教師追問的過程中，學生建立了與角色的共情能力，當然有學生詞彙不足或不準確的部分，但是教師的責任不是挑錯，教師的身份變成參與者，用追問和複述的方式幫助學生表達，其實「追問」的過程是在幫助學生重整思路，從而也幫助我們更理解他們的想法；相反，學生在被追問的過程中，代入角色回應問題，產生同理心和提升他們的分析能力。所以在戲劇教學法「定格」的過程中，學生就會專注且覺得有趣，因為雖然大家看到的教材內容都是一樣，但呈現出來的動作、表演的效果卻往往不同。

3.2.5 小組活動

鑒於課文中有四個不同時代的人物角色，每四位同學為一小組，每位同學選擇一個角色，並思考一個動作扮演角色。課堂講台上抽取兩組同學同時演繹，課堂講台下的同學獲得教師發放的工作紙並思考列舉問題。兩組同學同時演繹，會有自我修正的意識，當老師提問完第一組的時候，第二組學生可能會不自覺修正自己的答案，這個對比共讀的過程可以激發他們的想像力和創意。兩組表演有差異的時候，教師更有機會可以提問台下的學生，分析哪組更準確，加深他們對文本的思考和理解，如表 2 所示：

表 2 課堂小組活動表

時長	內容 / 活動	設計理念
15 分鐘	分組討論角色： 每四位同學為一小組，每位同學選擇一個角色，並思考一個動作扮演角色。	體現教學重點，促進學生思考。
15 分鐘	上台表演（抽兩組同學）： 1. 同學「定格」動作後，就不能再動。 2. 老師提問： a. 你是誰？ b. 你在做什麼？ c. 為什麼你會做這個動作？ d. 你正在想什麼？ e. 為什麼你會這樣想？ f. 你的心情怎樣，為什麼？ 3. 老師給反饋。 台下同學：（發放工作紙，內容如下，填寫工作紙） a. 某同學是什麼角色？（理解能力） b. 為什麼你有這個看法？（複述能力） c. 他在做什麼？為什麼要這樣做？（複述和分析能力） d. 你認為他做得對嗎？為什麼？（分析、評價能力） e. 你同意這個角色的做法嗎？為什麼？（分析、評價能力）	1. 從角色扮演中，培養學生的共情能力。 2. 將 IB 課程中的 TOK 理念融入教學，培養理解、分析、創新能力，比如：從肢體語言解讀文本，與自己的理解作比較，並做出反思。 3. 台下同學觀察台上同學後，比較文本和同學之間的關係，通過直觀看到同學的表演，明白主角的行為和所處環境的關係，老師反饋可以激發學生的同理心，有助於學生做出評價和創新思維。
15 分鐘	討論： 1. 現代社會閱讀的習慣和方式有哪些？如果是網絡課可以將想法提交到 padlet；如果是面授課，同學回答教師在黑板上呈現同學的討論結果。 2. 用手機或平板電腦學習的好處和壞處。	反思： 學習古人勤學探究的精神的同時，是否應科學合理安排閱讀和學習時間，保護我們的視力和身體健康。
課後延伸	課後請每位同學製作一份自己的每日閱讀計劃表。	總結性評估

4. 教學評估及建議

4.1 評估重點。

該課主要採用形成性評估和總結性評估相結合的方式。形成性評估主要是由學生在課前的準備活動以及課堂中的小組活動表現共同組成。總結性評估體現課程知識體系的完整和嚴謹性，基於 PYP 學生的語言水平，該課主要採用課後延伸活動完成，即：課後請每位同學製作一份每日閱讀計劃表，體現學生對文化學習後的反思及思維能力訓練後的結果。表 3 為《囊螢映雪》的課前、課中和課後三個階段的教學組織、教學評估等教學過程。

表 3 教學過程表：

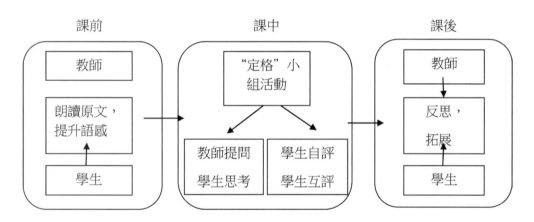

課前：重點評估語音能力。朗讀中國古文對提高文化感悟和語文能力至關重要，教師可以提前將網上閱讀教材發放給學生，要求學生跟讀原文，並設置遊戲接龍的方式，引導學生熟悉和誦讀經文，培養學生語感，讓學生體會《三字經》的韻律。

課中：重點評估三個方面。一是理解能力，在「定格」的小組活動中，考察學生能否用肢體動作呈現文本片段，並清楚表達自己對角色的理解；二是複述和分析能力，重點考察學生能否清楚複述和評價課文內容；三是考核分析和評價能力，比如反思學習古人勤學探究精神的同時，是否應科學合理安排閱讀和學習時間，保護我們的視力和身體健康。

課後：重點評估評鑒和應用能力。課後會請每位同學製作一份每日閱讀計劃表，將學習的內容應用到現實生活中，將《三字經》中所學的知識與學生所處的二十一世紀現代社會建立「連接」，真正建構和內化語言與文化知識點。

4.2 教學建議。

一是在「定格」教學活動中，建議教師先處理學生對文本內容的理解和表達問題，再處理學生的語言錯誤。戲劇教學法的重點是學生在展示動作的時候，教師通過提問的方式促進學生對文本進行思考。所以在「追問」過程中，教師可以給學生一個開闊思維的空間，掌握學生的理解水平而並非在學生表述時糾錯語言。在學生詞匯量較低的情況下，可能出現一再追問學生也無法表達的情況，建議教師們先處理學生的表達問題再處理語言錯誤，比如教師可以先用英文幫助學生表達，再為學生補充中文詞彙和用中文重複表達的方式；或者，教師也可以降低提問的難度，改用是非問、讓學生描述等方式，先幫助學生表達意義，再補充準確的中文詞彙等。

二是關於戲劇教學的課堂時間管理。戲劇教學法並非真正的戲劇表演，只是採用了戲劇中的一些元素做課堂活動，本文認為戲劇教學法應與一般的小組討論活動所花的時間差不多。然而，任何形式的閱讀教學和文本理解，都需要有充足的教學時間才能幫助學生作深入理解和思考。所以，教師需要有明確的教學目標，以目標為本制定核心問題，每次提問最好都能導向核心問題，才能將課堂時間管理得更加高效。

5. 結語

綜上所述，中國傳統文學作品應用在 IB 課程中的教學，不僅能啟發學生對中國國學的學習興趣，還能幫助學生理解古文維繫或挑戰現代社會的思考方式及生活方式，引發學生閱讀和學習古文的興趣。但在《三字經》中，不是所有的文本都適合運用戲劇教學法，還需教師們因材施教，戲劇教學法要求學生先要領悟文本角色，所以在文段的選擇上有較高要求。筆者認為敘事性文本適用性最強，建議教師們可參考「三字經與現代社會」網上實驗教材中的「小故事」，便於選材取材，更多教學方案和課程設計有待教師們進一步研究和探討。

參考文獻

何洵怡（2011）：《課室的人生舞台：以戲劇教文學》，香港，香港大學出版社。

羅常培（1950）：語言與文化的關係，輯於《語言與文化》，（頁 1-10），北京：北京大學出版社。

施仲謀（2019）：IB 理念與孔子教育思想的比較，《國際中文教育學報》，6（1），85-111。

施仲謀，李敬邦（2020）：《三字經與現代社會》，香港，中華書局。

司徒俊樂（2017）：《戲劇教學法對以漢語為二語的中學生訓練高階思維能力的成效研究：以漢語詩歌為學習材料》，檢自 http://hub.hku.hk/handle/10722/252466，檢索日期：2021.9.4

香港教育大學中國語言學系（2019）：《三字經與現代社會》，檢自 https://www.eduhk.hk/analects/，檢索日期：2021.9.4

謝錫金，羅嘉怡（2014）：中文作為第二語言的學與教分析，輯於《怎樣教非華語幼兒有效學習中文》，（頁 83-126），北京：北京大學出版社。

張曉華（2004）：《教育戲劇理論與發展》，台北，心理出版社。

Bolton, G. (2007). A history of drama education: a search for substance. In A. Dordrecht (Ed.). *International handbook of research* (pp. 45-66). Springer.

Fantini, A.E. (2018). *Intercultural communicative competence in educational exchange: A multinational perspective*. Routledge Press.

Heathcote, D. (1984). Signs and portents. In J. Liz. and O'Neill, Cecily (Eds). *Collected writings on education and drama* (pp. 160-169). Hutchinson.

Heggstad, K. M. (2019). Theater design. In C. J. Peng (Ed.). *7 paths to drama in education. (M. Y. Wang & Z. Wang Trans)* (pp. 72-133). East China Normal University.

IBO. (2020). *Language A guide*. IBO Press.

IBO. (2020). *Language B guide*. IBO Press.

Liu, X. (2021). Knowledge for teachers teaching Chinese in foreign countries: A proposed analysis of the family education differences between China and western countries. *International Journal of Intelligent Information and Management Science, 10*(1), 38-43.

Wickman, R. (2019). Differences in education between China and western countries. *China Educational Tours*, 6(5), 68-190.

Youju, L., & Hazel. (2014). *The higher education in cultural view*. Zhigong Publishing Company Press.

第十一屆東亞漢語教學研究生論壇論文集

主編： 張連航、謝家浩
編輯： 青森文化編輯組
設計： 4res
出版： 紅出版（青森文化）
地址：香港灣仔道 133 號卓凌中心 11 樓
出版計劃查詢電話：(852) 2540 7517
電郵：editor@red-publish.com
網址：http://www.red-publish.com

香港總經銷： 聯合新零售 (香港) 有限公司

台灣總經銷： 貿騰發賣股份有限公司
新北市中和區立德街 136 號 6 樓
(886) 2-8227-5988
http://www.namode.com
出版日期： 2022 年 11 月
圖書分類： 語文教學
ISBN： 978-988-8822-24-9
定價： 港幣 160 元正／新台幣 640 元正